Les Crapauds-brousse
Seuil, 1979

Les Écailles du ciel
Grand Prix de l'Afrique noire
Mention spéciale de la fondation L. S. Senghor
Seuil, 1986
et « Points », n° P343

Un rêve utile
Seuil, 1991

Un attiéké pour Elgass
Seuil, 1993

Pelourinho
Seuil, 1995

Cinéma
Seuil, 1997

L'Aîné des orphelins
Prix Tropiques 2000
Seuil, 2000
et « Points », n° P1312

Peuls
Seuil, 2004
et « Points », n° P2212

La Tribu des gonzesses
théâtre
Cauris-Acoria, 2006

Tierno Monénembo

LE ROI DE KAHEL

ROMAN

Éditions du Seuil

Ceci n'est pas une biographie mais un roman,
librement inspiré de la vie d'Olivier de Sanderval.

ISBN 978-2-7578-1461-1
(ISBN 978-2-02-085167-1, 1re édition brochée)

© Éditions du Seuil, mai 2008

Pour Jean-Louis Langeron.

In memoriam *Alpha Ibrahima Sow et Saïdou Kane.*

Merci à M. et Mme Bruno Olivier de Sanderval
de m'avoir gracieusement ouvert leurs archives.
Merci à MM. Rov'H Morgère et Philippe Abriol
ainsi qu'à l'ensemble du personnel
des Archives départementales de Caen
pour leur accueil et leur disponibilité.

Merci à mon proviseur, Djibril Tamsir Niane,
qui m'a donné l'idée d'écrire ce livre,
et au professeur Ismaël Barry pour
ses précieuses informations.

Merci au Centre national du livre
pour sa non moins précieuse bourse.

« Le Créateur les a faits noirs pour que les coups ne se voient pas. »

OLIVIER DE SANDERVAL

PREMIÈRE PARTIE

Alors qu'il sortait de chez lui pour aller prendre le bateau, la voix cinglante de sa femme immobilisa Olivier[1] de Sanderval au milieu de l'escalier :

– Mon pauvre Aimé, regardez ce que vous avez oublié !

Il toucha ses oreilles échauffées et son dos frémissant, puis tourna un regard suppliant vers le doux petit monstre qui venait de le martyriser.

– Mais quoi, ma petite Rose ? Vous m'avez vous-même aidé à faire mes bagages !

– Et ça ?

Elle exhiba l'objet du délit caché dans son dos.

– Oh ! Je vous assure que ce n'est pas le moment de plaisanter, ma chérie ! Rendez-vous compte, je m'en vais ! En Afrique ! À Timbo !

– Justement ! coupa-t-elle sèchement en le devançant dans la cour où les domestiques finissaient de ranger les malles et d'atteler les chevaux.

– Vous n'allez tout de même pas rouvrir ma valise rien que pour ça !

– Si !

1. Nous l'appellerons ainsi dès maintenant bien qu'il fût né Aimé Victor Olivier et n'accédât au titre de vicomte de Sanderval que bien plus tard.

– Mais que voulez-vous bien que j'en fasse chez les Nègres ?

– Vous le porterez pour jouer dans leur opéra !

– En d'autres circonstances, je n'aurais pas dit non, ma chérie ! C'est pour cela aussi que je vous ai épousée : pour vos robes multicolores, vos fleurs dans les cheveux, vos colliers venus des pays lointains et pour les imprévisibles vocalises qu'il vous arrive de pousser dans les églises et dans les salons de thé. De là à jouer au *Méphistophélès* chez les Nègres !

Mais sa tortionnaire bien-aimée avait déjà refermé le coffre. Il l'embrassa et monta dans la voiture en se disant : « Je le jetterai, cet accoutrement… en arrivant au port ou alors dans le bateau… Oui, oui, dans le bateau, par-dessus le pont. Je vais en Afrique pour devenir roi, pas pour jouer au clown ! » Mais il oublia de le faire tout au long du voyage.

C'est ce petit détail-là qui le sauva quelques mois plus tard, quand les Peuls menacèrent de le décapiter.

Il jeta un dernier coup d'œil au mas, admira son comble à bât d'âne, ses murs ocre et le vert olive de ses nombreuses persiennes. Il avait du mal à admettre que Napoléon eût séjourné là au lendemain du siège de Toulon et rêvé d'épouser Désirée Clary, la fille aînée de la maison. Il émit un bref rire et se demanda ce qui serait advenu de la France si celle-ci avait accepté, au lieu de préférer Bernadotte, juste avant qu'il ne devienne Charles XIV, roi de Suède. Et puis la première République avait chuté, et puis le premier Empire, et puis, par le plus grand des hasards, les Pastré – vous savez, les célèbres armateurs ! – avaient racheté le mas et puis, par le plus grand des hasards, il avait épousé la fille Pastré.

Et voilà que quatre-vingt-six ans après Bernadotte – mais était-ce un hasard ? – il passait la même grille pour aller lui aussi briguer une couronne. Et pas n'importe où : au Fouta-Djalon !

Il neigeait à Marseille, ce 29 novembre 1879. La simple vue du port de la Madrague et de l'avenue du Prado, méconnaissables sous leur grotesque manteau blanc, suffisait à le faire grelotter. La Norvège, ce jour-là, devait ressembler à ça.

« Décidément, je ne pouvais trouver meilleur moment pour aller en Afrique ! », se frotta-t-il les mains en arrivant au port.

Un agent de la Compagnie des messageries maritimes guida le cocher vers le quai où, parmi les navires de Constantinople et ceux d'Extrême-Orient, accostait le *Niger*. Il s'attarda un moment avec le capitaine pendant qu'on préparait sa cabine. Il écouta d'une oreille distraite son soliloque sur les qualités de son paquebot et sur les paysages de Madère ou de l'île Piscis. Il se sentait nerveux. Il aimait les voyages, mais juste pour le plaisir de l'arrivée. Le train et le bateau l'écœuraient ; le cheval et la bicyclette lui donnaient le tournis. Hélas, songea-t-il, il ne sera plus que poussière le jour lointain mais sûr où le progrès trouvera le moyen d'aller en Afrique en une fraction de seconde.

– Le petit déjeuner à sept heures !... Et détendez-vous, monsieur, nous ne sommes qu'au début de l'aventure !

– Pour vous, capitaine ! grommela-t-il. Pour moi, cela fait bientôt quarante ans.

Quarante ans, cela voulait dire toute une vie, les pieds sur la terre de France et l'esprit là-bas, perdu dans la nébuleuse des Tropiques ! Né, comme lui, en plein XIXe siècle, on ne pouvait que devenir poète, savant ou explorateur. La question fut vite réglée en ce qui le concernait, il serait explorateur, c'est-à-dire poète et savant par la même occasion. En ces temps-là, dans les cours de récréation, les colonies revenaient dans les conversations aussi souvent que le jeu de marelle et les billes. Les contes ne parlaient pas d'ogres et de fées, mais de sorciers et de cannibales courant avec leurs sagaies derrière le tout nouveau gibier apparu dans les jungles : les pères blancs et les colons.

Le virus des colonies, il l'avait attrapé en écoutant les récits du grand-oncle, Simonet. Les savoureuses aventures des pionniers de la civilisation égarés chez les anthropophages, et que la bonté du Christ sauvaient *in extremis* de la marmite bouillante des Zoulous ou des Papous, le faisaient frissonner tous les soirs, une fois terminés les longs, les pénibles dîners de famille. Et il trouvait bon après cela de se recroqueviller sous les couvertures, ravi que les murs de sa chambre fussent suffisamment épais, la toiture solide et les portes bien verrouillées pendant que, sous la nuit enneigée du Lyonnais, les balafrés rôdaient dans les parcs, à la recherche de petits blonds bien croquants.

C'était un cas, l'aïeul, Simonet, le bohémien du clan, un vrai *bouligant*, pour parler comme les gens de Lyon ! Il avait longtemps traîné ses guêtres du côté de Java et de l'Anatolie. Il en était revenu avec une foule d'anecdotes, de jargons et de nouveautés. Pour la petite histoire, c'est lui qui avait apporté à la France cette merveille appelée mousseline qui fera l'élégance des dames et la fortune de Tarare. On l'appelait « le pape de la mousseline » en ôtant bien bas son chapeau. Ce qui n'était pas rien, même chez les Olivier, où chacun se devait d'inventer quelque chose avant de procréer.

Vers ses sept ans, l'abbé Garnier, son précepteur, prit la place du pittoresque ancêtre : le moment de passer de la parole à l'acte. Un atoll du Pacifique fut vite transposé sur les bords de l'Azergue, la rivière arrosant la bourgade de Chessy qui avait abrité une partie de son enfance : avec des mandrills en chiffon et des cocotiers imaginaires. Le petit Aimé revêtait son casque et ses bottes, il était le brave ethnologue que la Société de géographie avait envoyé découvrir la Zaratoutsanie, ce pays de la jungle encore inconnu des cartographes et peut-être aussi des devins. L'abbé Garnier se peignait des tatouages sur les avant-bras et des scarifications au visage : il était Guénolé, le redoutable sauvage venu surprendre le Blanc après le naufrage de son bateau. Ils passaient la journée à jouer à cache-cache, feignant de terrasser les fauves et de sauter par-dessus les canyons. Les ruses et les esquives finissaient par avoir raison de Guénolé. Le bon sauvage succombait aux pieds du maître, renonçait aux fétiches et aux sacrifices humains, embrassait la croix et promettait de se conduire à l'avenir comme un bon chrétien. Puis on campait non loin de là et dînait d'une boîte de sardines après la leçon de latin.

À huit ans, c'était clair, il ne se contenterait plus de devenir explorateur, il serait le souverain des sauvages. Il se tracerait une colonie après avoir asséché les marais et dégrossi les tribus. Il en ferait un royaume, vivant sous ses idées et sa loi et rayonnant sous le génie de la France. Mais où : au Tonkin, au Fouta-Djalon ? Il hésita longtemps avant d'opter pour le second. « Tonkin » avait des airs de tocsin dans sa tête de gamin, alors que Fouta-Djalon ! Et puis, depuis Marco Polo, l'Asie n'était plus vraiment à découvrir. On pouvait deviner ses cités et ses lois jusque dans les profondeurs du Takla-Makan. L'Afrique, pendant ce temps, restait, elle, obscure, extravagante, parfaitement imprévisible.

À dix ans, il se mit à dévorer les récits des explorateurs et à écrire aux sociétés de géographie. Il s'abonna à la revue *L'Illustrateur* ainsi qu'aux guides *Joanne* et *Murray.* Il s'instruisit en secret et laissa filer le temps. Sa vie se déroulait bien dans la vallée du Rhône mais avec les fleuves, les plantes et les tribus du Soudan.

Puis ce fut le bac, le diplôme d'ingénieur, le mariage et les enfants : il se devait de payer son dû à la société avant de prendre le large. Avant cela, il avait eu le temps de vaincre le sommet du mont Blanc, d'inventer la roue à moyeux suspendus, et de construire la première usine de vélocipèdes, histoire de se faire la main. À quarante ans, il pouvait enfin en arriver à l'essentiel : l'Afrique !

L'Afrique, il l'avait toujours vécue, certes, mais ce n'était encore que des mots ; des croquis, des images, des cartes noyés dans des mots. Seulement quelques mois que les choses sérieuses avaient commencé, que sa hantise de gamin avait émergé pour la première fois des chimères et des illusions : quand il avait pris le train à Austerlitz pour se rendre à Lisbonne.

Pour gagner les rivages du continent noir, il valait mieux, alors, traverser d'abord le Tage. Pionniers des découvertes africaines, les Portugais y étaient les mieux implantés, leurs archives, les plus abondantes, leurs cartes, les plus sûres. En outre, leurs comptoirs de Boulam et de Bissao jouxtaient les contreforts du Fouta-Djalon, dont de nombreuses rivières et fleuves y trouvent estuaire.

Ses amis lui avaient recommandé Francisco da Costa e Silva, le directeur général du département d'Outre-Mer, ainsi que les négociants les plus importants. Il n'avait eu aucune difficulté à obtenir les visas et les recommandations, les cartes les plus récentes et des informations précises sur les caprices du climat et sur les mœurs des indigènes. Et, la veille, il s'était procuré une capsule de cyanure avant d'aller poster ses dernières volontés à son ami Jules Charles-Roux, le président de la Société de géographie de Marseille. Peut-être qu'il n'aurait pas dû, mais comment diable aller en Afrique sans écrire ses dernières volontés ? Peut-être qu'il aurait dû la lui remettre en lui faisant ses adieux, mais ce doit être mal élevé de remettre main à main ses dernières volontés.

On ne va pas en Afrique comme on en revient. Dans un sens, les dîners et les bals, les dames en capeline et en robe de tarlatane, les jeux de cartes des négociants, les rires joyeux des officiers de marine. Dans l'autre, l'ambiance morbide des fonctionnaires limogés, des aventuriers en ruine et des veuves éplorées, aux maris fauchés par la malaria ou par les flèches empoisonnées des Nègres.

Sur le *Niger,* les dîners se révélèrent ennuyeux malgré les flonflons de l'orchestre : personne n'avait entendu parler du Fouta-Djalon et un seul convive savait jouer convenablement aux échecs. Il s'agissait d'un jeune polytechnicien qui allait au Sénégal tracer une route vers l'intérieur des terres. Il s'appelait Souvignet et arborait avec une naïveté désarmante le fol enthousiasme de ses vingt-trois ans. Le soir même du départ, il s'approcha, au salon de thé, de la table où Olivier de Sanderval tuait le temps avec son inséparable barre de chocolat et ses parties d'échec en solitaire, tira une chaise et s'assit :

– Je peux ?

– Attention, je ne joue qu'avec les maîtres !

– Avec les maîtres ! dit-il. Eh bien, allons-y, grand-père, vous ne verrez pas plus maître que moi pour les échecs comme pour le reste !... Si vous me battez, je vous donne ça !... Qu'allez-vous faire en Afrique, grand-père ?

– Je vais me tailler un royaume !

– Roi d'Afrique, oui, oui, vous en avez la tête ! Vous ne me mangerez pas au moins, une fois devenu nègre, hein, grand-père ?

– Vous m'avez l'air encore plus fade que prétentieux, mon petit jeune homme. Et, pour tout vous dire, c'est justement pour stopper le cannibalisme que je me rends en Afrique.

– Quoi, vous allez tuer tous les cannibales ?

– Non, je vais les reconvertir, je vais en faire des savants !

– Chouette alors, des Pygmées émules de Gay-Lussac, mais vous êtes génial, grand-père ! Non seulement vous me battez aux échecs, mais vous êtes encore plus farfelu que moi. Je n'aime pas beaucoup ça, grand-père !

– Et vous, comment comptez-vous vous illustrer ?

– Les ponts, les ports, les monuments, grand-père ! Tant et si bien qu'ils vont tous se coucher sous mes pieds pour me prier d'accepter le titre de gouverneur du Sénégal ! L'Afrique, c'est la chance de ma génération ! Et moi, ça se voit de loin, je suis un ambitieux !

– Eh bien, tous mes vœux, futur général Faidherbe !

Madère, les Canaries, le cap Blanc, voici Gorée !

Sur la trentaine de matchs que dura la traversée, le jeune polytechnicien en gagna tout de même une bonne douzaine, mais il insista, malgré les réticences de son partenaire, pour laisser la jolie montre en or gravée de ses initiales :

– Ce qui est dû est dû, c'est comme ça la vie, grand-père !

À quelques kilomètres de la rade, on voyait déjà les Nègres. Leurs frêles embarcations apparaissaient et disparaissaient dans le sillage du navire. Ils s'agitaient au milieu des flots, presque nus, et leurs silhouettes rappelaient aux Blancs les formes mystérieuses et ardentes de leurs statues. Les uns pagayaient en poussant des cris, les autres plongeaient, la tête en avant, et rivalisaient de pirouettes avec les vagues.

– Madam' Jolie-Jolie, jette à moi des sous !

Cela amusait ces nouveaux colons, à présent tous sur le pont, agités comme des brebis enfumées. Les Nègres exultaient. C'était au premier de se précipiter sur les jolis petits projectiles, les plus chanceux remerciaient par un long couplet de grimaces et de chants.

– M'sieur Beau-Beau-Chapeau, jette à moi des sous !

On sortait ses jumelles, on se perdait en conjectures sur leur biceps et sur leur surprenante souplesse.

Les autres bougeaient d'un endroit à l'autre du pont, s'ahurissaient bruyamment en pointant du doigt les Nègres, les oiseaux, les plantes. Rien ne l'étonnait, lui. C'était exactement à cela qu'il s'attendait. Tout était à sa place : la terre sombre et chaude, les palmiers chétifs et échevelés, le bruit incessant des tam-tams et des mouettes. Il s'émerveillait simplement que le soleil fût si blanc et les oiseaux si multicolores.

Gorée se trouvait maintenant à portée de main, avec ses forts négriers et ses villas à balcons entourées d'acacias, de rosiers et de flamboyants.

Un frisson intense lui traversa l'échine, il s'agrippa au bastingage et dit sans peur du ridicule :

– Me voici, ma vieille Afrique ! Me voici !

Ce n'était rien que de la terre, du sable, des fleurs et des vagues. Mais en Afrique !

« La chose la plus ordinaire prend ici une signification et une intensité inimaginables ailleurs. »

Il réussit malgré la bousculade à sortir son carnet et
nota en souriant : « Ici, tout est soleil, tout est joie ! »
C'était plat, banal, parfaitement ridicule, mais c'était
exactement cela qu'il sentait sur le moment. Il réajusta
son chapeau, mit pied à terre sans ôter sa redingote et
ses gants, jetant même un regard moqueur sur ses malheureux compagnons qui, eux, soufflaient comme des
bêtes de somme et s'épongeaient le front, doublement
abrutis par la chaleur et par le dépaysement.

Il était né insomniaque et frileux, autant dire : pour
l'Afrique ! D'ailleurs, il était déjà un peu chez lui sur
ces côtes : outre la maison qu'en bon enfant gâté il
s'était fait construire à Boulam bien avant de venir, la
plupart des factoreries lui appartenaient et le *Jean-
Baptiste,* un yacht flambant neuf, mouillait sur un autre
quai pour les besoins de ses excursions africaines.

Il passa la douane, traversa glacialement la cohue
bruyante des mendiants. Bonnard et ses pistachiers[1]
l'attendaient devant l'attroupement des vendeuses.
Celles-ci grouillaient sur le trottoir poussiéreux, recouvert de fruits pourris, de crottes d'âne et de mouches ;
le torse nu pour la plupart, la chevelure couverte de
perles, le pagne à peine au-dessus du genou. Elles
fumaient de courtes pipes en terre et couraient dans
un grand désordre derrière les toubabs pour proposer
des statuettes, des papayes, des noix de coco. À côté
d'elles, accroupis sur le sol, les hommes se rasaient ou
jouaient aux dames avec des cailloux.

Bonnard lui avait aménagé une villa sur le front de
mer avec un vaste jardin donnant sur la plage. Mais le
lendemain, au lieu de se baigner ou de faire le tour de
ses factoreries, il se déguisa en colon (bottes de cuir,

1. Pistachier : commis des factoreries coloniales.

jaquette de gabardine, casque) et, semant le pauvre
Bonnard, il s'abandonna tout seul dans les ruelles de la
ville pour visiter les forts négriers et humer à pleins
poumons l'odeur pénétrante des épices et des fruits.
Mais voilà que, sur son chemin, surgit un taureau fou
furieux. Une bande de gamins se précipita sur lui et le
poussa juste à temps à l'intérieur d'une maisonnette.

– Toi entrez à ici ! Celui-là mauvais, mauvais !

Inondé de sueur et tremblant de tous ses membres, il
vit la bête poursuivre sa course, un pauvre bougre,
bientôt, accroché à ses cornes. « Il n'y a là rien de gra-
tuit, c'est sûr ! », grommela-t-il en tentant de retrouver
ses esprits. Le soir, après le dîner, dans un élan mystique, il s'isola dans un coin du jardin et mêla sa voix
méconnaissable à celle, terrifiante, de la nuit africaine :

« Tout à l'heure, tu m'as sauvé la vie, ma vieille
Afrique, merci ! Maintenant, je t'en prie, accorde-moi
le Fouta-Djalon, que j'en fasse mon royaume ! »

Dakar, qui avait encore bien du mal à s'extraire des serres mordantes de la jungle, fut visitée en trois tours de chaise à porteurs. La corniche bordée d'églantines et balayée par les vents, la plage, le port, la gare, le tout nouvel hôpital hâtivement érigé pour soutenir celui de Gorée rendu exigu par les méfaits croissants de la malaria et de la fièvre jaune, formaient, il est vrai, les rares attractions que lui offrait la ville. Mais ces lieux-là sentaient trop ce qu'il pensait avoir fui : les tignasses blondes, les nichons mal bronzés, trop lourds pour tenir dans les soutiens-gorge, les casques, les guêtres, les bérets basques, les accents catalans et provençaux, les parfums ostentatoires, les haleines fétides sentant le gros rouge et l'anis.

Par chance, l'Afrique profonde (la vraie, l'ensorceleuse), en ces temps-là, n'avait pas encore déguerpi des côtes. Il pouvait la goûter (ses sourires et ses balafres, ses dialectes et ses tribus, ses bigarrures et ses puanteurs) à quelques pas des bistrots, des salons de belote et des caravansérails. Il se laissa happer, en guise de bain initiatique, par l'exotisme sans fond du marché, du quartier indigène et du village des pêcheurs. Et c'était ça : un goût de sueur et de sel, de gingembre et de cola, un amalgame de violence et de joie, plus que ça encore, l'Afrique, un excès de tonnerre, de chaleur et de vent, une perpétuelle déflagration. Il lui monta à la tête une sensation de délectation et de mort, un vertige d'ivresse éternelle.

Un seul regret devant le bouillonnement de ce monde en naissance : ne pas être le premier ici ! Qu'à cela ne tienne, là-bas, au Fouta-Djalon, il devait rester une caverne, une termitière, un monticule, un sous-bois où l'homme blanc n'avait jamais mis les pieds. Il y avait longtemps, bien longtemps, c'était dans les bras d'Émilie qu'il se serait imaginé au milieu de cette turbulence de sueur et de sève, de feuillages et de larves. Émilie, son premier amour, sa Juliette à lui, Roméo des bords de l'Azergue ; sa cousine, son aînée de trois ans, celle pour laquelle il avait sauté du pont dans l'intention de lui offrir sa vie en signe d'amour et de fidélité. Il devait avoir dix ans, douze ans tout au plus, mais déjà une volonté de mule, une âme de chevalier. Émilie seule partageait son mystérieux secret. Elle seule savait que, quelque part au bout de la ténébreuse Afrique, une terre vierge attendait patiemment qu'il grandisse pour se prosterner devant lui. Trop ternes, ses frères, trop vulgaires, ses amis, pour comprendre cela ! Le soir au coucher, ces idiots-là rentraient dans leur chambre et lui dans son univers à lui. Ce ne pouvait être pareil.

Et puis le temps avait passé et Émilie avait été emportée par une épidémie de peste et puis le temps était passé de nouveau et Émilie avait ressuscité sous les traits de Rose…

Ce miracle, il l'attendait, il se contenta d'écrire ceci : « L'Absolu n'est pas l'équilibre stable, instable ou indifférent appelant l'idée finie de symétrie ; il est UN partout semblable à lui-même, opposant n'importe où son identité d'absolu… il possède l'ubiquisme. »

Un rapide tour à Rufisque (ses lépreux, son ancien marché aux esclaves, ses vieux rois déchus, ses monceaux de rats morts, ses gigantesques silos à arachide) acheva de le convaincre : cette terre noire, cette diablesse sensuelle, sauvage, terriblement excitante sous ses frous-frous de palmiers et de lianes, ne pouvait se donner qu'à plus monstrueux qu'elle, aux fauves, aux fléaux, aux bandits et aux tyrans ! Il lui fallait trouver autre chose que des regrets, des prières et des incantations s'il voulait la posséder.

Il se dépêcha de monter une petite colonne de tirailleurs sénégalais et un équipage de quinze hommes. Puis il recruta un interprète et un cuisinier. Il prit la précaution de choisir un Peul (Mâly) et un Sérère, donc un cousin des Peuls (Mâ-Yacine) : c'était le moins, dans ces contrées où tout (les femmes, les bœufs, l'or, la terre, l'ennui ou la susceptibilité) pouvait donner prétexte à de longs et sanglants étripages tribaux.

Le cuisinier et l'interprète, les deux hommes essentiels des colonies ! De leur art dépendait la vie du Blanc. Il vivait ou mourait de la marmite du premier ou de la bouche du second. Une petite pincée de sel, celui de la sorcière bien sûr, et votre cœur s'arrêtait de battre après deux jours de rhume ! Un mot mal traduit dans l'oreille des rois nègres, vous étiez bon, selon le rite du coin, pour la case aux serpents ou la strangulation ! Ces deux-là, il fallait les sélectionner, les complimenter matin et soir, les gratifier pour un rien, surtout l'interprète, le poison des mots étant, dans ces contrées, souvent plus redoutable que celui des mets.

28

Le 7 décembre, les hommes, les montures, le yacht, les provisions, tout fut prêt : il s'embarqua pour Boulam.

Avait-il réellement traversé la Méditerranée, venait-il vraiment d'Europe ? Il avait l'impression que non, qu'il était parti directement de la grouillante mangrove de son enfance à celle, réelle et splendide, qui se déployait sous ses yeux. L'Afrique, il avait envie de la longer lentement d'abord, à la manière dont on tâte la croupe d'une femme avant de la pénétrer. Allongé sur une chaise pliante, dans la partie la plus ensoleillée du pont, il prenait des notes sur l'emplacement des *rios*[1] et la variété incroyable des oiseaux et des plantes. La frange écumeuse de la côte se déroulait comme une parure miraculeuse entre le bleu de l'océan et le fatras impensable de la jungle. Il comprenait tout : le silence épais des végétaux et le pépiement sans fin des oiseaux.

Le mystère de ce pays lui allait droit au cœur.

Il découvrit la forme étrange du rônier et songea à en faire l'emblème de son futur royaume. À l'heure la plus chaude de la journée, il faisait fixer une cloison contre la coque du bateau pour se protéger des requins et prenait un bain de mer en songeant aux murailles de Timbo.

Le temps fut clément tout au long de la traversée, les hommes beaucoup moins. L'équipage n'était pas facile, c'était un conflictuel amalgame de marins gascons et

1. *Rios* : il s'agit ici des larges estuaires profondément enfoncés à l'intérieur des terres que forment les rivières descendant du Fouta-Djalon sur les côtes de Guinée et de Guinée-Bissau.

de tribus africaines. Mais, en débarquant à Boulam le 15 du même mois, il avait déjà réussi à apprivoiser les bêtes : sourires et tapotements pour les premiers ; coups de cravache et, parfois, grains de corail et chocolat, pour les seconds.

Boulam, la porte du Fouta-Djalon ! Il lui restait maintenant à en dénicher la clé !

Il fut accueilli par le consul anglais, un jeune lord qui, malgré ses manières affectées, se préparait à rejoindre Stanley aux chutes de Yolala. Ils discutèrent quelques instants à bord du *Jean-Baptiste*, autour d'une bonne bouteille de bordeaux :

– C'est vraiment une idée de Français que de vouloir aller au Fouta-Djalon ! Quatre siècles que les Blancs sont sur la côte et ils sont moins d'une dizaine à revenir vivants de Timbo ! Mais c'est vrai que vous, les Français, vous n'avez pas besoin d'histoire, vous avez besoin de héros !

– C'est nous qui en avons l'étoffe, mon cher consul, voilà tout !

– Il vous sera encore plus difficile de jouer aux héros au Fouta-Djalon qu'à Waterloo. S'il vous y arrivait quelque chose, le monde ne le saurait même pas.

– Je mourrais au moins avec la satisfaction de vous avoir précédés quelque part. Vous êtes déjà partout, vous vous propagez comme une maladie. Vous me direz que c'est facile avec les esprits étroits qui sévissent dans nos ministères. Le seul agent consulaire que nous avions dans la contrée a été rappelé il y a peu. Je suis obligé de faire appel aux services des Portugais et… des Anglais !

– Si vous étiez un peu plus gentil, je vous aurais donné un coup de main. Sans appui, il est difficile de pénétrer le Fouta-Djalon, encore plus difficile d'en ressortir.

– Quoi, vous connaissez quelqu'un ?

– Peut-être bien si vous consentez à descendre de vos grands ergots de fils de Louis XIV.

Le Britannique finit son verre et s'essuya délicatement les lèvres avec un mouchoir à la blancheur inhabituelle dans ces brousses :

– Bon, malgré tout, je vais essayer de vous aider. Pas à cause de votre bon caractère, ce serait trop demander à un Français, mais à cause de cette délicieuse bouteille de bordeaux. Quand vous aurez fini de vous reposer à Boulam et de visiter les côtes, vous irez dans le Cassini, voir mon ami Lawrence.

– Quoi, des Anglais jusque dans le Cassini ?

– Presque !

Lawrence, roi des Nalous et allié des Peuls, avait du sang noir et blanc. Son nom venait d'un lointain aïeul américain, un esclavagiste, venu ici à la fin du XVIIIe siècle et qui, comme la plupart de ses semblables, avait convolé avec la fille d'un roitelet nègre pour protéger ses intérêts. Le phénomène s'était si vite répandu que, de Boulam à la Sierra Leone, la plupart des chefs de tribu portaient dorénavant des noms à consonance européenne. À l'intérieur des terres, la colonisation se poursuivait par les conquêtes, sur les côtes, elle s'était déjà imposée : au lit ! Les Curtis, les MacCauley, les Harrold, les Da Silva, Da Costa, Wilkinson et autres MacCarty, comme les arbres à pain, fleurissaient dorénavant dans la jungle.

– Il ne manque que les noms à consonance française, ironisa perfidement, le consul. Dépêchez-vous !

Le front d'Olivier de Sanderval se plissa, son regard se perdit au loin :

– C'est en quelque sorte les bourgeons de la colonisation. L'esprit de l'Europe s'infiltre dans le corps de l'Afrique. Mes rêves de jeunesse commencent à se réaliser. J'arrive au bon moment. Seuls ces fanatiques Peuls du Fouta-Djalon y échappent pour l'instant. Pour l'instant !

– Maintenant, reprit le consul, si vous avez fini de rêver, je vous emmène vous installer dans votre maison. Vous pouvez flatter votre ego de Gaulois : c'est la plus belle de la colonie. Ah, vous, les Français, il vous faut des châteaux de Versailles même pour une escale chez les Papous ! Quand votre Bonnard m'en avait montré les plans, j'avais cru qu'il se moquait de moi.

Non, ce n'était pas le château de Versailles, mais parmi les bambous et les lianes elle en avait un peu l'air, cette splendide maison coloniale encombrée d'escaliers et de balustrades et son vaste jardin descendant en pente douce jusqu'au friselis de la mer. Il avait voulu quelque chose à la dimension du roi qu'il se préparait à devenir. Il avait fait venir le marbre de Carrare, le granit, le bois de chêne et l'ardoise des coins les plus réputés de France. L'inspiration rapide de Rose, jamais en manque d'imagination et de géniale fantaisie, avait vite fait d'en fixer les couleurs et les lignes, d'en fignoler le décor, sur le papier :

– Et l'escalier en colimaçon et la voûte à l'entrée du salon ? Et n'oubliez pas les gardénias dans le jardin et la salle pour donner les bals.

Il mit une bonne demi-heure à en découvrir les alcôves et les pièces. Le consul guettait d'un œil moqueur ses demi-sourires et son regard luisant de satisfaction. Arrivé à l'étage, Sanderval se pencha sur la balustrade et pointa quelque chose du doigt :

– C'est quoi ça, là-bas, près des grands arbres ?

– Les petites buttes avec les croix ? La colonie de Beaver ! Au XVIIIe siècle, mon compatriote Beaver est venu fonder ici une colonie de quinze personnes. Dix sont mortes, les cinq autres ont été ramenées, vingt ans plus tard, en Angleterre par un bateau qui s'était perdu par là, couverts de plaies et à demi fous. Vous avez raison, partout nous vous devançons, seulement nous ne nous prenons jamais pour des héros.

– On ne vous en demande pas tant ! Si seulement, vous jouiez franc-jeu !

– Vous savez ce que disait lord Chatman ? « Si l'Angleterre était de bonne foi avec la France, elle ne durerait pas vingt-cinq ans. » Mais vous, vous n'êtes pas ici pour la France mais pour vous, n'est-ce pas ? Vous êtes un drôle de type. Qu'est-ce qui peut bien vous attirer en Afrique ?

– Le goût de l'Histoire, justement, monsieur le Britannique. L'Europe est blasée. C'est ici que l'Histoire a une chance de recommencer. À condition que l'on sorte le Nègre de son état animal !

– Et c'est pour cela que vous êtes là, pour sortir le Nègre de son état animal !

– Je crois, en effet, qu'il est temps de lui transmettre la lumière que nous avons reçue d'Athènes et de Rome !

– Je me demande si j'ai bien fait de vous rencontrer, monsieur Olivier ! Vous ne vous moquez pas de moi, au moins ?

Non, il ne cherchait ni à briller ni à se moquer. Il parlait le plus sérieusement du monde. Il ravala sa salive, souffla longuement pour se redonner une contenance, et fixa sur le pauvre consul des yeux de précepteur excédé avant de reprendre la parole. Pendant une bonne demi-heure, il répéta au Britannique ce qu'il avait, des dizaines de fois, tenté de faire comprendre à ces grosses huiles de Marseille. À savoir que les gènes de l'Europe s'étant usés après deux mille ans de formules et de cathédrales, il lui revenait à présent de transmettre le flambeau hérité d'Athènes et de Rome. À la Société de géographie, Jules Charles-Roux l'écoutait par amitié et tentait sans trop y croire de le ramener à des idées plus raisonnables. À la Chambre de commerce, on continuait de le recevoir parce que c'était lui. Seule sa douce petite Rose semblait le soutenir. Elle buvait ses paroles en écarquillant ses gros yeux bleus et s'enroulait autour de sa robuste carcasse comme le lierre autour du chêne pour vibrer avec lui sous le magique effet des Peuls, des Mandingues, de Dakar et de Tombouctou. Il avait raison, la loi du progrès passait avant tout, elle passait partout : les idées, les mœurs, les climats, même l'Afrique. *Lex mea lux*, les ténèbres devaient disparaître chez les Lapons comme chez les Nègres ! L'Afrique, voilà le nouveau défi de l'esprit après la roue et la machine à vapeur ! Et son homme, naturellement, serait le maître d'œuvre de cette nouvelle ère de l'humanité.

– À qui ? À qui ?

Il continuait, crescendo, malgré les questions démontées de l'Anglais qui, pour une fois, avait bel et bien perdu son flegme. À qui ? Mais au Nègre, bien sûr ! À qui d'autre ? L'Asiatique s'était usé bien avant l'Européen ! Quant à l'Indien, le pauvre n'avait survécu ni à l'épée des conquistadors ni à la grippe espagnole. Alors que le Nègre !

– C'est absurde ! Je me demande si je dois continuer à écouter ça !

Le Nègre est la matérialité du monde ! martelait-il sans tenir compte des lamentations du consul. Un esprit vierge, une énergie pour dix mille ans au moins ! C'était à lui et à personne d'autre de transmettre et de faire fructifier les enseignements de Platon et de Michel-Ange. Il était prêt à les recevoir. L'homme blanc, dans ces contrées, ne devait plus se contenter de ramasser les palmistes et la cire, il devait instruire, civiliser !

Défricher, la brousse bien sûr mais surtout, surtout, surtout les esprits !

– Vous m'auriez moins inquiété si vous étiez vraiment un fou. Votre idéalisme ne cache-t-il pas quelque chose ? On raconte partout que vous êtes venu vous offrir un royaume.

– Pourquoi le cacher ? Il me faut bien une terre pour expérimenter mes idées !

– Si j'ai bien compris, vous allez vous présenter aux Peuls et leur dire : « Je m'appelle Aimé Olivier, donnez-moi votre royaume pour que j'expérimente mes idées ! »

– Pas exactement, je vais d'abord leur demander l'autorisation de commercer et de construire un chemin de fer, ensuite...

– Un chemin de fer !

– Les Romains ont civilisé les tribus d'Europe avec les aqueducs, nous civiliserons les tribus d'Afrique avec le chemin de fer !

– Oui, mais pourquoi le Fouta-Djalon ?

– D'abord à cause du nom, et ensuite de la géographie !

Il dessina en l'air une carte imaginaire et expliqua l'intérêt stratégique de ces montagnes les plus hautes d'Afrique de l'Ouest, à égale distance de la mer et des royaumes de l'intérieur, où tous les grands fleuves prennent leur source.

– Si j'en crois l'explorateur, Lambert, il s'agit du royaume le plus puissant et le mieux organisé de ces contrées. Là, j'installerai ma base et je déploierai les tribus le long de la voie ferrée. D'abord le Fouta, puis Dinguiraye, Sakatou, Tombouctou... jusqu'en Oubangui-Chari, jusqu'au Limpopo ! Mon rêve est de fonder une nouvelle nation, la première nation de Noirs et de Blancs, l'empire du Soudan, illimité...

À ce stade de l'entretien, le consul pensa sérieusement à partir. Puis, en fin diplomate, il détourna la conversation vers la poésie et l'opéra, ce qui leur permit de prolonger la soirée par un copieux dîner arrosé d'une autre bouteille de bordeaux.

Après cela, il rendit visite au gouverneur portugais qui lui offrit un banquet et des guides. Il flâna dans les îles Bissagos, mais évita soigneusement celle d'Orango où, disait-on, régnait le diabolique Oumpâné, rendu célèbre pour avoir dépouillé et mis à la casserole des marins autrichiens naufragés sur ses terres. En revanche, il prit plaisir à fouiner dans celle de Boubak et à se familiariser avec l'Afrique des profondeurs, où, à l'inverse des villes, le Blanc n'était encore qu'un mystérieux fantôme. Il s'y initia aux scènes qui se répéteront des centaines de fois dans sa longue vie de broussard : les femmes et les gamins s'enfuyant à sa vue, les longues palabres, les procès en sorcellerie, les rituels et interminables échanges de cadeaux avec les rois nègres. Il nota avec satisfaction que même ceux de la jungle ne se montraient pas hostiles – étonnés, ravis, dédaigneux, terrifiés, jamais hostiles ! Il admira la coquetterie un peu osée des femmes, parées de coquillages et habillées de jupes de paille tressée, s'amusa avec les gamins portant tous une touffe de cheveux au milieu du crâne ras et une bande de tresse. Il échangea avec eux des insectes rares contre des morceaux de sucre. « C'est un bon début, se dit-il. La nature est aussi prodigieuse que je le pensais et les gens sont intelligents, soigneux, industrieux et souvent élégants. »

Le roi de Boubak et sa centaine d'épouses lui firent une semaine de réjouissances. Surprenant ! Le bougre, dans ce trou de la jungle, habitait un palais à un étage avec une cour pavée de coquillages.

Aux cadeaux que ses agents de Gorée lui avaient conseillés, il ajouta une coupe de cristal qui fit tellement plaisir au seigneur des lieux que celui-ci, en sus du bœuf, des deux cochons et des quatre poules rituels, lui offrit, en cadeau, son fils âgé de douze ans. Il remercia plusieurs jours de suite pour respecter les usages, puis tenta de trouver un moyen de se débarrasser de l'encombrant cadeau. L'interprète Mâly arrondit les angles comme il put :

– Le Blanc te demande de lui garder son enfant jusqu'à son retour de l'intérieur des terres.

– Et il va où, le Blanc ?

– Au Fouta-Djalon !

Patatras ! La colère souleva le monarque de son siège. Il menaça de saisir leurs biens, de leur briser les membres, puis de les jeter dans la case aux serpents. Mâly réalisa qu'il avait commis une gaffe, mais il mit un temps fou pour en découvrir les raisons. Le pauvre interprète eut beau prêter l'oreille, il ne comprit que pouic aux salves de grondements qui, à présent, secouaient le palais :

– Fouta-Djalon, aïe !!! Jamais, non, non, Fouta-Djalon, non ! Fouta-Djalon, mauvais, mauvais ! Peuls, bâtards !

Le débit arrivait comme une coulée de lave, la traduction était forcément ardue :

–   Peuls, enfants de la traîtrise dont la lance est tordue ! Pendant la nuit, ils dorment pendant que leur main gauche ne dort pas. S'ils possèdent la beauté, le bon caractère leur est interdit... Peuls bâtards ! Peuls bâtards, bâtards ! Tu connais le Peul, toi ? Hein, tu ne connais pas ?... Alors, prends l'énigme, couds-la dans la peau du chat, donne-la au boa puis donne le boa au crocodile. Maintenant, enfouis le crocodile sous la cendre par une nuit de brouillard, tu as obtenu le Peul !…

Le monarque n'arrivait plus à se taire. Mâly finit par comprendre : c'est à cause des incessantes incursions des Peuls que ses ancêtres avaient quitté la terre ferme pour se réfugier dans ces îles. « Et ce monstre s'est mis dans la tête que nous sommes des espions infiltrés par ses ennemis du Fouta ! Nous sommes dans de beaux draps, Blanc, des draps très beaux, *wallâhi* ! »

La palabre dura des soleils et des lunes. Ils durent offrir la moitié de leur eau-de-vie pour échapper à la mort et un miroir grossissant pour éviter d'être retenus sur l'île. Mais, même revenu à de meilleurs sentiments, le monarque ne lâcha rien quant à son royal cadeau : le Blanc devait emporter l'enfant, ce serait une offense sinon. Enfin, il finit par céder après deux autres nuits de disputes et de beuveries en échange d'un pyjama et de la promesse que le Blanc n'irait pas au Fouta-Djalon, qu'il se contenterait de flâner sur les côtes, avant de revenir recueillir son présent.

Voilà ce que nota Olivier de Sanderval dans ses carnets, après son retour inespéré à Boulam :

« N'en déplaise à mes bons commis de Gorée, j'ai bien fait de m'aventurer dans les Bissagos ! Me voilà rodé ! On n'a plus peur de rien après ça, même des Peuls du Fouta-Djalon ! »

La semaine suivante, il procéda à une étrange cérémonie au milieu de son jardin. Il jeta au bûcher ses lettres ramenées de France et, les bras levés aux cieux, s'adressa à l'Afrique, de nouveau : « À toi, ces cendres venues de France ! Puissé-je ne pas te laisser les miennes ! »

Puis, le 13 janvier, il remonta le Cassini en trois jours de pirogue. Il trouva Lawrence parmi ses ministres, examinant les affaires du royaume. Son palais à lui avait vraiment l'air d'en être un : une maison de bois, certes déjà de guingois, mais qui, si l'on oubliait le désordre et la moisissure, rappelait par ses rampes et ses balustrades les vieilles demeures de Bahia et de Louisiane. À Marseille, cela aurait pu n'être qu'une simple masure, pensa-t-il, mais dans ces contrées où, mis à part les cabanes et les paillotes, seule la fantaisie des végétaux tenait lieu d'architecture, cette vieillerie forçait le respect.

Lawrence le présenta à ses sujets et s'adressa à lui sans passer par le traducteur. Outre le nalou, le soussou et le peul, il parlait parfaitement l'anglais et se débrouillait plutôt bien en français et en portugais. Il avait bien reçu le message du consul anglais et avait de très bonnes nouvelles : non seulement l'*almâmi*[1] l'autorisait à fouler ses terres, mais il ne semblait pas, à priori, hostile à son projet de chemin de fer.

Miracle ! En quelques secondes, il était devenu l'hôte du Fouta-Djalon. Ce Fouta si fermé, ce Fouta tant redouté ! L'hôte de l'*almâmi* en personne, tant qu'il ne volait, ne tuait ni ne profanait l'islam, selon la formule consacrée ! Aguibou, le prince de Labé, viendrait à sa rencontre à Boubah, la ville frontière, pour lui remettre son passeport. Miracle, oh oui, miracle ! Il s'attendait à un refus, tout au moins à une longue procédure. Il pensait que cela durerait des semaines ou des mois et qu'on lui aurait dit non pour finir. Il avait même songé à un plan : entrer frauduleusement par les montagnes du Sud, malgré le risque de se faire décapiter. Merci Lawrence, merci les Nalous ! Et même merci les Anglais, pour une et dernière petite fois !

1. L'*almâmi* : le roi des rois, le monarque du Fouta-Djalon.

– C'est l'*almâmi* qu'il te faudra remercier ! Sacré Aimé, ça n'arrive pas à tout le monde d'être l'hôte des Peuls !

– Ah, ça oui !… J'ai hâte de partir !

– Je dois d'abord te trouver des interprètes !

– J'en ai déjà un !

– Avec les Peuls, tu n'auras jamais assez d'interprètes !

Il refusa de répondre. Dire non signifierait une offense (une de plus, dans ces contrées où les souverains sont impulsifs et les peines souvent capitales !). Dire oui reviendrait à prendre des risques à l'entrée de ce Fouta-Djalon inaccessible et mystérieux, déjà suffisamment truffé, disait-on, de maraudeurs et d'espions.

Il quitta le brave Lawrence après l'avoir surchargé de cadeaux et obtenu de lui nombre de traités, pour sillonner de nouveau la côte et fouiller les amonts et les estuaires des innombrables *rios* qui s'y précipitaient ; remplir ses carnets de schémas et de notes sur la nature du sol, la diversité des insectes et des singes. Il s'initia au nalou et au peul et entreprit d'en rédiger les lexiques. Il s'empêtra dans la mangrove pour s'étonner de la forme de ses arbres, tester le goût inconnu de ses centaines de fruits, et signer avec les tribus le droit d'ouvrir des factoreries et de faire passer ses caravanes.

Il cartographia la zone, donnant pour la première fois une indication crédible des contours de la côte et de l'écoulement des fleuves. Après le Kouchala, le Cabacera, le Koubak, le Comedia et le Compony, il poussa jusque dans les méandres du *rio* Nunez et visita l'horrible poteau de Vikaria qui servait aux exécutions. On y attachait les condamnés après leur avoir rompu les membres, puis la marée haute venait les asphyxier si, entre-temps, les caïmans ne les avaient pas dévorés.

Et, bien sûr, il arriva à Boké et se présenta tout de suite au fort français.

– Comme ça, vous allez au Fouta-Djalon ! lui dit sur un ton de reproche le capitaine Dehous qui commandait l'endroit. Vous devez savoir que nous ne vous serons d'aucun secours s'il vous y arrivait quelque chose. On ne va pas au Fouta-Djalon comme on se promène en Auvergne. Il y a bientôt un an qu'un de nos compatriotes est allé se perdre là-bas et depuis, aucune nouvelle de lui.

– Vous voulez dire qu'ils l'ont dévoré ?

– Que peut-il lui être arrivé d'autre ?

– Et comment s'appelle-t-il, ce compatriote ?

– Montet ou Moutet, je ne sais plus, moi ! Un farfelu qui s'était mis dans la tête d'aller apprendre la viticulture aux Peuls. Apprendre la viticulture à des Nègres mahométans ! Je croyais qu'il était la pire espèce sur laquelle je pouvais tomber. Et maintenant vous voilà, vous !

Le capitaine lui aménagea néanmoins une chambre et lui offrit un copieux dîner. Mais, pendant le repas, ils furent alertés par des cris violents venant du dehors. Ils sortirent et trouvèrent les sentinelles en train de rosser un homme enchaîné.

– Cela nous arrive une semaine sur deux, expliqua le capitaine. Ces sauvages, ils absorbent leurs saletés pour se laisser envoûter, puis ils viennent voler dans nos magasins en prétendant que c'est sous l'influence des esprits… Albert, garde-moi ce singe dans les oubliettes. Demain, je le présenterai au chef de village.

– Et que fera le chef ? demanda Olivier de Sanderval.

– Il le condamnera sans doute au poteau de Vikaria. Les lois de ces sauvages sont encore plus cruelles que celles des pirates et des inquisiteurs.

– J'ai vu cette horreur en arrivant ici. Que puis-je faire pour sauver ce pauvre malheureux ?

– Rien ! Nous n'avons pas pour habitude de nous mêler de leurs coutumes.

– J'irai voir le chef demain. Peut-être qu'avec un peu d'ambre…

– Écoutez, monsieur Olivier, notre vie de Blancs est déjà assez compliquée comme ça ! Je vous préviens, si vous nous créez des ennuis, je vous fais fusiller sur-le-champ !

Le lendemain, il n'eut pas besoin d'aller implorer le chef. Quand on ouvrit le sous-sol où croupissait le détenu, on ne trouva que ses os : les fourmis *bag-bag* l'avaient entièrement dévoré.

Il fallait arriver en Afrique pour voir une telle horreur ! Il resta prostré toute la journée, incapable d'avaler autre chose que sa salive. Puis il se souvint de ses lectures de jeunesse : c'est dans ce petit port – appelé alors Kakandy –, bien à l'abri des pirates et des vents, que René Caillé avait entamé son périple vers Tombouctou. Il lui dressa un petit mémorial et fit sonner le clairon et lever les couleurs par le détachement du fort.

René Caillé figurait, et en très bonne place, parmi les mythes qui avaient émerveillé son enfance. Maintenant que l'âge avait fait son tri, il se demandait même s'il ne dépassait pas Ulysse ou Attila. Son nom vibrait encore dans ses oreilles avec la même intensité biblique que celui de certains patriarches et Tombouctou, ma foi, avec la même magie que Java ou Samarkand. S'il pataugeait dans cette mangrove, rongé de soucis et presque déjà paludéen, devant les portes de cette race impénétrable des Peuls, c'était avant tout pour cela : que, demain, leurs noms soient accolés sur le splendide arbre généalogique que, depuis Robinson Crusoé, la féerie des Temps modernes s'était mise à déployer. L'un, le père, l'autre, le fils ! Cela pour les besoins de l'utopie, bien sûr, la réalité, toujours plus cruelle, les ayant créés aussi dissemblables que la glaise et l'émeraude

René Caillé était venu au monde pauvre, dans un petit village des Deux-Sèvres. Pour avoir volé une bricole, son père, ouvrier boulanger, mourut au bagne de Rochefort en 1780, soit cinquante-quatre ans avant Jean Valjean. Le petit Aimé Victor Olivier, lui, avait été fait lyonnais, c'est-à-dire riche, c'est-à-dire fin gourmet, c'est-à-dire inventif, c'est-à-dire froid et secrètement excentrique.

Chez les Olivier, on naissait sans souci du lendemain, on grandissait dans des demeures silencieuses et vastes, entourées d'une haute muraille, perdues sous une belle végétation. L'essor industriel de la ville devait beaucoup au génie de la famille[1]. Côté Olivier comme côté Perret, le petit Aimé provenait d'une longue lignée d'ingénieurs. Son père passait pour un savant. Son oncle Théodore fut l'un des fondateurs de l'École centrale des Arts et Manufactures de Paris, dont il fut lui-même un brillant étudiant. L'acide sulfurique industriel, le monde le doit à son grand-père maternel. Et lui, il devait tout à la chimie, et d'abord sa naissance ! Un jour, Claude-Marius Perret, le père des industries chimiques lyonnaises, engagea un jeune ingénieur qui fit si bien l'affaire qu'il lui donna sa fille à marier. Le couple eut six enfants, Olivier de Sanderval en était le deuxième.

« Cet enfant m'inquiète, disait souvent la maman anxieuse de nature au papa maître de lui et recru d'optimisme, on dirait qu'il n'est pas d'ici, on dirait qu'il regarde autre chose que ce qui l'entoure. » Non, c'était un enfant comme les autres, juste un tout petit peu mélancolique. Comme tout le monde, il obéissait à son père et aimait sa mère – d'un amour ardent, cependant, pudique, insoupçonnable mais ardent : de toute la

1. C'est en rachetant les usines Olivier et Perret que Saint-Gobain a fait fortune.

fratrie, de loin le plus attaché à elle. Mais ce n'était pas un de ces enfants efféminés et chichiteux auquel il fallait nouer les lacets et faire avaler le steak ou la purée. Très tôt, il se montra intelligent, énergique, fort débrouillard. Ce doux rêveur adorait le sport et les jeux dangereux.

À quatre ans déjà, il se mêlait aux conversations des grands et ses propos paraissaient si bien ficelés que personne ne pensait à le rabrouer. À sept ans, il avait éclipsé son aîné et imposé sa glaciale autorité à ses cadets. C'était un drôle de dur, rude au-dehors mais mou à l'intérieur, un oursin en somme. Ce garçon athlétique, fragile des viscères et du cœur, bouillonnait en son sein de tendresse et de sensibilité. Un rien le faisait fondre : la voix de sa mère, l'éclat d'une fleur, le sourire d'une jeune fille, une strophe de Villon ou une rime de Sully Prudhomme. Et si ses yeux paraissaient toujours secs, son cœur pleurait sans cesse. C'était un rêveur, un rêveur en action, un perpétuel insatisfait. La réalité ne lui suffisait jamais. Il voulait toujours plus grand, plus fort, plus beau.

Il avait l'art d'agacer, mais aussi celui de charmer. En toutes circonstances il émanait de lui quelque chose de majestueux, quelque chose de supérieur, quelque chose de romain.

Sa silhouette virile, son nez droit et ses yeux gris noyés dans une douce lumière blanche plaisaient aux femmes. Son regard perçant, son front haut – légèrement dégarni à gauche et barré d'une longue mèche à droite –, sa barbe noire toujours finement taillée impressionnaient même ses adversaires. Quand il passait dans la rue, tous les regards se tournaient vers lui : oui, oui, il avait bien la gueule de son époque. On s'imaginait Jules Verne, ou alors Victor Hugo.

« Je suis issu d'une famille où la banalité n'est pas de mise. » C'est tout ce qu'il dira des siens mais c'est peut-être déjà trop, dans cette bourgeoisie lyonnaise, certes latine et catholique, mais discrète et humble à la manière des grandes familles nordiques et luthériennes. Chez les Olivier comme chez les Perret, on ne venait pas au monde avec le fol orgueil de clamer sa naissance, mais avec la cruelle angoisse de devoir faire au moins aussi bien que papa. Sauf que chez ces fanatiques adeptes de l'effort et de la discipline, les délices de la folie avaient toujours allègrement flirté avec l'usage de la science et la passion de l'industrie. Tenez, ce Claude-Marius Perret, par exemple ! Le vénérable vieillard débouchait place Bellecourt, l'hiver, en traîneau à chiens et, l'été, en cabriolet conduit par des chevaux surexcités à la gnole. Le préfet dut pondre un arrêté pour faire cesser le carnage. Mais, à la mort de sa femme, le vieux renard trouva le moyen de heurter une nouvelle fois les usages et la loi : il fit embaumer celle-ci clandestinement et la garda auprès de lui jusqu'à ce qu'à son tour il meure. Et que dire de cet oncle qui avait passé cinquante ans de sa vie à relever les catacombes de Rome pour, à la fin, en tirer une somptueuse lithographie gracieusement offerte au Vatican !…

Le travail d'abord, cependant, la rigolade après, et seulement quand on avait bien mérité sa pause ! Les règles, chez ses têtes brûlées de géniteurs, étaient aussi implacables que leurs formules de laboratoire : « On ne naît pas pour en jouir mais pour faire ce qu'on a à faire. » Un jour, vers ses neuf ans, il avait fugué de sa sinistre pension d'Oullins, pour échapper à la férule et à la mortelle purée de pois chiches. Il s'était ensuite clandestinement embarqué sur une des péniches de la famille sillonnant le Rhône pour transporter les acides et les minerais, afin de rejoindre ses parents, alors installés à Avignon. Mais, arrivé au seuil de la maison, il était tombé sur son père : « Vous ne devez pas vous trouver ici à cette heure-là, vous le savez bien, Aimé ! » Le papa avait dit cela sans faire un geste et sans élever la voix, et le petit, aussitôt, avait repris le bateau sans oser monter l'escalier, embrasser sa mère qu'il n'avait pas vue depuis bientôt un an…

Comme par hasard, notre futur roi d'Afrique allait bien avec ce que dit le proverbe bantou : « On est plus fils de son époque que fils de son père. » C'était le petit du XIXe, tout craché !… *Ordem et progresso* !… Son éducation, son tempérament, tout le préparait à vibrer aux passions de son siècle : les idées, les sciences, les grands voyages. Il avait été pétri avec un mental de pionnier, dans un siècle de pionniers ! Sa vie, il l'avait envisagée très tôt comme un escalier raide tendu vers les exploits. Les héros avaient leur légende, sa quête obstinée de la grandeur et de la plénitude aurait son livre. Et ce livre s'appellerait *L'Absolu*, la somme de ses pensées, le point fusionnel de tous les parallèles : l'idée et la vie, le réel et le vide, l'être et le bon Dieu. Commencée à douze ans, cette *Métaphysique* des Temps modernes en était maintenant à sa vingtième version.

René Caillé avait laissé des carnets de voyage, lui, il laisserait un journal de route aussi bien qu'une pensée, une œuvre lyrique aussi bien qu'une encyclopédie.

Il y avait aussi ceci qui le distinguait de son illustre modèle : celui-ci avait trimé jusqu'en Guadeloupe pour pouvoir se payer le voyage de Tombouctou et il n'avait personne pour le recevoir à part les moustiques et la guigne. Alors que lui, de Rufisque à Boulam, en passant par Ziguinchor, la plupart des factoreries étaient les siennes, héritées, il y avait peu, de l'armateur Pastré, son beau-père. Mais, c'était entendu, aucun de ses agents ne l'accompagnerait au Fouta-Djalon. Il irait seul avec ses Nègres, sans bonne, sans valet de chambre, ce ne serait pas un exploit, sinon.

Il écuma les villages, lâcha ses bonimenteurs dans les marchés, mais il eut beaucoup de mal à recruter des porteurs. Les gens de la côte n'aimaient pas beaucoup s'aventurer au Fouta-Djalon. « Timbo, on n'en revient pas vivant, lui répondait-on avec effroi, et si on en revient vivant, on n'en revient pas libre. »

Il lui fallut trois jours de palabres et beaucoup de cadeaux pour trouver une colonne prête à l'accompagner.

Dix vallées, trois plaines, cinq coteaux, six rivières !... Un beau matin, avec la fébrilité de Moïse foulant la Terre promise, Mâly pointa de son index des hauteurs boisées perdues dans le brouillard :

– Tu vois, là-bas ?... Juste après les termitières ?... C'est là-bas le Fouta-Djalon ! Enfin, le pays des eaux vives et des fruits, du lait pur et des érudits ! Le pays qui désaltère ! Ne fais pas attention, toubab, ce sont les griots qui parlent ainsi !

La distance était trop grande, la visibilité trop floue malgré les jumelles. Il aperçut les reflets d'une paroi rocheuse et se contenta de deviner fiévreusement le reste : les *bôwé*, les *touldé*[1], les bergères éclatantes de parures parmi leurs bœufs au pelage de moineau et

---

1. *Bôwé* (singulier *bôwal*) : hauts plateaux herbeux caractéristiques du Fouta-Djalon. *Touldé* : éminences granitiques de forme tabulaire.

bien d'autres images renvoyées mille et une fois par les récits de Mollien, de René Caillé, de Hecquart ou de Lambert.

Il reprit la route en sifflotant. Mais, à Boubah, les événements eurent vite raison de son euphorie. La nuit même de son arrivée, Alpha Gaoussou, un seigneur local entré en rébellion, attaqua la cité et emporta une soixantaine de ses porteurs.

Aguibou, qui devait lui remettre son passeport, se trouvait retenu par ses affaires à quelques jours de là. Son épouse, la princesse Taïbou, le reçut à sa place. Voici comment ses Mémoires la décrivent : « Elle porte, pendues à ses cheveux qu'elle porte en nattes étroites, des boules d'ambre grosses comme des œufs. Sa poitrine est couverte de pièces de cinq francs dont le tintement éveille en elle un orgueil enfantin. Elle a les bras chargés de bracelets d'argent, épais comme le pouce, et elle porte aux chevilles des anneaux de gros fils d'argent tressé. »

Il la salua et lui présenta aussitôt son cadeau, une pièce de mérinos blanc lamée d'argent. Elle étincela de plaisir et l'invita à converser :

– C'est donc toi, le Blanc dont mon mari m'a parlé ! Tu veux marcher jusqu'à Timbo, c'est bien ça ?

– C'est bien ça, princesse !

– Cela, mon mari me l'a dit et il m'a dit autre chose qui m'avait l'air tellement bizarre que j'ai presque déjà oublié. Il paraît que chez toi, là-bas, tu as une drôle de machine et que tu comptes la faire venir ici, au Fouta.

– Un chemin de fer, princesse, quelque chose qui peut aller d'ici à Labé le temps que tu fasses à manger.

– Ça, ça peut être vrai là-bas, pas ici au Fouta.

– C'est vrai partout, princesse.

– Eh bien, moi, même si je le vois, je ne le croirais pas.

Elle était détendue et gaie. Cela l'amusa d'apprendre que là-bas, en France, la pluie est comme le sel, poudreuse et blanche, qu'on y prie devant une croix et mange le cochon, que les hommes, tous non circoncis, n'ont le droit d'épouser qu'une seule femme. Elle le regarda longuement, se moqua de sa peau blême et de ses cheveux lisses et longs, ceux d'un nouveau-né. Puis son visage se figea, cela lui revint qu'elle ne savait même pas comment il s'appelait :

– Tu dois me prendre pour une idiote : il y a un moment que nous parlons et je ne t'ai même pas demandé ton nom. Je suppose qu'on vous donne aussi un nom, là-bas, au pays des Blancs.

– Et comment, princesse ! Même nos rues ont des noms ! Moi, on m'appelle Aimé !

– Yémé ? Ce n'est pas un mauvais nom ! Seulement, tu es bien étonnant, Yémé, de vouloir amener cette machine-là chez nous. Tu penses que les Peuls la voudront ?

– Je compte bien convaincre l'*almâmi*. Tu m'y aideras, princesse, n'est-ce pas ? Tu es la femme du futur roi de Labé et ton mari est bien vu de l'*almâmi*, c'est ce que tout le monde dit sur la côte.

– Oui, pour l'instant, mais qu'en sera-t-il quand ce sera le tour des Alphayas de régner.

Cette histoire de Soryas et d'Alphayas, Lawrence avait passé toute une nuit à la lui expliquer en vain. Elle réussit à le lui faire comprendre enfin au moyen d'une petite leçon d'histoire distillée de sa voix inflexible et douce. Il se dépêcha de noter que les Soryas et les Alphayas constituaient les deux branches de la famille des *almâmi*. Elles régnaient à tour de rôle, deux ans chacune. En tout cas sur le papier ! Qui décidait le plus souvent ? Les poisons, les coups de poignard, les guerres civiles !

Il lui était important de comprendre, s'il voulait un jour régner sur ces terres, que le Fouta-Djalon était un royaume théocratique et fédéral, et qu'il comprenait neuf provinces : un roi à la tête de chacune d'elles et l'*almâmi* qui régnait à Timbo, à la tête de tous. L'*almâmi* ou plutôt les deux *almâmi* : le régnant et celui qui s'impatientait dans sa capitale de « sommeil » ! En attendant, bien sûr, qu'il s'empare du trône !

Un subtil jeu d'équilibre répartissait les pouvoirs chez ces Peuls farouches, susceptibles et méfiants. Timbo régnait mais Fougoumba, la capitale religieuse, couronnait l'*almâmi*, votait la loi et déclarait la guerre…

– Vous avez un système bien compliqué.

– Tout est compliqué chez nous, Yémé, c'est pour cela que nous sommes des Peuls !

Elle lui expliqua les mille et une manières d'aborder cette ombrageuse race peule, réputée rusée, méfiante, fanatique et perfide, toujours sur ses gardes, jamais vraiment amie. Il l'écouta près de trois heures, subjugué aussi bien par ses conseils que par ses lèvres ourlées et par son odeur de fleur sauvage. Il prit congé sur un ton délassé, presque intime :

– Je m'en remets à toi, Taïbou. La route est barrée et j'ai perdu soixante de mes hommes. Je reste bloqué ici à l'entrée du Fouta. Chaque jour qui passe me coûte en énergie et en hommes. Mais je sais que je peux compter sur toi, n'est-ce pas, ma princesse ?

– La route est libre depuis ce matin, Yémé, mon mari m'a envoyé un courrier juste avant que tu n'arrives. Il t'attend à Guidali où je serai moi-même dans quelques jours. Un émissaire arrivera bientôt pour te conduire à lui. J'ai donné des consignes pour qu'on retrouve tes hommes, ou alors on te fournira des captifs. Si tu as des ennuis, n'hésite pas, appelle Taïbou ! Maintenant, va en paix, Yémé, je te bénis, je prie pour toi !

Il se précipita sur ses carnets, aussitôt revenu sous sa tente :

« Du miel, des fleurs, des sources et une princesse que l'on dit cruelle et qui est plutôt courtoise et agréable à regarder, si c'est ça, le Fouta, eh bien, allons-y ! »

Les premiers contreforts du Fouta-Djalon se distinguaient visiblement de Boubah – l'or au cou de la belle, les cascades et les vallons fleuris à cet endroit-là ! Les femmes ressortissaient à la même miraculeuse splendeur que la nature. Il était aux anges. « Dans ce pays où les lauriers ont quinze mètres de haut, comment ne pas rêver de s'en tailler un brin ? Parmi les vanités de la vie, laquelle offre mieux un semblant de réalité que la conquête d'un royaume, l'organisation d'un État ? », nota-t-il tout excité, de retour d'une promenade.

L'émissaire d'Aguibou finit par s'annoncer. Sa colonne s'ébranla le 3 mars à six heures du soir pour éviter le soleil, mortel en pleine journée même à ces altitudes-là. Il avait prévu Boulam-Boubah comme une simple étape de rodage, l'occasion d'évaluer la meilleure charge pour les porteurs, de réguler la vitesse de la marche, de fixer la longueur des étapes et d'étudier le comportement des hommes : distinguer les voleurs des gourmands, les poltrons des récalcitrants, les profiteurs des espions.

Les choses sérieuses commençaient maintenant. Il allait en direction des montagnes, vers ces farouches et imprévisibles Peuls si lents à donner leur cœur et si rapides au couteau. Les premiers raidillons se présentèrent aux environs de Sambafil. Ses hommes descendirent des chevaux pour enfourcher les ânes. Lui n'eut pas besoin de descendre du sien. L'équitation n'avait jamais été le fort de ce solide gaillard, familier des sommets du Mont-Blanc et des volcans d'Islande. Il n'utilisait sa monture que pour traverser les fondrières et les marigots. Il la tenait en laisse le reste du temps, ou la laissait au palefrenier. On commença à compter les premières cascades, les premières falaises, les premières foulures, les premières morsures de serpents. Il y avait autant de fleurs que de fontaines. Les oiseaux surgissaient, étourdissants par leurs couleurs, par leur nombre, et les singes, nombreux et hilarants.

Certains porteurs profitaient des virages pour s'enfuir avec leurs bagages, d'autres les jetaient au premier détour pour savourer les joies de la liberté.

Comme prévu, Aguibou l'accueillit à Guidali, à trois jours de Boubah. La réception eut lieu dans une vaste cour ornée de gravillons et de citronnelle, entourée de grandes cases aux toitures en terrasse sous les vérandas desquelles s'ébattaient des cabris, des poules et des gamins hirsutes et morveux.

– Sois le bienvenu sur les terres de l'*almâmi* ! Vas-tu bien ? N'y a-t-il point de mal d'où tu viens ?

Des semaines parmi les Peuls et les Nalous lui en avaient suffisamment appris sur les usages, du moins le pensait-il.

– Je viens de Boubah, il n'y a point de mal là-bas, du bien seulement. Mon chemin a été bon, sans mal.

– À ta volonté, Blanc, à ta volonté ! J'ai entendu ton nom. Le Fouta-Djalon dit que ton nom est bon. Timbo est prêt à t'accueillir, la cour à examiner tes vœux. Il paraît que tu veux un chemin pour faire passer la vapeur jusqu'à son arrivée à Timbo.

– C'est ça ! Je compte en discuter avec l'*almâmi*, dès…

Il n'eut pas besoin de Mâly pour comprendre qu'il venait de commettre une gaffe encore plus terrible, peut-être, que lors de sa fameuse mésaventure dans l'île de Boubak. Il lui suffisait de le lire dans la soudaine hostilité des visages et dans le brusque mouvement des mains vers les gourdins et les couteaux. Aguibou fit un geste pour tempérer l'ardeur de la foule, bien que son regard n'eût lui-même rien de rassurant. Il fit un clin d'œil à son griot, qui explosa aussitôt de colère sur la tête ébahie du toubab :

– Toi, discuter avec l'*almâmi*, Peuls, vous entendez ça ?

Mâ-Yacine se pencha vers ses oreilles pour lui expliquer son impardonnable crime de lèse-majesté. L'*almâmi* était un symbole sacré, le troisième au monde après le bon Dieu et le Prophète. Il ne demandait pas, il ordonnait, il ne recevait pas, il convoquait ; il lui arrivait bien de discuter, mais uniquement avec les princes et les rois.

« Es-tu roi ou prince ? Réponds donc, hôte ingrat, individu sans honneur et sans éducation ! », vociférait le griot alors que des voix réclamaient qu'on le bastonne, qu'on saisisse ses hommes et ses biens, qu'on l'expulse vers la côte, qu'on le jette aux crocodiles.

À ce moment-là Mâly, qui n'avait depuis le début de l'incident cessé de battre frénétiquement des cils, à force de cogiter, émit un raclement de gorge. Dans ce monde peul où tout est courbettes et chuchotements, allusions et suggestions, cela signifiait qu'il avait un mot à placer si la Cour voulait bien l'y autoriser.

– Pardonne à ce Blanc étourdi, prince Aguibou ! Il aurait dû commencer par transmettre au Fouta le très haut salut de son oncle…

Et le sacré interprète de demander humblement de ne pas se fier aux apparences : ce malheureux toubab, enlaidi par les coliques, empoussiéré par les pistes,

55

griffé par les épines, n'était rien de moins que le neveu du roi de France – entendez bien, le fils du frère de l'*almâmi* de là-bas, même mère, même père ! Le trône de France revenait à quatre personnes : le roi, son fils, son frère, après c'était lui, Olivier de Sanderval, malgré cette poussière qui lui collait aux cheveux et cette gadoue de deux pouces que l'on voyait sur ses semelles… Le Fouta s'honorerait de le recevoir comme il le méritait, *wallâhi* !… Voilà, gens de la cour, c'est tout ce qu'il voulait dire, lui, Mâly, voilà ce qu'il avait fini de dire !

Naturellement, le toubab tenta aussitôt de démentir ce mensonge indigne. Mais les clins d'œil et les coups de coude de ses deux domestiques l'empêchèrent d'ouvrir la bouche.

Une longue et sourde rumeur émana de la foule, puis le griot se tourna vers les étrangers :

– Le Blanc a-t-il une lettre de son oncle très vénéré ?

– Vous ne connaissez donc pas les coutumes de France, Peuls de brousse stupides et bornés ?

Mâ-Yacine venait de parler : sérère, il avait le droit d'insulter les Peuls au nom de l'ancestrale coutume de la parenté à plaisanterie. Le bourreau dégaina son sabre, Mâly eut juste le temps de s'interposer :

– Que fais-tu, malheureux ?… Aguibou, prince peul, vas-tu laisser égorger un Sérère sous ton toit ? Ah oui ?

Un grognement de réprobation fusa à l'encontre du bourreau :

– Pourquoi vous me regardez comme ça ? Je ne savais pas que c'était un Sérère, *wallâhi*, je ne savais pas !

Le prince s'adressa à Mâ-Yacine, qui reprit difficilement son souffle et réarrangea son boubou, visiblement heureux d'avoir sauvé sa tête :

– Tu as gagné, Sérère, le tort est de notre côté. Nous méritons une amende. Que dis-tu d'un mouton ?

– Honte à votre race ! Un mouton, c'est trop peu pour un Sérère. Ce sera un taureau ou rien !

La coutume le voulait ainsi : un Sérère a le droit de chahuter un Peul, fût-il prince ou roi. Si ce dernier réagit mal, il est soumis à l'amende.

– Donnez-lui une corde, qu'il aille dans les enclos, qu'il attache la bête qu'il veut !

– C'est dire que l'incident est clos, aboya le griot. Et alors, ces coutumes de France ?

De son air le plus sérieux, le Sérère expliqua alors que les rois de France n'écrivaient qu'à la valetaille, qu'il s'adressait à ses semblables par la bouche de ses neveux. Et, de neveu, le roi de France n'en avait qu'un, ce pauvre toubab-là, rôti par le soleil, grignoté par les moustiques. Si loin, le malheureux, de ses vergers et de ses palais !

– Soit, trancha Aguibou, le neveu du roi de France sera traité selon son rang. Qu'on lui égorge un bœuf, qu'on lui offre les meilleures cases de ce village !

Le pauvre prince de France se crut obligé d'ouvrir une malle : huit yards de madras en coton, vingt coudées de guinée, huit couteaux de boucherie, cinq boules d'ambre de Suède, deux pièces de mérinos blanc lamé d'argent, deux fusils Chassepot et trois mille francs afin de remercier son homologue peul de sa magnanimité.

Ce fut une erreur !

Les escrocs et les flagorneurs le dérangèrent dix fois dans la nuit. Celui-ci, se disant cousin d'Aguibou, voulait de l'ambre pour lui garantir les faveurs du prince. Celui-là, se prétendant marabout de l'*almâmi*, des perles pour lui assurer des protecteurs à Timbo. Cet autre, soi-disant douanier des princes de Timbi, exigeait un fusil pour lui favoriser la route. Il en tira vite une leçon : chez ces Peuls jaloux, cupides et imposteurs, les cadeaux, il valait mieux les distribuer la nuit, avec pour seuls témoins le regard des étoiles et du bon Dieu.

Quand, enfin, il eut réussi à se débarrasser de ses importuns, il décida de régler ses comptes avec ses deux subordonnés :

– Je ne suis pas prince de France, compris ? Je vous paie pour me servir d'interprète et pour me fournir des vivres, pas pour raconter des fadaises.

– Tu es ici chez les Peuls, Blanc ! répliqua Mâ-Yacine. Ici, il faut être prince, si l'on veut faciliter les choses !

– Le mal est fait, de toute façon, nous voilà liés par la même corde ! reprit Mâly. Tu es prince de France, que tu le veuilles ou non ! Si tu dis le contraire, on se sera moqués du Fouta et nos têtes vont sauter.

– Et si elles ne sautent pas, nous, on te plaque là pour rentrer à Dakar, compris, toubab trop têtu ? s'emporta Mâ-Yacine.

Il passa la nuit à écraser les cafards, trop fourbu pour fouiller dans ses carnets et trop lésé par la nature pour accéder au sommeil. Il se contenta de noter ceci sur un bout de carton : « Je me doutais bien que je rencontrerais de drôles de coutumes dans ces contrées, de là à tomber sur la parenté à plaisanterie ! À quand les ancêtres de foire ! Drôle d'Afrique ! Coquins de Mâly et de Mâ-Yacine ! Filous de princes peuls !... Soit, prince de France, mais alors juste pour garder ma tête. Dire que, là-bas, on me l'aurait plutôt coupée ! »

Aguibou le reçut de nouveau, en tête à tête cette fois, c'est-à-dire juste avec son cuisinier et son interprète. Il avait toujours ses airs affectés de Négus sûr de sa naissance et de son trône. Il semblait néanmoins inquiet, plutôt sur ses gardes.

– Peut-être que tu es bien le neveu du roi de France, peut-être que tu ne l'es pas : celui qui n'est pas d'ici est le seul à savoir quel genre de femme est sa mère. À moi tu peux mentir, ce n'est pas bien grave, mais à Timbo, ce serait trois fois plus grave. Je t'assure, mon pauvre toubab, les têtes sautent vite à Timbo !

– C'est-à-dire… Écoute, mon prince, je vais tout…

– Je te donne ma parole, prince Aguibou, coupa Mâly, cet homme est aussi noble dans la cour de France que toi tu l'es dans celle de Labé !

– Soit, soit ! s'impatienta Aguibou. En voilà assez sur ce sujet !

– Qu'en est-il du chemin ? reprit Mâly.

– Les chefs de village ont l'obligation d'assurer votre sécurité, de vous fournir des porteurs et des cases de repos. Pour le reste, chacun d'eux fera à sa convenance. Bienvenue sur nos terres, étranger !

– Eh bien merci, prince, merci !

– C'est mon devoir de Peul, ne me remercie pas, toubab ! Combien de temps comptes-tu rester à Timbo ?

– Une semaine, deux peut-être, ensuite j'irai à Dinguiraye !

Il ne vit pas que le visage du prince s'était de nouveau assombri.

– À Dinguiraye ?

– Et ensuite Siguiri, Sakatou, Kayes. J'ai envie d'errer dans le Soudan après votre magnifique Fouta.

– C'est bien ça, le Blanc, on lui donne le pouce, c'est le bras entier qu'il arrache ! Dinguiraye ! Et puis quoi encore, le trône du Fouta, La Mecque et Médine ? Tu ferais mieux de t'arrêter à Timbo, je t'assure que tu ferais mieux !

Et il mit brusquement fin à l'entretien.

Le lendemain, il reçut la visite de Taïbou. Elle entra avec cette lenteur soigneusement étudiée qui indique chez les Peuls la noblesse et le rang. Elle était plus resplendissante que la dernière fois : plus de tresses et de bijoux, plus d'éclat et de grâce ! Ses épaules étaient recouvertes d'un frêle châle de dentelle qui laissait entrevoir ses seins pulpeux et fermes aux bouts cernés d'aréoles couleur de miel et sur lesquels venait battre un réseau dense de colliers de jonc et de perles. Son visage aux traits réguliers luisait avec des reflets de cuivre dans la lumière du soleil naissant. De profil, elle avait l'air d'une gamine malgré sa taille élancée et ses seins arrondis. Mais de ses beaux yeux en forme de gousse sortait un regard d'aigle propre à ceux qui sont nés pour gronder et ordonner. Elle n'avait que vingt-quatre ans, vingt-huit ans tout au plus, dans ce pays isolé où, hormis pour quelques familles fortement arabisées, l'état civil était inconnu. Mais c'était la femme la plus puissante du Fouta. On la disait riche, indépendante et belliqueuse. Elle disposait d'autant d'or et de terres que son prince de mari. Ses amants se comptaient par dizaines et ses esclaves par milliers. Imbattable à cheval, elle marchait elle-même à la tête de ses six mille guerriers. Les légendes les plus folles couraient à son sujet. On disait qu'elle mutilait ses esclaves et faisait trancher le cou aux jeunes gens qui ne lui plaisaient plus. Ceux qui avaient le malheur de se retrouver dans sa ligne de mire couraient, un jour ou l'autre, un véritable dilemme : le couteau d'Aguibou ou son poison à elle.

Elle était assise de biais dans un coin de la case. Chez les Peuls, on s'assoit toujours de biais, mange de biais, parle de biais, s'allie de biais, se fait la guerre de biais et se réconcilie de biais. Se montrer franc est un manque de finesse, se regarder face à face un impardonnable signe de grossièreté. Chez les gens de la côte, la franchise passait pour la meilleure qualité de l'homme, au Fouta, la duplicité, pour un signe de noblesse et de raffinement.

Il y avait maintenant plus d'une semaine qu'il était chez les Peuls. Il savait que l'éducation d'un individu se reconnaissait à la longueur de ses salutations, à sa capacité à dissimuler ses sentiments ; à rester pudique et réservé dans les situations les plus extrêmes.

Elle était assise de biais et elle parlait de la même voix douce et inflexible et, de temps en temps, regardait brièvement son interlocuteur du coin de l'œil. Il ne comprenait pas tout, mais dans ce genre de situation pas besoin d'interprète, quelques sourires, quelques gestes et les deux cents mots de peul qu'il avait déjà ingurgités suffiraient bien.

– Yémé se plaît-il vraiment chez nous ? N'est-il pas tombé malade ? Quelqu'un l'aurait-il insulté ? Lui aurait-on refusé de l'eau ?…

Il répondit que non, tout se passait très bien, il ne s'était jamais senti aussi bien que depuis qu'il était au Fouta. Merci Labé, merci Timbo, merci Taïbou et l'*almâmi* ! La décence voulait que l'on réponde ainsi même si on avait été bastonné, mutilé ou dévalisé.

Quand elle eut fini de parler, elle se couvrit le visage avec un pan de son châle et gloussa de rire :

– Pourquoi Yémé me regarde-t-il comme ça ?

– Tu le sais bien, fit le Blanc en s'approchant.

– Bien sûr que je sais, soupira-t-elle. Un homme et une femme tout seuls dans une case…

– On ne s'est vus qu'une seule fois mais c'est comme si je te connaissais depuis toujours alors que ce n'est pas vrai.

Il tenta de lui saisir la main, elle le repoussa :

– Tu sais déjà qui je suis. Le Fouta parle de moi comme ailleurs on parle de la pluie. Les étrangers sont au courant de mes secrets sitôt la frontière traversée. On a dû te dire que je n'aime pas mon mari et que je suis plutôt originale pour une femme peule.

Le Blanc n'arrivait pas à détacher ses yeux de son cou, de ses lèvres, de ses seins. Il sentait son regard s'enflammer, ses nerfs se tendre, son sang gonfler et bouillir, son cœur s'apprêter à bondir hors de sa poitrine. D'habitude, c'était dans les choses de l'esprit qu'il lui arrivait de s'affoler ; il avait toujours su garder son sang-froid en ce qui concernait les choses de la chair. Et voilà que, devant le regard de cette gamine, ses bons principes chrétiens se mettaient à fondre plus mollement que la cire, sa raison à défaillir, ses sens à lui échapper, les vannes de sa vertu à céder les unes après les autres. C'était sûrement cela aussi, la magie de l'Afrique !

Il s'essuya le front et ravala difficilement sa salive.

– Soit, tu n'aimes pas ton mari, mais lequel de tes amants est ton préféré ?

– Si jamais je le disais, c'est tout le Fouta qui se mettrait à brûler.

– Difficile d'imaginer qu'il puisse exister des femmes peules comme toi !

– Nous avons ici un arbre dénommé *kourahi*. Eh bien, parmi ses nombreux fruits, il y en a toujours un qui n'a pas de noyau.

– Tu me plais, tu sais ? reprit-il après un long silence.

– Je sais. Je plais à tous les hommes que je rencontre, hélas !

Elle réarrangea ses tresses, rêvassa un petit moment et dit :

– Moi aussi, tu me plais.

Le Blanc émit un sursaut, ouvrit grand la bouche, comme suffoqué par ce qu'il venait d'entendre :

– Tu es beau ! En plus, je ne le connais pas encore, le lit de l'homme blanc. Malgré tout, je ne me donnerai pas à toi.

– Et pourquoi donc ?

– Ma vie est déjà trop compliquée comme ça pour que j'y ajoute un amant blanc.

– Ah, je comprends, tu veux m'éprouver, choisir toi-même le moment. Mais je pourrais te refuser, petite coquine, tu ne crois pas ?

Elle réarrangea son châle et fit le signe du départ à son captif qui attendait sous la véranda, avant de répondre :

– Tu ne pourrais pas. Il y a trois choses auxquelles aucun homme ne peut résister : l'or, le pouvoir et la femme. Et moi, je suis les trois ! Hi, hi, hi !

– À défaut de me donner ton corps, donne-moi au moins ta protection. Il n'est pas bien rassurant, votre Fouta !

– Je te l'ai déjà dit, je bénis ton chemin.

– Merci, princesse, merci ! fit-il, le souffle court, en lui saisissant les épaules.

Mais elle le repoussa et reprit son visage de tyran :

– Prends garde, étranger, je suis la femme du futur roi de Labé. Lâche-moi, sinon je crie !

En passant la porte, elle ajouta :

– Après Dabalâré, dévie de ta route pour saluer le prince de Kâdé de ma part. Tu verras, c'est un grand prince, le Fouta entendra parler de lui.

Il prit congé d'Aguibou avant de lever sa caravane. Les propos de l'honorable époux, eux, disaient tout le contraire et même faisaient trembler d'effroi :

– À Dabalâré, ne dévie pas de ton chemin, Blanc ! Va droit sur Timbo, cela vaudra mieux pour toi !

Et ce fut de nouveau la bataille avec la brousse, les rapides, les cols infranchissables et les porteurs indociles. Mais son véritable calvaire se trouvait moins dans les aléas du voyage que dans cette infirmité éternelle à laquelle la nature l'avait condamné : son incapacité à trouver le sommeil.

Il avait compris depuis la France que ses principales armes seraient la ruse et la patience. Ici, il fallait ruser avec tout : le climat, la nature et surtout les hommes.

Il avait calculé qu'il lui fallait cinq semaines pour rallier Timbo. Ce qui était parfaitement réalisable avec des étapes de vingt kilomètres par jour et un maximum de vingt à vingt-cinq kilos par porteur. Il avait inclus dans ce temps tous les impondérables : la sournoiserie des habitants, les caprices des princes, les aléas du ravitaillement, les défections des porteurs (qu'il valait mieux renouveler à chaque étape), les coliques et les crises de palu.

Le relief accidenté ne facilitait pas la marche. Il arrivait que les torrents emportent des hommes et que les montures sombrent dans les précipices à la même vitesse que les gravillons. Il faisait plutôt frais sur ces hauteurs, il fallait néanmoins attendre que le soleil de midi baisse pour affronter les sommets les plus ardus. Et il n'y avait rien de pire pour une caravane que l'attente en pleine brousse. C'est à ces moments-là que tous les malheurs arrivaient : les vols, les révoltes, les bagarres, la baisse de la volonté et l'engourdissement des jambes, les morsures des vipères et des scorpions. Mais tout cela était supportable. Son moral s'y était longuement préparé et, pour ce qui était du physique, il était plutôt bien équipé.

Chez les Olivier, on naissait costaud avec une taille de bambou, une ossature de cheval et une puissance de locomotive. On inculquait très tôt le goût de l'effort. À la pension d'Oullins, les dominicains lui avaient appris la rigueur des mathématiques, et les règles d'or de l'austérité et de la privation. Dans les longues randonnées avec l'abbé Garnier, il avait pris tous les risques qu'un gamin de son âge pouvait prendre.

Autant qu'il s'en souvenait, il avait toujours heurté les précipices et senti l'haleine de la mort souffler sur son visage. Il n'avait pas grandi, à vrai dire, il avait dû ressusciter, à chaque fois, pour passer d'un âge à un autre. Et cela avait commencé presque au berceau. Il n'avait que huit ans et il se promenait avec lui sur le pont Saint-Jean, ce maudit jour où les révolutionnaires de 1848 avaient jeté son père dans la Saône. Ses petits yeux de gamin l'avaient vu disparaître sous les flots en même temps que les fondements du monde et le sens de l'existence. Cela avait duré une petite éternité et puis, les gardes partis, l'auteur de ses jours, après quelques brasses, était réapparu de l'autre côté du pont, sans dire un mot et sans même prendre la peine de raconter l'incident, le soir, autour de la soupe familiale.

Voilà ce qu'il avait retenu de cette leçon muette : « Ça n'a rien d'extraordinaire, mourir ; renaître de ses cendres, non plus ! » Ce qui fait que, de ce jour, il ne cessa jamais d'imiter le Sphinx… À vingt ans, il se brisa le fémur en essayant un parachute de son invention... À vingt-deux, il sauva à lui seul un bateau en perdition... À vingt-cinq, il faillit se faire décapiter par des brigands alors qu'il explorait les canaux pour, disait-il, joindre les deux mers de France... À trente ans, sur le front de Sedan où il commandait une unité de batterie, il fut condamné à mort quatre fois dans la même semaine et quatre fois il réussit à s'évader avant de regagner Paris où les communards se préparaient à dresser les barricades... À trente-deux ans, à Marennes où son père l'avait envoyé construire des usines, il faillit exploser avec son laboratoire alors qu'il tentait de prouver que l'on pouvait dissocier la matière.

Ses usines continuèrent de fonctionner malgré cela. L'acide sulfurique familial fit tant et si bien la fortune des citoyens qu'ils le nommèrent maire de la ville. Maire, passe encore, mais député ou ministre – malgré l'instance de ses amis, Gambetta et le marquis de Chasseloup-Labat –, jamais, ce ne serait pas assez casse-cou !

La faim, la fatigue, la diarrhée, pssscht !... Il s'était d'ailleurs entraîné à rester trois jours sans manger avant de commencer l'aventure. Ce contre quoi il ne pouvait rien, c'était cette insomnie qu'il traînait avec lui comme une maladie honteuse. La nuit, c'était le moment du rêve pour les gens normaux et, pour lui, le début du supplice. Il avait fini par nourrir une haine féroce pour ce vicieux tortionnaire, ce Lucifer comme il avait fini par le nommer.

Il n'avait pas apporté beaucoup de livres, le poids du moindre objet comptait dans ce genre d'aventures. Juste *Les Caractères* de La Bruyère, *Les Oraisons funèbres* de Bossuet, *Les Épreuves* de Sully Prud-homme et *De la tranquillité de l'âme* de Plutarque. À part ces volumes-là, il n'avait que le manuscrit de

L'Absolu, ses carnets de voyage et ses interminables parties d'échec en solitaire pour attendre le réveil des autres. Sa vaisselle, il l'avait spécialement commandée à la manufacture de Sèvres : noircie pour éloigner les envieux et amincie pour ne pas alourdir les bagages. Une assiette en nickel avec sa haute marmite pour le riz à la vapeur, des couteaux, des fourchettes, des cuillères et une timbale en argenterie dorée – d'accord pour avaler n'importe quoi mais sûrement pas n'importe comment !

Pour changer un peu, il sortait de temps en temps s'émerveiller de la clarté du ciel, aussi étincelant qu'un feu d'artifice en ces temps de saison sèche : le feu follet de l'étoile Polaire, le brasier de la Grande Ourse. Lui parvenaient, comme une musique douce, les bruits inoubliables du Fouta endormi : les airs débordants de ferveur des psalmodies, les gémissements des couples faisant l'amour et soudain les cris inconsolables d'un gamin surgissant du cauchemar : « Sauvez-moi, oh ma mère ! *Porto*[1], *Porto*, le Blanc, le Blanc ! Il va me manger, le Blanc ! »

« Va droit sur Timbo, cela vaudra mieux pour toi ! » Il se trouvait déjà à Tchikampil, mais la voix d'Aguibou flottait encore dans son esprit. Était-ce une menace ? Était-ce une suggestion ? Avec ces princes peuls, il ne saurait donc jamais ce qui est interdit et ce qui ne l'est pas ; ce qui peut vous valoir une décapitation ou une simple remontrance. Il n'avait pas pensé à ça, que tout, les soupirs comme les secrets d'oreiller finissaient tôt ou tard dans les oreilles des princes, en ce Fouta-Djalon si doux, si tranquille, mon Dieu, dans

---

1. *Porto* (pluriel *Portôbé*) : le nom par lequel les Peuls désignent les Européens.

lequel il aura le temps de l'apprendre, tous les murs ont des oreilles, et chaque bourreau un emploi.

Dangereuse, l'idée de Taïbou, excitante, très excitante néanmoins ! Kâdé valait le coup d'être vue. La cité se trouvait dans une extraordinaire confluence de rivières et de tribus, de caravanes et de denrées rares. Y monter une factorerie reviendrait à contrôler le troc florissant qui liait les côtes et les puissants royaumes de l'intérieur. Surtout si on se liait avec un prince brillant et ambitieux, dans ce Fouta-Djalon où tout se jouait dans la nébuleuse d'une aristocratie dont les alliances de sang contrastaient sans cesse avec les rivalités d'intérêts ! « Allez, j'irai à Kâdé, advienne que pourra ! », trancha-t-il en sortant de Tchikampil.

Le lendemain, cependant, un incident de rien du tout vint anéantir ce projet : un homme sorti de nulle part et armé d'un gourdin se mit à frapper les porteurs en les injuriant copieusement :

— Vous n'avez pas honte, chiens galeux, de porter le fardeau d'un Blanc, d'un mécréant, d'un chien de chrétien ? Vous irez tous en enfer, créatures serviles, âmes damnées !

Olivier de Sanderval se saisit d'un des fusils de sa garde ouolof et tira quelques balles en l'air pour l'éloigner. L'homme recula de quelques pas, mais revint aussitôt après et le menaça de son gourdin. Le Blanc pensa le faire fuir en tirant entre ses pieds. L'homme frétillait et sautait à chaque coup mais revenait, plus décidé encore, quand l'arme se taisait :

— Je n'ai pas peur de toi, Blanc, j'ai peur de ton fusil !

Il poursuivit la colonne jusqu'à Saala en répétant inlassablement :

— Jette ton fusil, Blanc, et viens te battre comme un homme !

La plaisanterie – c'en était vraiment une, et plutôt bienvenue sur ces rudes chemins de brousse où l'on avait de toute évidence plus de chance de rencontrer des brigands et des fauves que des danseuses de cabaret – dura jusqu'aux abords de Saala, puis les choses commencèrent sérieusement à se gâter.

Le silence religieux de la brousse fut brutalement rompu par des bruits de toux et de hennissements. Une cavalerie encercla la colonne au moment où elle franchissait le col de la montagne surplombant la cité. Des sabres sortirent des fourreaux, des fusils crépitèrent. D'un rapide coup d'œil, Olivier de Sanderval évalua les assaillants : cinq cents, un millier peut-être ! « Il ne servira à rien de résister, grommela-t-il. Aguibou m'a tendu un piège ou alors l'*almâmi* veut m'éliminer avant que je ne pénètre les secrets de son royaume... Et si par chance ce sont des brigands, alors je négocierai pour garder la moitié de mon ambre afin de continuer jusqu'à Dinguiraye. Je leur donnerai à la place une lettre d'intention pour qu'ils se fassent payer sur la côte. »

L'odeur de la mort encore une fois, soudaine, paralysante, familière, inadmissible ! Scandaleuse à Montredon, à Perrache ou à Montmartre, absurde partout ailleurs ; sadique, sordide, écœurante ici, surtout dans son cas – le seul Blanc de la terre au milieu des épines, des lycaons et des Peuls !

Sa vie, depuis peu, ressemblait à ce siège : partout des trappes, des reptiles, des espions, des sabres ! Il avait la pénible, la désespérante sensation qu'au lieu de s'enfoncer dans un pays il glissait dans un labyrinthe fait de brouillard et d'ombres furtives, de menées sourdes et de chuchotements, de belles paroles et de coups de couteau : le monde feutré et inquiétant des Peuls ! Au fur et à mesure, la brousse s'épaississait, les pentes se raidissaient, les hommes devenaient retors et insaisissables. Flegmatiques, susceptibles, savoureusement invivables, ces Peuls, de véritables Anglais (la race qu'il avait toujours détestée sans même se demander pourquoi) ! Et il n'en était qu'au début, à Timbo quelque chose de plus horrible encore devait l'attendre. Seulement il ne pouvait plus reculer, il n'avait plus où reculer, plus précisément – son passé, les forêts, les grottes, les vallées, le monde, tout, comme les broussailles des pistes, se refermait derrière lui, à mesure qu'il avançait. D'ailleurs il ne reculerait pas, parole d'Olivier, sa fiévreuse curiosité d'arriver au bout de l'effroi l'emportant sur tout le reste ! Il regarda les assaillants, ses vingt tirailleurs et ses cent porteurs, déboutonna sa redingote pour s'empêcher de suffoquer, remua tristement la tête : « Advienne que pourra, bien que cela m'ennuierait de crever avant d'avoir vu Timbo ! »

Comme pour répondre à son pathétique monologue, la voix d'un cavalier explosa du sommet de la montagne, épouvantablement amplifiée par l'écho :

– C'est toi, le Blanc qu'on appelle Yémé ?

– C'est exact. Mais de grâce, dis-moi tout de suite qui tu es et le sort que tu comptes me réserver !

– Montre ton passeport à mes hommes… C'est bon, je voulais juste me rassurer.

C'était un beau jeune homme mince et élancé comme le sont souvent les jeunes gens ici, mais avec une superbe comme le Blanc n'en avait encore jamais vu depuis sa descente du bateau. Il portait un joli boubou bleu et tenait en bandoulière un sabre et un fusil. Il descendit à vive allure, fila droit sur lui, s'arrêta à moins d'un mètre en faisant hennir son cheval :

– Alpha Yaya, prince de Kâdé ! Ce sont les coups de feu qui nous ont alertés. C'est toi qui les as tirés ?

– Cet individu s'est mis à frapper mes hommes…

– Ouf ! Je croyais que c'était ce brigand d'Alpha Gaoussou. Le messager de ma belle-sœur m'a parlé de la visite que tu comptais me rendre. Hélas, je recevais au même moment celui de mon frère m'invitant à le rejoindre pour l'aider à repousser les rebelles.

Il fit hennir une nouvelle fois son cheval, puis se tourna vers l'individu au gourdin :

– Tu es d'où, toi ?

– De Lèye-Féto, du côté de la Butte-aux-chacals !

– Qu'on le conduise à Lèye-Féto et qu'on lui fasse payer une vache et cinq paniers de riz-paille, cela lui apprendra à manquer de respect à un hôte de l'*almâmi*.

– Mais non, mon prince ! Une vache et cinq paniers de riz-paille pour une simple petite vétille !

– Ça, ça ne peut pas me plaire, étranger ! Moi, j'applique la loi et tu te contentes de regarder. On peut s'entendre comme ça ?

Le Blanc confus bredouilla quelque chose.

– Alors maintenant, si tu veux bien, allons jusqu'à la rivière partager le lait de l'amitié, reprit Alpha Yaya.

Ils traversèrent la rivière, se retrouvèrent au sein d'un *nguérou,* ce large cercle de graviers et de sable, délimité de piquets, que les Peuls tracent à la sortie des villages ou au bord des chemins pour les conciliabules, les cérémonies de deuil et les préparatifs de guerre. Le Blanc éternua. Une compagnie de perdrix s'envola des branchages.

– Eh bien, toubab ! s'exclama Alpha Yaya. Tu éternues, les perdrix s'envolent, tout cela ne peut-être que de très bon augure. Puisse ta présence favoriser le Fouta !

– Que ma présence favorise le Fouta, que le Fouta, de son côté, ne me nuise pas !

Alpha Yaya éternua à son tour, dévisagea son hôte en maintenant son sceptre bien planté dans le sol :

– Par Allah, c'est le matin des bons présages ! Allez, tiens (il lui tendit la main), sois mon ami, étranger !

– Taïbou tenait tant à ce que je passe par Kâdé !

– Alors c'est normal que son cher mari s'y soit opposé.

– Ce que je n'ai pas compris, c'est l'agressivité qu'il y a mise !

– Il est comme ça, mon frère, généreux mais emporté comme tous les enfants gâtés. Parfois je me dis que notre père l'a trop aimé, ce n'est jamais bon pour un prince.

Ils burent le lait de l'amitié en parlant comme s'ils s'étaient toujours connus. Le jeune prince fascina le Blanc par son élégance et sa vivacité d'esprit. « Il serait né à Timbo, il serait déjà *almâmi* », se dit-il. Il sentait derrière sa voix lente, légèrement chantonnante, quelqu'un de lucide et de déterminé. Tout chez lui – le regard, le geste, la diction et le port – disait la naissance et le goût, la noblesse et la distinction. Un prince, un vrai, tel qu'il en existait encore dans cette Afrique-là : les traits fins, l'esprit subtil, la souplesse féline et la taille élancée de ses pères peuls ; le teint foncé, le sourire lumineux, la prestance et le caractère fougueux de ses mères mandingues.

« Celui-là, se dit Sanderval, toutes les princesses du Fouta doivent en rêver comme époux. »

Puis l'homme rebondit brusquement sur ses jambes et tendit de nouveau la main :

– Maintenant, je dois partir ! C'est dommage de se parler si vite ! Mais on se reverra sûrement. Dieu nous a mis l'un sur le chemin de l'autre, Dieu ne nous séparera plus. Si le malheur te touche, n'hésite pas, appelle Alpha Yaya !

Il chevaucha un moment, puis se retourna pour héler le Blanc :

– À Timbo, mets-toi sous la protection de Bôcar-Biro. Il est le neveu de l'*almâmi*, et mon meilleur ami.

– Au revoir, prince ! Merci pour tout !

– Va en paix, Yémé ! Et méfie-toi des gens de Timbo, surtout du dénommé Diogo Môdy Macka, c'est le Premier ministre de l'*almâmi* et c'est le plus redoutable de tous !

Après les falaises de Tchikampil et le marché aux esclaves de Saala, il fallait avancer entre falaises et rochers en même temps que le chemin que l'on se faisait soi-même, en taillant au jugé dans l'enchevêtrement des lianes et des mancenilliers. Par chance, le soleil se révélait moins brûlant et l'air moins étouffant que sur la côte. Les villages défilaient pareils les uns aux autres, perchés sur une colline, ou tapis au fond d'une cuvette, entourés d'une haie vive d'agrumes et d'églantines, tous abondamment fleuris. Il y eut une bagarre à Parawali, une attaque de panthères dans les environs de Cantabanie. Les porteurs donnés par Alpha Yaya le lâchèrent à l'entrée de Dabalâré, emportant avec eux les céréales et les bêtes. Tout cela sema un incroyable désordre. Ses Ouolofs durent brandir leurs fusils, Mâly et Mâ-Yacine parlementer tout le long de l'après-midi. Il dîna d'une poignée de riz au saindoux et se battit toute la nuit, aidé de sa provision de camphre, contre une armée de fourmis *bag-bag* qui avait envahi sa case. Au petit matin, il ne restait plus rien de sa ceinture de laine, de son cordon de montre. Son parasol, lacéré, ses sacs de cuir, percés par des trous d'un pouce de large !

À Dabalâré, on quitta les toitures en jonc pour celles de paille. On entra dans le vrai Fouta. Il remarqua qu'ici la curiosité des gens était plus discrète. Ici, on ne poussait pas des cris de moquerie, on ne le touchait pas en faisant des moues de dégoût. On fermait les yeux et on tremblait d'effroi, ou alors on jetait son baluchon et on s'enfuyait en criant au diable. Il ne tarissait pas d'éloges sur la nature et sur les femmes. Le mardi 9 mars, il nota, ravi et condescendant : « Vu une très jolie fille : beaux yeux mystérieux, nez correct, mince et busqué, lèvres presque minces. Quel dommage que tout cela soit noir ! »

Il avait l'impression d'avoir marché d'un même pas du pays de ses rêves à celui réel, à présent étendu sous son regard. Le Fouta qu'il voyait le fascinait autant que celui qu'il avait si longtemps imaginé en compulsant les atlas et les cartes : « Partout des collines, partout des vergers, partout des prairies et des fleurs ! Partout, des sources, des rivières, des torrents ! » Le 11 mars, il traversa le Tominé, s'attarda longuement dans sa vallée, s'intéressa à sa faune et à sa flore, estima le dénivellement de sa pente, mesura son débit.

La saison de l'abondance se terminait, à présent la saison sèche commençait. Il avait compris comment survivre aux effets dévastateurs du soleil : il fallait marcher de l'aube à la mi-journée et du milieu de l'après-midi à la nuit tombée. En pleine journée on se noyait dans sa propre sueur, la nuit les gouffres vous aspiraient. Il mangeait ce que lui offrait la brousse, soignait ses coliques avec des fruits de *botane*. Ses Ouolofs le portaient quand la maladie le terrassait. Mâly et Mâ-Yacine l'aidaient à se dépêtrer des intrigues des chefs de village et de la perfidie des porteurs.

Timbo avait donné l'ordre de le recevoir avec les honneurs dus à un hôte du Fouta. Mais tous les chefs de village ne se comportaient pas de la même façon. Certains venaient à sa rencontre, lui réservaient leurs meilleures cases et même parfois, alors que rien ne les y obligeait, le pourvoyaient en lait, en céréales et en viande. D'autres, en revanche, envoyaient leurs captifs pour l'accueillir et l'hébergeaient dans une masure, quand ce n'était pas dans un poulailler, sans se soucier de ses hommes, obligés alors de dormir à la belle étoile.

C'était un pays agréable, agréable mais peu sûr : la brousse pleine de panthères et d'aspics, le relief accidenté, les hommes trop énigmatiques. Il fallait se méfier de tout, de jour comme de nuit, rester sur ses gardes. À chaque pas, il frôlait le précipice et les morsures de serpent. À chaque repas, il risquait l'empoisonnement. Il s'obligeait à boire des quantités de lait pour nettoyer son corps de toute éventuelle intoxication. Quant à ses hommes, surtout ceux venus de la côte, ils devaient rester groupés et ne pas trop s'éloigner de leur Blanc. Isolés, on pouvait les piller, les bastonner ou en faire des esclaves.

Par chance, la brousse, souvent plus généreuse que les hommes, prenait des allures d'hospice et de sinécure. Cruelle et sauvage, certes, mais avec la vertu d'héberger et de nourrir ! Vers elle il se tournait pour échapper à l'avarice des chefs de village ou pour retrouver le vice du camping tel que le lui avait communiqué l'abbé Garnier, sur les bords de l'Azergue. Il découvrit le *doûki*, cette sorte de mangotier dont le fruit en forme de poire était délicieux, goûta au fruit suret de l'arbre à pain, à celui sucré de l'arbre à caoutchouc, aux grappes de *tchingali* qui lui rappelaient la forme et le goût des plus beaux raisins du Beaujolais, au néflier *mampata*, au *sangala*… Il chassa les oiseaux sauvages et s'habitua à la liqueur de fleurs, dont le goût finement alcoolisé lui faisait penser à la mirabelle.

Le Fouta tout entier le regardait s'enfoncer à l'intérieur des terres. On se réunissait au bord des chemins et sur les places des marchés pour admirer sa barbe noire et ses gants blancs. On montrait du doigt son casque, ses bottes ferrées, son inséparable ombrelle. On chuchotait fiévreusement autour de sa tente, « une case, parents, une vraie que l'on plie et déplie avec la même facilité que nos pagnes ». Les gamins se bousculaient autour de sa table en espérant qu'il finirait par leur jeter des biscuits ou du chocolat. On le regardait avaler ses tubercules mal cuits et ses purées de baies sauvages toujours servies dans des assiettes de porcelaine et accompagnées des meilleurs vins de France. *Wallâhi,* cet homme semblait bizarre ! Bizarre de manger avec des morceaux de métal au lieu de faire comme tout le monde : à la main ! Bizarre de se moucher dans un tissu propre et soigneusement repassé ; d'empocher sa morve après cela, comme on le ferait de son or, de ses cauris ou de ses bijoux. Aïe, parents, aïe !! Bizarre de ne jamais quitter son ombrelle et ses gants, bizarre de rester impeccable même au milieu de la boue. Bizarre avec son casque, bizarre sans son casque. Bizarre d'être blanc, bizarre de ne pas dormir, bizarre de ne pas roter, bizarre de ne pas bien comprendre le peul, bizarre sous le soleil, bizarre dans la brousse…

Sur la route de Guélé, il visita la chute de Diourney, dont le grondement s'entendait à deux kilomètres de distance, et songea à ramener en France quelques *loukous,* ces longues gousses desquelles sortent de longs filaments de soie jusqu'ici inutilisés.

À Waltoundé, il lui arriva quelque chose de rare : réussir à dormir. Cet après-midi-là, après avoir d'abord longtemps tourné en rond dans les *lougans*[1], puis travaillé à ses notes, puis fait quelques parties d'échecs, il s'allongea sur son lit-picot, sous un manguier, pour écouter les menus bruits de la brousse. Cela dura peut-être cinq minutes mais, pour lui, cela fut une délicieuse éternité malheureusement interrompue par un vacarme comme il n'en avait jamais connu même dans les moments sanglants de la Commune de Paris. Par dizaines, les habitants du village sortaient de leurs cases et s'enfuyaient en hurlant de peur :

– Le diable ! Le diable ! Le diable !

Il essaya de s'informer mais il ne restait plus grand monde autour de lui. Il finit, dans la bousculade, par apercevoir Mâ-Yacine et Mâly, tout tremblants de peur au sommet d'un fromager. Il avait bien du mal à les persuader de descendre de là et encore plus de mal à comprendre ce que, les yeux hagards et le souffle court, ils essayaient de lui expliquer : ils avaient vu le diable ! Tout le monde avait vu le diable. On l'avait vu sortir du néant, traverser le village, ramasser une papaye pourrie et s'attarder longuement près du puits.

– Le diable est blanc ! conclut, Mâ-Yacine, de loin le plus lucide des deux. Il a les yeux bleus et des cheveux blonds qui lui tombent jusqu'au genou, ajouta-t-il sur un petit ton de reproche. Qu'est-ce que tu dis de ça ?

– Je me doutais bien qu'il vivait nu, le diable, gémit Mâly. Il a juste quelques feuilles pour recouvrir son pénis.

Dix, quinze, vingt autres témoins vinrent confirmer cela : « Le diable existe et il est passé par Waltoundé ! » Leurs témoignages concordaient si bien qu'Olivier de Sanderval s'empressa de leur demander :

– Alors, c'est vrai qu'il sent le soufre ?

1. *Lougan* : le jardin potager qui entoure généralement les cases au Fouta-Djalon.

– Aux dires de ceux qui l'ont approché, ce serait plutôt le caca, lui répondit-on, pince-sans-rire.

– Et où se trouve-t-il à présent ?

– Comment veux-tu que l'on sache où va se cacher le diable ? s'emporta quelqu'un d'autre.

– Il a sauté par-dessus la clôture et il a disparu là-bas, dans la forêt-galerie.

Il se dirigea vers l'endroit indiqué.

– Que vas-tu faire, malheureux ? lui demanda la voix chevrotante de Mâ-Yacine.

– Ben, je vais serrer la main du diable !

Un groupuscule se détacha de la foule pour le suivre : certains pour le supplier de revenir, d'autres pour voir ce qui allait se passer.

Il fouilla les bosquets d'épines et les ceintures de bambous, regarda derrière les rochers et dans les gouffres des talus.

« Ces gens ont mangé des champignons », se dit-il en cherchant nerveusement le chemin du retour. À ce moment-là, son regard tomba sur le tronc d'un arbre et il manqua de s'évanouir. À califourchon au creux d'un embranchement, le diable lui tournait le dos et mordait à pleines dents dans une papaye mûre.

Il s'accrocha à une liane pour se retenir de tomber de vertige. Puis il se toucha brusquement le front, son esprit se ralluma et un sourire narquois apparut au coin de ses lèvres :

– Descendez donc de cet arbre, monsieur le diable ! ordonna-t-il avec une voix d'officier supérieur.

– Comment, cria le diable en se retournant brusquement, vous parlez français ?

Il se glissa lestement le long du tronc et s'approcha :

– Maintenant, écoutez ma triste histoire. Je ne suis pas le diable, ne croyez pas ce que racontent ces idiots de Nègres ! Je suis tout ce qu'il y a de français. Voulant voir du pays, je me suis aventuré jusqu'à Timbo, mais c'était sans compter avec la cruauté de ces Peuls, mon cher monsieur. L'*almâmi* m'a détenu six mois. Après m'avoir dépouillé de mes habits et de mes biens, il m'a donné cinq semaines pour rejoindre la côte.

– Bien sûr, monsieur Moutet, je m'en suis fort bien douté !

– Comment, vous me connaissez !

– Non, mais je vous imaginais mieux habillé que ça. Vous auriez tout de même pu vous trouver quelques hardes en cours de route ?

– Et comment, mon bon monsieur ? Ce macaque a menacé de décapiter tout sujet de son royaume qui m'habillerait d'un fil. Je marche le long des cours d'eau pour échapper aux regards et je me nourris de fruits sauvages. Mais vous, que faites-vous ici ?

– Je vais à Timbo !

– Vous êtes fou ! Vous finirez à la plaine de Sarou-dia. C'est là qu'ils décapitent les condamnés. Vous feriez mieux de me suivre pour regagner la côte au plus vite.

– Que puis-je faire pour vous ?

– Mais rien !

– Je ne peux pas vous laisser comme ça ?

– Mais si ! Venez avec moi ou alors sauvez-vous ! Que l'un de nous au moins ait la chance de revoir la douce France.

– Attendez !

Il recueillit quelques louis et quelques grains de corail perdus au fond de sa poche. Mais l'autre les regarda avec dégoût et les jeta dans la rivière.

– Que voulez-vous que j'en fasse ? Ils vont dire que je les ai volés… Allez, sauvez-vous, sauvez-vous, je vous dis !

Les Peuls se firent entendre à un buisson de là.

– C'est plutôt à vous de vous sauver ! La première fois ils vous ont fui, la deuxième ils pourraient bien vous lapider !

– Alors, tu l'as enfin aperçu, ce diable ?

– Mais non, mon pauvre Mâly, je n'ai rien aperçu du tout, je cherchais justement le chemin pour retourner au village.

Ses douleurs dans la région de l'épiploon devenaient de plus en plus aiguës. Pour les oublier, il se fondait de tout son corps et de toute son âme dans la nature sauvage embaumée de doux parfums que les roses, les belles-de-nuit, les *caro-caroundé* et les gardénias distillaient à l'envi.

À Missidé-Goungourou, il nota : « Si ce pays si riche de terres cultivables, d'eau et de soleil était habité par des Blancs, il serait merveilleux. » Le lendemain, juché sur les collines de Missidé-Malanta, il se prit pour Moïse : « J'aperçois de loin la terre promise où j'aurai des oranges, des bananes, des fruits frais, j'y serai peut-être demain. » Brûlant de fièvre, la nuit, il se bourrait de quinine en écoutant les prières musulmanes qui lui rappelaient *Le Chant de l'Africaine* : « Vers les rives du Tage », etc.

De nouveau, les pentes raides et les chemins en escalier, les pirogues, les ponts de lianes et les cordes au-dessus des rapides ! De nouveau, les battues et les feux de brousse, les bergers en transhumance et les caravanes de cire et d'esclaves. Les villages s'égrenaient, aussi adorables sur leurs collines que des bijoux dans leur écrin, avec leurs bouffées de jasmin et leurs noms surprenants : Dounguédâbi, Télikoné, Diountou, Bouroumba, Simpéting. Il se sentait harassé mais émerveillé.

À Simpéting, il griffonna de nouveau sur ses carnets : « Partout ce ne sont qu'arbres à fleurs : jasmins, lauriers-roses, acacias jaunes… » Un vieillard lui dit se souvenir qu'un Blanc y était passé, il y avait de cela vingt ans, peut-être trente. Ce devait être sûrement ce bon vieux Lambert que la France avait envoyé pour tenter de nouer des relations de commerce avec l'*almâmi* Oumarou, qui occupait alors le trône du Fouta. Il s'attarda quelques jours à Missidé-Dindéra pour explorer les cours du Sâla et du Kakrima : « Des colons européens y vivraient dans l'abondance avec un labeur de quelques heures par jour… C'est le paradis terrestre, le paradis pendant le péché, avec de belles eaux claires et ferrugineuses, des fruits, des fleurs aux doux parfums et des pâturages illimités où l'on peut nourrir par milliers chevaux, bœufs, moutons… »

À Dindéyah, il nota : « Dîné ce soir d'abord de quinine avec Mâly puis de riz à la sauce aux arachides – très bon plat à importer dans la cuisine française – et enfin de chevreau au petit mil. » À Dâra-Labé, l'air des sommets lui ayant fait oublier un instant les coliques et la fatigue, il se permit de rêver et d'écrire : « Le pays continue à être charmant. C'est une succession de collines et de vallons délicieux. Il n'y manque que des fermes, des villas et des châteaux pour être supérieur à tout ce que l'Europe offre de plus séduisant… Les orangers chargés de fruits, les doux parfums, les frais ombrages, tout fait rêver au pays d'*Aïda*… Le commerce avec l'Afrique centrale et le Niger appartiendra aux maîtres de ce pays où les Européens peuvent s'installer et bien vivre. »

Le vendredi 2 avril, il fut tellement ébloui par le paysage qui s'offrit à lui qu'il décida de camper là malgré la pauvre demi-journée de marche qu'il venait d'effectuer. Un vieux berger vint lui raconter la même histoire qu'à Simpéting :

– Il y a bien longtemps, un Blanc est passé ici, sur ce haut plateau. Il avait un fusil et se déplaçait dans une chaise à porteurs. Il n'était pas aussi grand, mais il portait un casque comme toi.

– Et comment s'appelait-il ?

– Comment veux-tu que je le sache, il y a si longtemps ! Et puis, les Blancs, c'est comme les oiseaux du ciel, personne ne songerait à retenir leur nom… N'as-tu rien, Blanc, pour soigner mes vertiges ?

– Si, j'ai des pastilles Vichy !

– Donne-les-moi, je t'offre une chèvre en échange.

– Non !

– Une chèvre contre des pastilles et toi, homme blanc, tu oses encore rechigner !

– Pas avant que tu me dises le nom de cet endroit.

– Cet endroit ? Je crois bien qu'on l'appelle Kahel.

– Kahel ? C'est un bien joli nom !

Il regarda les hameaux alentour et, tout en bas, la vaste plaine couleur d'or, les forêts de *telli* et d'eucalyptus et le splendide empilement de crêtes qui bouchait le côté nord. Une grisante sensation de vertige le saisit. Il se sentit pousser des ailes, se laissa gagner par le bonheur pétillant et léger des oiseaux du ciel. Les bœufs remplissaient les falaises de leurs mugissements sonores. Les perroquets et les singes faisaient la fête à l'intérieur des bois. Une harde d'antilopes traversa la plaine et s'affola vers le serpentement vif-argent de la rivière. Il se leva sans dire un mot et, sous le regard apitoyé de ses hommes, dévala la pente vers le fuseau de verdure qui encerclait la plaine, en s'accrochant aux arbustes. Il arriva en bas, le visage, les bras et les jambes rudement écorchés, mais en proie à une excitation de gamin. Il poussa le pas jusqu'au cœur de la forêt et s'exclama en frappant le sol avec sa canne :

– Ici, je bâtirai mon royaume !

L'onde de sa voix vibra dans les branchages, se heurta aux parois des falaises et fit résonner la vallée de son écho caverneux et inextinguible.

C'était Moïse sur le mont Sinaï, Alexandre le Grand débouchant sur l'Indus, César savourant sa victoire dans les plaines fumantes d'Alésia !

Le chant des oiseaux et le bruit des bêtes s'arrêtèrent une fraction de seconde pour le laisser parler, puis la brousse reprit, comme un hymne à sa gloire, son obscure symphonie.

Autour de lui, visibles seulement de la tête et semblables à des hiboux, les singes le regardaient à travers les branchages. Il ne savait pas s'ils voulaient l'admirer ou bien se moquer de lui.

– Cela ne concerne pas les singes ! fit-il en essayant d'imiter leur visage grimaçant. Cela concerne les hommes, les vrais, les Blancs !

Une espèce de prémonition l'avait, tout de suite, saisi, en arrivant dans cet endroit : ce serait ici et nulle part ailleurs ! Mais ce n'était qu'une prémonition. Et puis cet homme avait prononcé le mot Kahel et tout s'était révélé avec le troublant miracle d'une femme quittant ses pagnes. Il ne lui restait plus qu'à tracer ses forteresses et ses palais, ses jardins et ses garnisons et d'ajouter sa petite touche à la gloire perpétuelle du monde.

« Maharajah des Indes, empereur de Chine, maître des deux Égyptes, roi de Kahel ! »

Mais il n'en était pas encore là. Il devait pour l'instant continuer le chemin jusqu'à Timbo, gagner les faveurs de ces rudes seigneurs peuls, leur arracher quelques concessions sur ces terres odorantes et vallonnées sur lesquelles ils veillaient avec la férocité de la lionne couvant ses petits. Et ensuite, oui, ensuite il n'aurait ni à tricher ni à guerroyer : la science et la technique, le chemin de fer et le commerce détrôneraient tout seuls ces rustres bergers fanatiques et orgueilleux – pas pour vaincre ou surpasser, terroriser ou brimer ; simplement selon la loi naturelle par laquelle le vent d'automne emporte les feuilles mortes. Une saison finirait, une autre commencerait, plus neuve, plus prometteuse, plus juteuse de vie et de force, sa saison, à lui !

Alors, depuis ses palais de Kahel, lentement, de la même manière que la lèpre gagne le corps, sa puissance et sa gloire s'étendraient, paillote par paillote, tribu par tribu, savane par savane, forêt par forêt, sur le continent tout entier. D'abord les Peuls, puis les Bambaras, les Songhaïs, les Mossis, les Haoussas, les Béribéris, les Bantous, tous les Nègres de la terre avec ou sans balafres, avec ou sans turban, avec ou sans un os au travers du nez. Arrachés à leur jungle et à leurs ténébreuses pensées, ces sauvages auraient suffisamment goûté à l'algèbre et aux mets délicats, à l'architecture et aux théories de Platon, avant que sous la poussée inéluctable de l'évolution les climats ne se dérèglent, que les glaciers de la Laponie n'envahissent le Languedoc et que les pauvres petits Blancs affolés ne courent se réchauffer près de l'Équateur. L'Afrique serait alors le centre du monde, le cœur de la civilisation, la nouvelle Thèbes, la nouvelle Athènes, la nouvelle Rome et la nouvelle Florence tout à la fois. Et ce serait ce nouvel âge de l'Humanité qu'il avait pressenti bien avant les autres et dont les bases auraient été jetées par son génie à lui.

Il vit Kébali et écrivit : « Très gracieuse vallée, bordée de collines en falaises sur le côté sud-est. La belle végétation de ses champs, pittoresquement vallonnés, ses bouquets d'orangers, de papayers et de néfliers *mampata*, de nérés, ses frais pâturages, ses bois ombrageux feraient la réputation d'un État européen. » Il traversa le Téné, évita prudemment la mystique cité de Fougoumba où, n'avait-on cessé de répéter depuis la côte, tout avait commencé. C'était là que les Peuls avaient lancé le djihad qui leur avait permis de s'emparer du pays. C'était devenu depuis la très austère capitale religieuse qui abritait les princes les plus fanatiques et les plus hostiles aux chrétiens. Il valait peut-être mieux recevoir d'abord l'aval de Timbo avant de s'y aventurer. Il la contourna par le mont Kourou qui l'ébahit par ses cimes bleuâtres et l'éclat de ses floraisons. À Porédaka, il croqua le portrait d'un roi suivi de ses dignitaires, dont quelques-uns étaient à cheval, armés de parasols et vêtus de boubous colorés et nota en bas de page : « Ce nombreux cortège qui brille au soleil fait vraiment effet. »

À Bhouria, affamé et recru de coliques, de boutons et de plaies, il s'endormit sans grand-peine mais fut aussitôt pris de cauchemars : il rêvait à son fils en train de mourir.

Le mardi 7 avril, après trois jours de furoncles et de fièvres, il arriva enfin à Timbo.

La bourgade se hissait au sommet d'une éminence de fougères et de lantaniers, pointant du fond d'une cuvette. Les palissades de rotin et la toiture conique de la mosquée semblaient fidèles aux croquis de Hecquart et de Lambert. À l'ouest, le fameux dénivelé de crêtes boisées dont le profil allait se confondre avec les coloris de l'horizon. Au sud, la colline de Koudéko, au sud-ouest, le plateau de Niâli. Là-bas, à l'est, ce devait être le mont Hélaya où le mystique Karamoko Alpha avait accompli sa retraite de sept ans, sept mois et sept jours, avant de fonder le royaume. La flamboyante forêt-galerie ne pouvait être que la rivière Bâdio-Dôri qui traversait la plaine de Saroudia où l'on exécutait les condamnés.

Il rangea ses jumelles et descendit du monticule de granit en pensant à la parole de Taïbou : « Fais attention à toi, étranger ! À Timbo, il n'y a pas de demi-mesure : ou tu gagnes en galon ou tu perds ta tête. »

À présent, il se trouvait au cœur du pouvoir peul, autant dire dans un nid de vipères. Tout dépendrait de lui, de sa capacité à user de son esprit et à dominer ses nerfs. Il savait qu'il s'apprêtait à jouer la partie d'échecs la plus terrible de son existence. Il savait qu'il en sortirait avec une couronne ou sans tête du tout. Il devrait, pour sauver sa peau, se montrer noble sans être arrogant, astucieux sans s'avérer indépassable, humble sans paraître couard. Les Peuls vous éprouvaient d'abord avant de vous ouvrir leur cœur et la porte de leur maison, cela, Taïbou le lui avait suffisamment répété. Les hommes accomplis seuls avaient le mérite de devenir des amis. Et qu'est-ce qu'un homme accompli chez ces vieux pervers de Peuls ? Quelqu'un qui voit sans qu'on lui montre et qui comprend sans qu'on lui explique. Quelqu'un qui sait tendre des pièges et faire, des pièges qu'on lui tend, des nœuds coulants pour y perdre l'adversaire.

Elle le lui avait dit et répété : « Le discernement, la voilà, la clé du *poulâkou*, la fameuse éthique peule ! »

Mais il n'avait plus besoin de Taïbou pour comprendre cela. En cinq semaines à pied, il avait eu le temps d'ouvrir les yeux et de voir un peu à travers les masques innombrables des Peuls. Il avait saisi leur art tout florentin de la conjuration et de l'esquive. Il avait compris que la rouerie, chez eux, passait pour un noble sport. Vivre, c'était avant tout se gruger les uns les autres. Celui qui ourdissait les conjurations les plus ingénieuses, celui-là méritait sa place à la cour et les louanges des griots. Les roturiers et les esprits lourds ne suscitaient nulle compassion. Ici, on naissait rusé ou maudit ; roi ou rien du tout.

Timbo, là sous ses yeux, inerte et impénétrable comme un satanique jeu d'échecs ! Il pouvait gagner la partie s'il jouait fin. Alors, il aurait un pays à lui : avec de l'or et des troupeaux, de la puissance et de la gloire. Mais à la moindre maladresse, ce serait la prison et, qui sait, la décapitation.

Il traversa la rivière, planta sa tente au milieu de la plaine et envoya ses deux fidèles domestiques annoncer son arrivée à la cour. Il attendit toute la journée, jouant aux échecs en mâchant du chocolat pour calmer sa nervosité. Une longue journée de patience aux portes de Timbo ne pouvait ressembler qu'à l'antichambre de la potence sous le règne de Néron. Qu'étaient devenus ces deux émissaires ? Ces filous de rois peuls les avaient peut-être arrêtés, égorgés, pendus ou vendus comme esclaves. Cette idée qui avait frôlé sa tête comme par effraction le matin devint, en fin de journée, une véritable obsession. Et il avait, malgré les échecs, malgré le chocolat, malgré le sang stoïque et imperturbable des Olivier, bien du mal à dissimuler ses soucis. Ses hommes qui, à quelques mètres de lui, grillaient des tubercules et des fèves pour tromper la faim ne chantaient plus, ne déchiraient plus les échos de leurs rires sonores et agaçants. À présent, ils se contentaient de maugréer dans leurs dialectes en le regardant d'un mauvais œil. Bien sûr, tout cela était de sa faute. Il comprenait parfaitement leur courroux et leur désir audible dans tous les dialectes du monde de s'enfuir dès la tombée de la nuit et de le laisser là, blanc, catholique et affamé, seul au milieu des Peuls. Que ferait-il alors ? D'abord tenter de libérer ses deux compagnons (l'honneur le commandait), ensuite songer à sa précieuse capsule de cyanure (la phobie des souffrances inutiles le recommandait).

Vers cinq heures, la voix lointaine du muezzin appelant à la prière d'*alansara* – vous savez, le moment précis où la taille de votre ombre commence à dépasser la vôtre ! – le sortit de ses macabres supputations. Il leva les yeux vers la rivière et aperçut Mâly et Mâ-Yacine entourés de quelques notables habillés de luisants boubous. Il les laissa approcher en apprêtant discrètement son fusil, qu'il ne relâcha que quand les sourires des deux Sénégalais devinrent indiscutables.

Bientôt, celui qui semblait le plus important, à cause de son burnous étincelant et de son parasol multicolore, se détacha du groupe pour lui tendre une calebasse de lait et une noix de cola. Ouf, le signe de bienvenue !

Il se nommait Saïdou, le secrétaire de la Cour que l'*almâmi* avait dépêché pour l'accueillir, le rassura Mâ-Yacine, ce déplorable retard n'avait rien de grave, juste les caprices de l'*almâmi* et les lenteurs du protocole !

À l'entrée de la ville, une femme portant une calebasse sur la tête le regarda longuement et dit :

– C'est bien la première fois que je vois un Blanc. On m'avait dit qu'ils sentaient tous le brûlé, mécréants qu'ils sont, alors que ce n'est pas vrai !

On l'installa dans une case qui avait l'air d'une vraie maison : murs de banco, toiture de paille comme partout au Fouta, mais, outre ses larges persiennes et portes, elle comportait plusieurs pièces, certes infestées de cafards et de mouches, bien aérées cependant. Ses hommes s'entassèrent dans les cinq paillotes voisines. Il y avait un grand manguier au milieu de la cour, et une clôture de bambous avec un portail en rotin et lianes entourait le tout.

Saïdou lui fit apporter son dîner ainsi que de l'eau pour son bain et disparut. En sortant de la guérite de paille située derrière sa case, et qui servait de toilettes et de lavabo, il trouva que la femme de tout à l'heure l'attendait dans la cour en compagnie d'une jolie jeune fille aux yeux intelligents, brillants, avec un corps superbe couleur de bronze. Olivier de Sanderval lui trouva tout de suite un nom : « le repos des yeux ».

– C'est ma fille Fatou, lui dit la femme. Elle viendra balayer chez toi. Tu auras aussi des habits à laver et elle les lavera pour toi. Ma case se trouve de l'autre côté de la clôture après le *lougan*. Tu la reconnaîtras : des lianes de courge recouvrent sa toiture.

Le lendemain, il voulut sortir un peu pour se dégourdir les jambes, mais des hommes armés de fusils et de sabres l'empêchèrent de passer le portail.

Plus personne ne vint le voir, ni pour lui dire bonjour, ni pour lui apporter à manger ou à boire.

Au troisième jour, il épuisa toutes ses provisions. Des hommes se postaient toujours devant le portail : et non seulement leur nombre avait doublé, mais ils tenaient dorénavant leurs fusils et leurs sabres dans leurs mains et non plus sous leurs boubous.

Au cinquième, des supputations alarmantes commencèrent à enfler dans les rangs de ses hommes. L'*almâmi* ne devait pas être content ! On l'imaginait, enfermé dans une aile de son palais pour décider de ce qu'il convenait de faire : expulser le Blanc ou bien alors le décapiter ? Saisir ses biens ou vendre ses hommes en Sierra Leone ?

Au septième, il pensa sérieusement à avaler la capsule de cyanure qu'il dissimulait dans une molaire. Pour rien au monde, il ne vivrait le sort que le roi du Dahomey réservait à ses prisonniers blancs : il les obligeait à mutiler et à décapiter leurs compagnons avant d'être mutilés et décapités à leur tour.

Au septième, il se bourra de quinine et d'eau camphrée pour tromper la faim et griffonna ceci dans ses carnets : « J'ai compris : ces chacals de Peuls ne veulent pas se salir les mains ! Ils veulent que je m'éteigne tout seul. Le paludisme ou l'inanition ! Et bien sûr, ils auront pensé à faire d'une pierre deux coups : négocier pendant ce temps une grosse rançon avec Saint-Louis ! Ça, ce serait vraiment peul ! » Puis il reposa son crayon et se tapota subitement le front : « Non d'un chien, les Anglais !... Oh oui, j'aurais dû m'en douter... L'ami Lawrence... l'hôte du Fouta... cette frontière si vite ouverte... Mon Dieu, mais c'est depuis

Boulam, le traquenard ! » Il sortit apostropher les gardes : « Mes hommes n'ont rien fait, eux, qu'on leur permette de manger ! » Seuls les gendarmes dans les branchages du manguier semblaient vouloir lui répondre. Il s'avança tristement vers la case et dit : « Alors, ce sera ce soir, aux douze coups de minuit ! » Il s'allongea aussitôt dans son lit-picot et écrivit une longue lettre à sa femme, puis il indiqua à Mâly et à Mâ-Yacine les recommandations à prendre si jamais ils survivaient, eux. Il remonta le réveil et se recoucha, les mains bien jointes sur la poitrine.

Des coups de pilon, les chants des bergères appelant leurs vaches, l'appel du muezzin… Des aboiements, des bruits de pas dans la cour… Mâly se retrouva devant lui avant qu'il n'ait pu relever la tête :

– Qu'est-ce que tu attends, Blanc ? Sors donc saluer le prince !

Un beau jeune homme de quinze ans l'attendait sous le manguier, assis sur une peau de mouton, l'air d'une statue de bronze dans la nuit naissante.

– Je m'appelle Diaïla et c'est l'*almâmi*, mon père, qui m'envoie. Il te recevra demain après la prière de l'aube. Môdy Saïdou viendra te conduire au palais.

Il se retrouva, à peine sorti du lit, devant l'entrée du palais où se tenait une impressionnante garde armée de sabres et de fusils. On ne la franchissait que muni d'une autorisation, sous peine de mort. Les tourelles, les murailles, les toitures, tout n'était qu'un pitoyable enchevêtrement de paille sèche et de banco. Il trouva qu'il y régnait, néanmoins, une certaine solennité, lui qui avait connu la cour du tsar de toutes les Russies lorsque celui-ci lui avait dépêché un général afin de l'exhorter à construire les usines chimiques d'Odessa ! Ni rire, ni murmure ! Il y était juste permis de tousser ou d'éternuer.

Il fut introduit dès son arrivée dans le *mbatirdou*, le pavillon dressé au milieu de la cour, et dans lequel l'*almâmi* accordait ses audiences publiques. Il se passa quelques instants et le griot du jour, vêtu de son boubou et de son turban, rouges tous les deux, annonça d'une voix haut perchée son arrivée, en chantant le chant consacré à cet effet. L'*almâmi* gagna la salle et prit sa place sans que personne ne se lève : à sa gauche Sanderval, à sa droite ses ministres et ses frères, à bonne distance les grands dignitaires assis en plusieurs rangées selon leur ordre d'importance, entre lui et les grands dignitaires, les interprètes.

Un homme de grande taille habillé d'un sévère burnous et portant un méchant collier de barbe se leva pour foudroyer l'assistance de son regard rougeoyant de férocité. Ce devait être lui, Diogo Môdy Macka dont Alpha Yaya avait parlé. Il cria l'ordre du jour et demanda à Saïdou d'introduire un à un les visiteurs attendant dans le vestibule. Il s'agissait le plus souvent de caravaniers venus solliciter le droit de rejoindre la côte, d'émissaires de chefs de province ou de plaignants. L'*almâmi*, qui ne devait jamais prendre la parole en public, écoutait les plaidoiries et tranchait d'un mouvement de tête. Tel se trouvait rétabli dans ses droits, tel autre, condamné à donner du bétail ou de l'or. Immédiatement exécutoires même en cas de bannissement ou de condamnation à mort, les sentences se succédèrent à faire bâiller le toubab une bonne partie de la matinée.

Le palais se présentait comme un dédale de ruelles, de cours et de cases à peine plus imposantes que celles des habitants. La cour, nombreuse et dense, se serrait autour de son monarque, impressionnante de silence et de dignité. Il admira la majesté des postures et la noblesse des traits, mais fut frappé par la simplicité des lieux et la modestie du mobilier. On lui apporta une chaise.

– Une chaise chez les Nègres, sans doute la seule du royaume ! ricana-t-il.

Aussitôt, la voix tellurique de Diogo Môdy Macka fit trembler l'assistance :

– Qu'est-ce que le Blanc a dit ?

– Il dit que même chez lui, là-bas en France, les chaises ne sont pas aussi belles ! s'empressa de corriger Mâly.

« Palabres, palabres, palabres, on n'est pas chez les Nègres pour rien », notera-t-il plus tard pour résumer cette longue et fastidieuse audience.

On en était maintenant à la fin de la matinée, lorsqu'à grands coups de paroles et de gestes le griot demanda à Mâly de présenter le Blanc.

Après cela, on lui réclama le passeport que lui avait délivré Aguibou. L'*almâmi* y jeta un rapide coup d'œil, Môdy Saïdou le lut à haute voix. Après cela, le griot pouvait s'adresser à l'étranger :

– Tu es parti de Boulam, nous l'avons compris. Tu es passé par Boubah, nous l'avons compris. Ceci est le passeport qu'Aguibou t'a remis, ça aussi, nous l'avons compris. Ce que nous n'avons pas compris, Blanc, c'est l'objet de ta visite ici.

– Oui, reprit la Cour dans une belle confusion, tout seul depuis la France et pourquoi jusqu'à Timbo ?

– Pour que nous soyons amis et pour vous demander l'autorisation de faire du commerce ! peina-t-il à répondre en forçant sur sa voix.

– Que veut-il bien nous donner et que veut-il avoir de nous ? fit la foule de façon plus bruyante encore.

L'*almâmi* se racla la gorge.

– Silence, cria le griot.

– Le commerce, c'est sur la côte, fit quelqu'un.

– Tu as raison, acquiesça un autre, les Blancs ne ramènent jamais rien de bon. Qu'ils restent sur la côte !

– Silence ! reprit le griot.

– Qu'il nous dise d'abord qui il est !

– Silence ! cria de nouveau, le griot. Bon, tu as compris, Blanc, dis d'abord qui tu es…

– Mon nom est Olivier, Aimé Olivier ! Je suis venu ici en ami, je ne veux que la paix ! Je veux juste visiter vos terres, signer des traités de commerce, obtenir l'autorisation d'implanter un chemin de fer.

– Un chemin en quoi ? s'excita le griot.

– Je vous l'avais dit ! Il veut mettre le Fouta aux fers ! pleurnicha un vieillard.

L'*almâmi* émit un autre raclement de gorge et le griot traduisit en imposant le silence d'un geste de la main :

— Qu'est-ce que c'est, un chemin de fer ?

— Attendez, je reviens !

Il partit aussitôt vers sa case sous les yeux ébahis de la cour. Mâly se mit à courir derrière lui sans réussir à trouver une explication. Il fouilla précipitamment ses cantines et ses malles. L'instant d'après, il était de retour au palais avec un volumineux paquet qu'il se mit à déficeler en grommelant des mots évidemment incompréhensibles pour la cour.

— Voilà ce que c'est, un chemin de fer !

Et, sous le regard médusé du Fouta, il réunit bout à bout les rails, installa les traverses, fixa la locomotive et attela les wagons.

— Il ne manque plus que le bruit mais ça, je peux vous le faire, ajouta-t-il sans rire.

Et il imita le boucan du moteur, le sifflement de la cheminée, le choc des gravillons contre les parois des wagons, le frottement des branchages, le couplet mélodieux du vent.

— Avec ça, ajouta-t-il, vous pourrez aller de Boulam à Timbo entre le lever et le coucher du soleil.

Puis il avança délicatement vers l'*almâmi* et lui tendit la machine :

— Et c'est pour vous, Majesté ! Admirez un peu cette merveille, je vous en fais cadeau !

Tout cela avait l'air irréel. On se gratta la tête, on écarquilla les yeux, on ouvrit grand la bouche. Seule l'expression du visage pouvait convenir devant une chose aussi invraisemblable. Ou bien alors le silence et l'humilité avec lesquels les Peuls savaient accueillir les éclipses, les tremblements de terre et tous les prodiges du bon Dieu. Il en fallut, du temps, pour que quelqu'un réussisse à sortir un mot.

— Ce Blanc est un menteur !

Et c'était dans les rangs de gauche, le notable d'une lointaine province au front couvert de sueur, exténué aussi bien qu'indigné par l'expérience qu'il venait de voir.

– Tu as raison, je ne vois pas comment le fer peut courir à une vitesse que le cheval ne peut pas atteindre.

– Oui, acquiesça son voisin, ce Blanc se moque de nous, on devrait lui couper la tête !

– Et même si c'était vrai, pourquoi un chemin de fer alors que chacun a ses deux pieds et que les marchés fourmillent de chevaux ?

L'*almâmi* fit un mouvement de tête, la voix haut perchée du griot grésilla de nouveau :

– Et c'est avec tes propres mains que tu feras ça, Blanc ?

– Non, pas avec mes mains, avec mon esprit, répondit-il perfidement. Les mains, c'est vous qui me les donnerez.

Une rumeur de mécontentement se propagea dans la foule. On savait déjà ce que cela pouvait coûter en esclaves de creuser dans les fouilles royales ou de conduire mille têtes de troupeau jusqu'à Boulam, alors forger de ses mains un chemin tout en fer !

– Alors, griot ? demanda timidement un borgne.

– Alors quoi ?

– On va le laisser faire ou on va lui couper la tête ?

L'*almâmi* émit un grognement et le griot traduit :

– Prends garde à toi, mon noble ! Cela n'est pas de ton ressort, mais du ressort de l'*almâmi*… C'est fini pour cette matinée. Le soleil est déjà haut, nous devons nous séparer. Allez en paix, nobles de Timbo, vaquer à vos vergers et à vos troupeaux !

Le griot émit un clin d'œil, Mâly expliqua au Blanc qu'il devait rester. L'*almâmi* disparut derrière les murailles, accompagné de sa suite et des louanges du griot. Ensuite seulement, la foule se dispersa. Il attendit dans la cour, seul avec Mâ-Yacine et Mâly, qu'un garde vienne le chercher :

– Hé toi, le Blanc, c'est bien vrai que tu es le neveu du roi de France ?

– Euh oui… c'est vrai…

– Alors viens, l'*almâmi* va te recevoir !

On le conduisit sous la tonnelle servant de salon royal où se trouvait l'*almâmi* en compagnie d'une suite restreinte. Le monarque le fit asseoir tout près de lui et, cette fois-ci, lui parla sans passer par le griot. Il ressortit le train en miniature, se fit longuement expliquer le système. Le Blanc lui montra l'emplacement du moteur, de la chaudière, simula la motricité des roues, expliqua pourquoi les trous entre les rails. Il fit l'éloge de la machine et s'étendit longuement sur les avantages du commerce :

– Soit, Blanc, soit ! Tant que ce sera pour du commerce, tu seras mon ami et resteras l'hôte du Fouta. Tu peux ouvrir des factoreries, importer ce que tu veux.

– Et pour ce qui est du chemin de fer ?

– Ah oui, ton chemin de fer ? Je ne pense pas que ce soit une mauvaise chose, mais il faut que je consulte les nobles.

– Quand ?

– Quand Dieu voudra bien que cela se fasse. *Diango, fab'i diango,* demain, après-demain !… Attends le renouvellement du mandat des rois, j'en profiterai pour leur demander leur avis…

Un jeune homme à barbichette, avec un gros chapelet d'ambre autour du cou, l'arrêta avant qu'il ne sorte de la tonnelle :

– Je suis Pâthé, le neveu de l'*almâmi*. Ton train est une bonne chose. Je suis sûr qu'il donnera des forces au Fouta. Je passerai te voir, nous avons beaucoup de choses à nous dire.

Il n'avait pas fini de parler qu'un robuste jeune homme avec des taches de variole au visage s'approcha à son tour pour lui tendre la main :

– Et moi, je suis Bôcar-Biro, l'autre neveu de l'*almâmi*, qui est aussi son chef de guerre.

Pâthé, Bôcar-Biro, Aguibou, Alpha Yaya ! Il était loin de se douter du destin tragique qui allait bientôt le lier à ces quatre princes du Fouta !

Il offrit à l'*almâmi* un cheval de Camargue, des selles, des brides, des fontes de chez Walker, des armes, de l'ambre, du corail, des perles et une montagne de beaux tissus. Cette orgie d'objets de luxe fit vite le tour du palais. Chaque courtisan réclama un petit quelque chose. Il lui fallut toute sa ruse de Gaulois pour ne pas y laisser ses chaussures, sa pendule et sa tente.

Il se passa encore deux jours et, miracle, les gardes, disparurent du portail. Trente minutes lui suffirent pour faire le tour de Timbo. De retour chez lui, il nota : « Le voilà donc, le Versailles du Fouta ! Nos poules sont mieux logées que ça ! »

Il s'enferma chez lui les jours suivants, se promettant de travailler sur *L'Absolu* et sur ses carnets de notes. Mais les cafards et les mouches, et surtout la foule des curieux ne lui en laissèrent pas le temps. Certains touchaient sa peau. D'autres sentaient son odeur. On vérifiait la souplesse de sa chevelure, on indexait les boutons de sa redingote. On supputait jusqu'à épuisement sur sa couleur et sur son mode de vie. Lui arrivait-il de manger ? Était-il sensible au feu ? Buvait-il de l'eau ou alors du métal fondu ? On le suivait quand il allait à la chasse, on le pistait dans ses promenades, on l'épiait quand il s'éloignait du chemin pour faire ses besoins. Aucun espace pour se mouvoir, jamais une intimité à lui ! Les plus audacieux s'aventuraient jusque sous la véranda, jusque sous les abords de son lit. Il avait beau faire sonner son réveil, les gens ne fuyaient que pour revenir aussitôt après. Il essaya tour à tour les reflets du miroir, l'odeur du camphre et la menace du fusil. En vain ! Cela dura des jours et des jours, jusqu'à ce qu'il comprenne. Ces crapules de Mâly et de Mâ-Yacine ! Les Sénégalais se faisaient payer en volaille, en maïs ou en lait pour leur permettre de jouir du spectacle. Complètement hors de ses gonds, il prit son fusil et surprit les malotrus dans la case de Mâly, assis au milieu de leurs victuailles.

– Je suis venu réclamer mon dû, hurla-t-il. Dorénavant, ce sera moitié-moitié. Après tout, c'est moi la bête du zoo !

Mais, à son retour, il trouva que la petite Fatou l'attendait dans son lit, aussi nue que si elle venait de naître.

– Ah non, ma petite Fatou, fit-il en l'obligeant à se rhabiller, ce lit est trop petit pour nous deux ! Va faire ça avec un autre ! Allez, allez !

Il réussit difficilement à la pousser dans la cour et lui remit une boule d'ambre pour calmer ses sanglots. À ce moment-là, la mère surgit des broussailles du *lougan* et fila droit sur lui :

– Épouse-la ! Tu ne vois pas comment elle est belle ? Fais vite, épouse-la ! Obéis, Blanc sans cœur ! Allez, fais ce que je te dis !

Mâly et Mâ-Yacine, qu'il n'avait pas engagés pour rien, sortirent de leurs cases pour éloigner les deux poules et sauver leur maître de leurs hystériques caquètements.

Comme promis, Pâthé vint le voir. C'était le prince peul tel qu'on se l'imaginait dans les beaux salons de

Paris ou de Marseille. Grand et mince, les traits fins, le teint cuivré, la voix douce, le geste lent, plus ce quelque chose de chevaleresque et de mystérieux qui jaillissait de la flamme de son regard. Il portait un beau boubou de bazin blanc brodé de bleu au niveau de la poche et un de ces bonnets coniques et recouvert d'arabesques que les Peuls appellent *poûto*. Et bien sûr son élégante barbichette et le chapelet au cou qui ne le quittait jamais. Il tendit un livre et dit sans dissimuler sa fierté :

– C'est un Turc venu d'Istanbul qui a consigné là toute l'histoire de ma famille.

Il parla longuement de l'islam et du Fouta. Le Blanc écouta poliment, puis réussit à détourner la conversation vers la seule chose qui l'intéressait : le Fouta, non plus celui des aïeux mais celui de maintenant. Il ne lui avait pas échappé dès son arrivé à Boubah qu'il foulait le sol d'un pays complexe et contradictoire. Un vrai bois de baobab : solide dans ses fondements, mais fragile des branchages et du tronc. Trop de provinces, trop de juridictions ! Trop de dynasties et de princes ! C'était un système éclairé, un édifice souple certes, mais trop sensible aux mauvais vents de la jalousie et de l'ambition. Il ne laissa pas le prince achever son laïus sur les errements de l'Église et l'hypocrisie des chrétiens, il demanda à brûle-pourpoint :

– Quel âge il a, l'*almâmi* ?

– Il y a deux choses qu'on ne compte jamais ici : c'est le nombre de ses vaches et celui de ses années. Cela porte malheur.

– Ce qui est sûr, c'est qu'il n'est plus très jeune.

Il regarda le jeune prince au fond des yeux en épiant scrupuleusement ses réactions et ajouta :

– Et qu'il faudra bientôt le remplacer.

– Le Fouta a pensé à tout, homme blanc ! Il sera régulièrement remplacé sitôt qu'on l'aura enterré.

– Et sait-on déjà le nom de l'heureux élu ?

– Il se trouve juste en face de toi, étranger curieux.

– Ah, prince héritier ! Tu m'avais dit premier conseiller l'autre jour au palais.

– C'est tout le défaut du Peul, mon ami ! C'est une manie chez nous que de jouer au modeste. J'aurais dit prince héritier, tout le monde m'aurait rigolé au nez et pourtant c'est vrai, je suis le prince héritier du Fouta.

– Eh bien, j'ai sous mon toit rien de moins que le futur *almâmi* du Fouta, fit-il en lui tendant une barre de chocolat.

– Est-ce que j'en ai l'air ? plaisanta le prince.

– Vous en avez tous l'air, ici. À se demander où vous mettez vos roturiers !… Dis-moi, mon prince, que feras-tu de mon chemin de fer quand tu viendras au trône ?

– Je le soutiendrai. Tous les jeunes le veulent, ce sont les vieux qui n'en veulent pas.

– Les vieux n'en voudront jamais et ici, sans les vieux… Si j'ai bien compris, ce Bôcar-Biro est donc ton frère ?

– Oui, de même père !

– Hum, c'est jamais bon, ça, frères de même père, surtout chez vous, les Peuls !

– Ce n'est pas notre cas, nous nous entendons bien.

– Je n'ai rien dit, mon prince, je n'ai rien dit !

La nuit, fatigué d'écouter le chant des grenouilles, il ouvrit une nouvelle page de *L'Absolu* : « Nous ne pouvons définir le néant de Relatif ou Absolu parce que nous sommes loin de connaître tout le Relatif, tout ce que l'Absolu contient en puissance, tout ce qui naîtra encore à l'existence dans l'avenir… »

Un jour, en revenant de la source où il avait pris l'habitude d'aller tromper son ennui, un spectacle fascinant attira son regard et stoppa sa marche. Derrière une haie vive de glaïeuls et de néfliers *mampata*, une jeune femme pilait du fonio en fredonnant une chanson sans se douter de sa présence. « Elle est superbe, cette noire princesse : de grands yeux admirablement dessinés et profonds à s'y noyer, une gorge irréprochable et sans mystère, à faire rêver Phidias, à jeter en de folles extases Anacréon et tous les poètes de son école. Quelle taille et quelles attaches ! », nota-t-il dans son carnet, littéralement hypnotisé. Il aurait donné et le Pérou et tous les trésors d'Apollon pour perpétuer le ravissant spectacle. Mais dix minutes à peine et, malheur, une mangue pourrie tomba du côté où il se trouvait ! Le découvrant, la créature jeta son pilon et s'enfuit en criant au diable. Il sauta la haie, se lança à sa poursuite : « *Daro ! Daro, yandi !* Arrête-toi, je t'en prie, je te jure que je ne te veux aucun mal ! » Il sortit les mots peuls qu'il pouvait, mais la jeune femme redoubla de vitesse. Ils traversèrent un ou deux *lougans*, se faufilèrent entre plusieurs cases. Les chiens aboyaient, poules et chèvres s'affolaient à leur passage. Après plusieurs minutes de cette infernale course-poursuite, la jeune fille poussa la porte d'une palissade effilochée derrière laquelle un groupe de femmes couvertes de bulles de savon se frottaient mutuellement le dos et referma aussitôt. Les gardes furent là en quelques secondes, avec leurs sabres et leurs bâtons :

– C'est bien ça, les Blancs, sans pudeur, sans éducation ! On devrait leur interdire le Fouta, *wallâhi,* on devrait ! Que veux-tu à cette jeune femme, hein, réponds, mauvaise engeance !…

Oui, que faisait-il ?… Il ne le savait même pas lui-même. Il se contenta de triturer le mouchoir de tête qu'il tenait à la main et que la jeune femme avait perdu dans la confusion.

– Si l'enfer existe, il doit ressembler à ça, grommela-t-il, persuadé cette fois de passer devant le bourreau, ou du moins le gardien des geôles.

Puis il entendit quelqu'un dire :

– Vous ne voyez pas, idiots, qu'il voulait juste lui rendre son mouchoir de tête ?

Il se tourna et reconnut Diaïla, le jeune prince de l'autre soir, juché sur son cheval. Il était sauvé !

L'incident fut vite oublié, hélas, sa pauvre personne aussi. Il resta plusieurs jours sans aucune nouvelle du dehors. Pâthé ne revint pas comme promis et Bôcar-Biro restait introuvable. Mais tout cela n'était rien. La maladie profita de cette sombre période de solitude et de vague à l'âme, de tristesse et de nervosité, pour attaquer. Du sérieux, cette fois ! Rien à voir avec ses périodiques crises de malaria, ses coliques chroniques attrapées à sept ans dans cette austère pension d'Oullins où les dominicains l'avaient gavé de latin, de purée de pois et de beaux principes. D'ordinaire, les maladies se contentaient de le gêner, sans que sa solide carcasse s'en trouvât vraiment amoindrie. Pas cette fois-là ! Il resta évanoui si longtemps qu'on songea sérieusement à lui creuser un trou. Mais où ? Et sous quel rite, bon Dieu ? À part un aventurier anglais venu se convertir un siècle plus tôt, aucun Blanc n'était jamais mort à Timbo.

Il baignait dans le coma le plus clair du temps et se remettait à vomir aussitôt qu'il revenait à lui. Ses artères affleurèrent avec la même netteté que ses os. Ses cheveux se mirent à tomber, sa peau devint toute jaune. Son esprit se brouilla, il pensa qu'il puait déjà le cadavre. Lassé de s'empiffrer de quinine, de pastilles de Vichy, d'eau camphrée et de morphine, il appela le jeune prince Diaïla, et lui fit ses dernières recommandations : « Si je meurs, j'ai donné des ordres à mes hommes pour qu'ils brûlent mon corps et qu'ils emportent mes cendres jusqu'à Saint-Louis. Je vous en prie, ne vous abritez pas derrière vos rigides principes musulmans pour entraver cela. » Pris sous le feu du délire, il continua : « Et n'oubliez pas, que personne ne touche à mes biens ! À toi, je lègue cinq centimes, mon savon et un verre grossissant. »

La superstition veut qu'au bord de la tombe l'individu revoie, comme au cinéma, les différentes péripéties de son existence. Or il n'avait pas besoin de faire un effort pour observer, avec une impressionnante netteté, la résurgence de son passé.

Le voilà à la pension d'Oullins dans la classe de latin du père Lacordaire ! Voilà le père Bourgeat dissertant sur Platon et le père Mermet alignant ses formules de physique ! L'image déclinait lentement vers le flou pour laisser la place à celle du ferronnier Michaux avec lequel, en 1863, il avait construit la première usine de vélocipèdes que, dans leur furie révolutionnaire, les communards brûlèrent avec rage ; puis à celle de la médaille qu'il recevrait peu après pour avoir sauvé le fameux voilier en perdition, dans la baie de Marseille. Maintenant le voilà à trente ans, barbu, marié et déjà maire de Marennes, où il sera le premier dans l'histoire de France à mettre les facteurs à vélo ! Après Marennes, Marseille, où pendant des années de laboratoire il allait de nouveau tenter de dissocier la matière et d'inventer la machine à voler. Et puis il y avait eu ce fameux déjeuner au sommet de la Verryère dont on parle encore du côté du Vieux-Port, plus d'un siècle et demi après : trois cents illustres convives transportés au sommet du rocher sur des ânes spécialement amenés des Pyrénées ou en chaises à porteurs, des couverts de la manufacture de Sèvres commandés pour l'occasion et tous gravés au nom des invités, un orchestre philharmonique et le poète Jean Aicard disant ses poèmes !...

Mais la superstition ne dit pas vrai : les visions du mourant vont bien au-delà de sa propre existence, pour embrasser les contours de l'ensemble de sa généalogie. De veilles figures, disparues en même temps que les culottes courtes de son enfance, profitaient de son être fondu dans les fièvres pour ressusciter et venir le narguer. Ce vieillard en chapeau tyrolien, ça se voyait que c'était un Simonet, sans doute le grand-oncle, le fameux pape de la mousseline ! À droite, ce général en chapeau bicorne, évidemment, le grand-père, celui qui fut intendant général de Napoléon lors de la campagne d'Italie ! Et à droite, l'autre grand-père, l'inénarrable Claude Marius Perret !...

Timbo ne comprenait rien à cette saga en lambeaux qu'il ânonnait péniblement sous la poussée des délires. De toute façon, pour les Peuls, tout ce qui est blanc est bizarre, factice et inexplicable. La vie des Blancs est un délire qui n'a pas besoin de frissons et de fièvres pour enfler et empoisonner le bon sens.

« Mais, mon Dieu, ce Blanc-là n'est plus comme un autre, ce Blanc-là est devenu un des nôtres, *wallâhi*, ce Blanc-là va mourir ! »

Son état devint si déplorable que l'*almâmi* organisa une veillée de prières à la mosquée pour demander à Allah sa guérison ; et que l'énigmatique Pâthé se présenta avec une bouilloire remplie de ce philtre magique obtenu en faisant macérer des résines de plantes et des feuilles de papier sur lesquelles on avait calligraphié des versets du Coran et que les Peuls appellent *nassi* :

– Bois-moi ça ! lui dit-il.

Et il but aussitôt, persuadé de rendre l'âme avant la deuxième gorgée, tant la mixture brillait de crasse et puait les toilettes publiques. Il ferma les yeux pour attendre la mort, c'était ce qui pouvait lui arriver de mieux. Mais il se réveilla sans migraine et sans aucune sensation de vertige après trois jours de profond sommeil et commanda sans tarder un plat de riz-mafé. Il mangea de bon appétit et rota, cette fois-ci, aussi fort qu'un bon Peul exprimant sa joie d'avoir bien bu et bien mangé. Puis il franchit sans aide les quelques pas qui le séparaient du dehors. Arrivé au milieu de la cour, il se fit apporter une chaise pliante et s'allongea sous le chaud soleil pour entamer une longue et délicieuse convalescence. Apprenant cela, Pâthé revint aussitôt savourer sa victoire :

– Tu vois bien que nos marabouts sont les plus forts ! Tu devrais te convertir, mon ami ! *Wallâhi,* tu es trop bon type pour demeurer un vil chrétien !

– Je l'avoue, mon Peul, tu m'as sauvé la vie ! Comment te remercier ?

– Ah, ah ! Donne-moi donc des obus !

– Des obus ?

– Sinon, je vais me tourner vers mes amis turcs !

Il comprit qu'il lui fallait faire vite s'il voulait le Fouta.

107

Le lendemain, enfin, l'invisible Bôcar-Biro, à son tour, se présenta avec du gibier, une écuelle de miel et un panier d'ananas.

– Tu n'es jamais venu me voir, toi, et pourtant tu me l'avais promis, se plaignit le Blanc.

– J'étais à la guerre !

– À quel malheureux pays le Fouta a-t-il déclaré la guerre ?

Le jeune prince expliqua alors qu'il avait dû mener ses troupes aux confins de la Sierra Leone, non pour combattre ce pays mais pour tenter une centième fois de réduire les Houbbous, cette secte de Peuls musulmans et de fanatiques guerriers qui tentait depuis le règne de son père, le très regretté et très grand *almâmi* Oumarou, de briser le trône des *almâmi*.

– C'est une guerre qui nous use, continua-t-il. Ce ne serait pas pareil si j'avais suffisamment de fusils.

– Des fusils ? susurra le Blanc en se lissant la barbe.

– Tu pourrais nous en procurer ?

– Ce n'est pas impossible.

– Dis-moi, le Blanc, tu parles sérieusement ?… Eh bien, tu sais qu'on peut devenir amis !

Emporté par l'enthousiasme, il se leva aussitôt pour prendre congé, mais le Blanc le retint par le pan de son boubou et se racla la gorge :

– Attention, j'ai une condition !… Que tu me soutiennes auprès de l'*almâmi* !

– Tu l'as ! Maintenant, voici la mienne : tu ne parleras pas des fusils !

– À l'*almâmi* ?

– Non, à mon frère !

Bôcar-Biro parti, Fatou pouvait enfin s'approcher pour lui offrir des oranges et recommencer son couplet d'amoureuse éconduite :

– Épouse-moi, sinon je me jette dans le puits !

Cela dura une bonne partie de la matinée et, soudain, elle redressa vivement sa tête comme si elle venait d'avoir une idée, fila vers la case et se faufila dans le lit du Blanc.

Elle avait vu juste : il se mit à pleuvoir. Mâly rangea la chaise pliante et aida Sanderval à se mettre à l'abri. Mais la jeune fille refusa de vider les lieux… On dut appeler les tirailleurs sénégalais pour la dégager de là.

– Eh bien puisque c'est ainsi, Yémé, je vais te mener en enfer à pied, comme le disent les Peuls. Je vais te dénoncer à l'*almâmi*. Tu es un espion, tu es venu pour le tuer et lui prendre le Fouta de ses aïeux !

Il attacha d'autant peu d'importance à ces balivernes de gamine que Bôcar-Biro arriva le soir même pour lui annoncer la bonne nouvelle :

– Les rois des provinces arrivent dans une dizaine de jours : tu vas l'avoir, ton chemin de fer !

Seulement, le lendemain, à son retour de la chasse aux papillons, un grand remue-ménage régnait chez lui. Des gardes se démenaient dans la cour. Des captifs sortaient en file indienne de sa case et il reconnut sur leurs têtes ses différents bagages. Mâly et Mâ-Yacine tentèrent en vain de leur barrer le chemin. Il tomba sur Saïdou et les gens du palais qui l'attendaient sous l'oranger.

– Qu'est-ce qui se passe ici ? explosa-t-il en saisissant celui-ci au collet. Tu regardes ces chenapans faire sans rien dire, ou alors c'est toi qui me fais piller ?

– Calme-toi ! lui conseilla rudement Saïdou. Je t'assure que ce n'est pas le moment d'aggraver les choses.

Il fit mine de brandir son fusil, les gardes dégainèrent leurs sabres. Il vomit quatre ou cinq jurons mais finit par suivre la file. Alors qu'il marchait à grands pas pour calmer sa rage, David, Mâly et Mâ-Yacine s'essoufflèrent sur ses talons pour tenter de lui expliquer :

– C'est Fatou ! La petite écervelée a mis sa menace à exécution !

– Le pire, c'est qu'on l'a crue, cette petite folle ! pleurnicha Mâly. Ils menacent de te décapiter et, nous, de nous réduire en esclavage.

Ils se retrouvèrent à l'autre bout de la cité, au quartier des tisserands, devant un ensemble de misérables paillotes, entouré d'une haute clôture de rotin et de lianes. Une broussaille d'épines les séparait des concessions les plus proches, un étroit sentier bordé de lantaniers et d'églantines les reliait à la grande voie. Le Blanc regarda tristement les alentours et dit :

– Si j'ai bien compris, je suis prisonnier !

– Prisonnier ? Oh non ! protesta Saïdou ! Comment l'hôte du Fouta peut-il devenir prisonnier ? Ah, vous, les Blancs ! Vous ne pouvez sortir un mot de la bouche sans qu'il soit exagéré !

– Cela vient de toi ou c'est une décision de l'*almâmi* ?

– Il ne revient pas à moi, il revient à l'*almâmi* de savoir où héberger ses hôtes.

Il installa ses hommes, mit ses affaires à l'abri et courut aussitôt au palais poursuivi par ses compagnons affolés. Il ramassa une poignée de graviers et, dans un geste de folie, se précipita vers le monarque.

– Yémé ! lui fit Mâly d'une voix où se lisait toute la détresse du monde.

Il ralentit sa course, d'un effort surhumain, reprit ses esprits et s'inclina lentement pour déposer les graviers au pied de l'*almâmi*.

– Qu'est-ce que cela veut dire, homme blanc ? s'emporta Diogo Môdy Macka.

– C'est… c'est une coutume de chez eux, bégaya Mâly en tremblant de trouille… un signe de déférence… Là-bas, quand tu veux montrer ton respect à quelqu'un, tu… déposes des graviers à ses pieds… Ce Blanc n'est pas là pour te manquer de respect, *almâmi*, mais pour se soumettre humblement à ta décision… C'est de ma faute à moi, je n'ai pas pensé à lui dire que chez nous cela ne se fait pas ainsi…

La foule ricana, David, Mâly et Mâ-Yacine respirèrent enfin.

– Eh bien, relève-toi, mon brave ! fit le griot attendri.

– S'ils ont du respect, les Blancs, ils ont tout de même de drôles de coutumes ! remarqua le marabout de la cour.

Était-il prisonnier ? Non, lui assura-t-on par toutes les bouches autorisées de Timbo. C'est pour sa sécurité qu'on l'avait transféré là. Il n'avait rien à craindre ; il restait et pour toujours l'hôte de l'*almâmi* et l'ami des Peuls.

Mais le lendemain, quand il prit son ombrelle et sa nasse pour aller à la chasse aux papillons, les gens du palais obstruaient la porte de la clôture et discutaient à voix basse sans même faire attention à lui.

Rouge de colère, il afficha sur la toiture de sa masure une banderole où, se souvenant de ses leçons de latin, il écrivit en lettres rouges et grasses : « *Constituenda est Timbo !* » Timbo en fut terriblement outrée : certains y virent une injure, d'autres une déclaration de guerre.

Le Blanc dut recourir aux bons offices de Pâthé pour arrêter la volée des projectiles et les cris de haine. Mais la paix ne revint que quand il consentit à descendre sa banderole et à y mettre le feu au vu et au su de tous. Une paix bien éphémère, cependant : le jeudi suivant, il vit Fatou arriver avec une corbeille de linge et une petite malle en bois.

– Qu'est-ce que tu viens faire ici, petite écervelée ! Tu ne crois pas que tu as suffisamment fait de mal comme ça ?

– Comment ça, qu'est-ce qu'elle vient faire ? fit Mâ-Yacine. Ne sais-tu pas qu'un de tes Ouolofs vient de l'épouser ?

Les rois et princes du Fouta se réunirent enfin.

Des gardes vinrent le chercher pour le conduire au palais. Le fastidieux protocole ne lui était plus étranger. L'*almâmi* apparut, dans ses étincelants boubous, et toute la ville se tut ; sa suite était bien plus imposante que la dernière fois et les louanges des griots, bien plus tonitruantes. Les préliminaires durèrent jusqu'au milieu de la journée. On lit le Coran, on se congratula, on bénit le Fouta pendant que la curiosité malsaine de la foule le scrutait sous toutes ses coutures. Il reconnut le griot et le marabout du palais. En revanche, il dut écarquiller les yeux pour distinguer Bôcar-Biro et Pâthé, dont la prestance, cette fois-ci, égalait presque celle de l'*almâmi*. Puis, doucement, les politesses et les fébriles confidences s'éteignirent sur les lèvres. Le silence gagna le palais comme la goutte de parfum remplit l'espace. Diogo Môdy Macka agita la main et le griot se leva pour annoncer les affaires du jour :

– Pour commencer, nobles du Fouta ici réunis, l'*almâmi* nous demande d'examiner une affaire devenue importante pour le royaume. Vous n'ignorez pas que, depuis quelques semaines, nous avons un Blanc dans nos murs. Ce Blanc, il dit qu'il est venu de Boulam. Il dit qu'il est d'une riche famille, de la lignée des rois de France. Il dit qu'il est venu la main sans le couteau et l'esprit sans la haine. Il dit qu'il veut juste un chemin pour faire passer la vapeur. Il dit qu'il est l'ami de l'*almâmi* et le bienfaiteur du Fouta. En ami, l'*almâmi* l'a reçu ; en bienfaiteur, le Fouta lui a ouvert ses portes. C'est alors que le doute a commencé à gagner les esprits. De nombreuses bouches se sont ouvertes et on a entendu toutes sortes de choses. Il paraît que sa naissance n'est pas sûre, que sa route n'est pas droite, que ses intentions ne sont pas claires. Tout cela trouble les esprits, tout cela complique les affaires de l'*almâmi*.

Quelques rumeurs, quelques toussotements, et la salle posa sans tarder la première question :

– Dites-nous, Diogo Môdy Macka, cet homme est-il venu avec un papier de son oncle, le roi de France ?

Le redoutable Premier ministre expliqua de sa voix de stentor que cet homme avait foulé le sol de Timbo sans rien dans la main hormis ses inséparables gants. Il expliqua ce que tout Timbo savait déjà : au pays des Blancs où tout est inverse et tordu, les rois n'écrivent pas, ils parlent par la bouche de leurs neveux.

– À ce compte-là, n'importe quel palefrenier peut venir de Sokoto ou de Tombouctou et se dire neveu du roi de La Mecque ! s'indigna un sceptique.

– Commençons donc par éclaircir cette question-là, grogna Diogo Môdy Macka en se tournant vers le Blanc. Oui ou non, es-tu le neveu du roi de France ?

Et, de nouveau, se joua la même scène qu'à Guidali, dans la cour du prince Aguibou. Le Blanc, de toute sa bonne foi, tentait de lever l'équivoque. Mâly et Mâ-Yacine le faisaient taire avec des coups de coude et des clins d'œil et, de leurs périphrases obséquieuses et persuasives, réussissaient à faire avaler leur scabreuse légende aux plus incrédules des Peuls.

Le griot ramena le silence et s'adressa de nouveau à la salle :

– Quelqu'un d'autre veut-il parler ?

– Revenons à cette affaire de Dinguiraye ! Il paraît que l'étranger ici présent est venu avec des richesses et des armes et qu'il les destine au roi de Dinguiraye, notre ennemi à tous. Est-ce vrai ?

– On a posé une question au Blanc, s'impatienta le griot.

Oui, il voulait bien aller à Dinguiraye, disait Sanderval. Non, pour rien au monde il n'irait à Dinguiraye, traduisait Mâly.

Accaparé par ses mensonges, celui-ci ne reconnut pas l'homme au burnous, assis à la deuxième rangée, qui s'apprêtait maintenant à parler :

– Le Blanc peut-il me regarder en face et jurer qu'il ne m'a jamais dit qu'il irait à Dinguiraye ?

C'était Aguibou qui avait dû remplacer son père, le roi de Labé, devenu trop vieux. Mâly vacilla sous l'effet de la surprise. Ses bredouillis signaient clairement ses aveux.

– Vous voyez ? s'écria quelqu'un !… Eh non, Fatou n'a pas menti !…

Le griot eut bien du mal cette fois à ramener le silence. Des voix s'élevèrent dans les derniers rangs, en dépit des convenances :

– Le Blanc, il dit ceci et l'instant d'après il dit cela ! s'écria l'une d'entre elles. On devrait le décapiter.

Diogo Môdy Macka murmura quelque chose dans l'oreille de l'*almâmi*. Celui-ci se racla la gorge et, de nouveau, la voix du griot explosa :

– Y a-t-il quelqu'un parmi ces nobles pour s'opposer à la décapitation de cet homme ?

Il s'ensuivit un long moment de silence ponctué de murmures et de quintes de toux avant que la voix faiblarde du roi de Kankalabé ne se fasse entendre :

– Nous sommes peuls, parents, notre éthique, le *poulâkou*, nous commande de nous conduire comme le caméléon : nous assurer que le monde ne va pas s'effondrer sous notre premier pas avant de risquer un second. Nous sommes fâchés, cet homme nous a menti. Restons prudents, malgré cela. On le tue, puis on se rend compte après qu'il est bien le neveu de France, avez-vous pensé à cela ?

Ces propos soulevèrent dans la salle une petite bise de perplexité. Les esprits pondérés acquiescèrent. Les surexcités de tout à l'heure furent saisis par le doute. Cela fit jaillir une petite lueur d'espoir dans le regard de Mâly. Le malheureux interprète releva la tête pour tenter une nouvelle chance :

– *Wallâhi*, cet homme est un neveu du roi de France ! Pourquoi vous mentirai-je ?

– Alors qu'il se dépêche de le prouver avant que je n'appelle le bourreau ! rugit Diogo Môdy Macka.

– Lui, un prince ? s'indigna quelqu'un. Pourquoi, alors, ces habits ternes et étriqués comme s'il lui manquait du tissu ?

Une géniale illumination jaillit dans l'esprit du Blanc, le mystérieux effet de la détresse, sans doute ! Au lieu de le voir s'effondrer, le Fouta eut la surprise de le voir éclater de rire :

– Donnez-moi donc quelques instants et je vais vous prouver que je suis bien le neveu du roi de France !

Le griot se tourna vers l'*almâmi*. Celui-ci acquiesça de la tête.

– C'est entendu, reprit le griot. On accorde au Blanc quelques instants. Mais les gardes tireront sur lui s'il tente de s'échapper.

Il courut vers sa case, fouilla une à une ses malles et finit par trouver le fameux costume de *Méphistophélès* qu'il se proposait de jeter par-dessus le bateau. Il n'était même pas sûr de l'avoir emporté. Et en le sortant de la malle et en le dépliant, il ne savait pas s'il allait vraiment le porter. Et si, malgré tout, il avait le courage d'endosser ça, pour qui allait-on le prendre : pour le dauphin de France ou pour le roi des clowns ? Il regarda sa couleur rouge pourpre, ses boutons de liège, ses cordons de soie et sa capuche cornue ornée de franges de fourrure et, bien que seul dans sa case, éclata d'un grand rire. Il le revêtit avec la lenteur et la grâce d'un roi s'apprêtant à rejoindre le bal.

– Ils ne m'ont pas accepté en être humain, ils m'accepteront bien en *Méphistophélès*.

Il était sorti du palais prisonnier, en empereur il revint.

– Louis XVI devait produire le même effet sur les ploucs de Saône-et-Loire, grommela-t-il dans sa barbe, plutôt fier de son allure.

Le respect et l'admiration luisaient même dans le regard de Diogo Môdy Macka. Il écouta les chuchotements autour de lui et comprit qu'il avait gagné.

– En général, les Blancs sont laids, mais celui-là, il est devenu vraiment beau ! avança quelqu'un.

– Oh, il a toujours les mêmes yeux de caméléon et les mêmes cheveux gluants, seulement cet habit-là, c'est quelque chose, ah ça oui !

– Même les rois de La Mecque ne portent pas des habits aussi amples et aussi brillants !

Puis on entendit la voix du griot s'élever et dominer les autres :

– Un peu de silence, parents ! Ibrahima, le roi de Fougoumba a quelque chose à dire.

– Cet homme est fils de roi, soit ! commença Ibrahima. Faut-il pour autant en faire l'ami du Fouta ? Est-ce le moment pour les Peuls de faire confiance au premier venu ?

Les Alphayas ne pouvaient trouver mieux pour exposer leurs griefs :

– Eh oui, *almâmi*, pourquoi laisses-tu cet étranger parcourir nos montagnes ? Pourquoi le reçois-tu avec amitié ? Les Blancs sont nos ennemis ; ils viennent troubler notre repos, voler nos femmes et peut-être nous réduire à l'état de captifs, nous n'en voulons pas.

– Et cette affaire de Dinguiraye, elle n'est toujours pas réglée ! Il faut tirer au clair les intentions du Blanc ! hurla-t-on au dernier rang.

Allusions, chuchotements, bouderies, altercations, conciliabules, comme dans toutes les réunions des Peuls ! Cela dura jusqu'à la prière du soir. Enfin l'*almâmi* chuchota quelque chose dans l'oreille du griot et celui-ci s'égosilla de nouveau :

– Le Blanc qui est là est l'ami de l'*almâmi* et l'hôte du Fouta ! L'*almâmi* lui accorde ce qu'il demande. Il aura le chemin pour faire passer la vapeur, mais il lui est interdit de marcher vers Dinguiraye. Toute personne qui l'y aiderait serait décapitée.

À son retour chez lui, il trouva de nouveau des gardes sortant de sa case et portant ses cantines et ses malles.

– Que se passe-t-il encore, hurla-t-il. On me conduit au poteau ou on m'exile de la cité ?

– Ni l'un ni l'autre ! rassura Saïdou en arrivant derrière lui. On te ramène à ton ancienne demeure. Tu vois, tu es vraiment l'hôte du Fouta !

Le monde avait changé. On l'aida à se réinstaller et on lui présenta un grand plat de riz accompagné d'une sauce de poulet aux arachides, qui provenait tout droit de chez l'*almâmi*.

Les marchés s'ouvrirent à nouveau. Les regards se firent moins menaçants, les gardes plus discrets et les voisins mieux disposés. Les vagues de petits curieux submergèrent de nouveau sa véranda et sa cour et les princes de tous bords recherchèrent son amitié. Chacun voulut avoir dans son camp cet étranger que l'on disait puissant et riche et, depuis cet après-midi, le vrai ami de l'*almâmi*, qui plus est. Chacun comptait sur lui : les provinces pour contrebalancer le pouvoir étouffant de Timbo, les Alphayas pour obliger l'*almâmi* à respecter l'alternance ; et chaque prince sorya pour, le moment venu, supplanter ses demi-frères et accéder au trône. Ces visites souvent nocturnes étaient accompagnées de cadeaux et de propos malveillants sur le camp adverse.

Le 10 mai, las de chercher le sommeil, il sortit son crayon et nota cette prophétie : « Mon petit doigt me dit que ce pays s'apprête à rejouer, et d'une même scène, deux tristes épisodes de l'histoire de France… D'un côté, les Armagnacs, de l'autre, les Bourguignons ! D'un côté, Timbo ; de l'autre, Labé ! Chacun de ces gouffres abritant son Henri III et son duc de Guise ! Ici, Pâthé et Bôcar-Biro ; là-bas, Aguibou et Alpha Yaya !… Curieux Fouta ! Ces Peuls sont malins, trop malins, peut-être ! Le Fouta est devenu une nasse, une nasse paradoxale. Aussi facile d'y tomber que d'y faire tomber les Peuls. »

Il s'égara dans les environs pour répertorier les grottes et les sources, préleva des échantillons de sol et de plantes et s'exerça à la chasse à l'éléphant. Il survécut à une chute, à un empoisonnement et à une morsure de serpent. De coliques en crises de palu, il frôla souvent le coma. Puis on lui annonça la visite du roi de Koïn :

– On m'appelle Dion-Koïn, tu devines que cela veut dire le maître de Koïn ! dit celui-ci en ricanant. Il y a longtemps que j'ai entendu parler de toi et comme tout le monde, l'autre jour, j'ai applaudi ta prestation au palais. Si tu le veux, nous allons devenir des amis. Passe donc à Koïn avant de retourner chez toi. Nous avons du bon gibier et le meilleur lait du pays – quant à ce qui est des femmes…

Trois quintes de toux insistantes se firent entendre au-dehors. Il s'abaissa, parla en agitant nerveusement sa main :

– Allez !... Entre !... Mais entre donc !... Mais qu'est-ce que tu attends ?

Une silhouette hésita, passa les graviers de la cour et vint s'accroupir sous la véranda.

– C'est ma femme !... Entre, entre donc !... Allez, dépêche-toi... Tu ne refuses pas qu'elle entre, n'est-ce pas ? Elle serait très déçue. Tu comprends, elle n'a jamais vu un Blanc.

La jeune femme hésita encore, puis entra d'un seul pas et toute la pièce s'illumina. C'était la jeune femme de l'autre jour, à cause de laquelle il avait failli se faire lyncher. Le Blanc ne fit plus attention à ce que disait son hôte. Elle était belle, belle, encore plus belle de si près ! Les yeux hagards, la bouche ouverte, le souffle court, il la dévora des yeux. Il avait l'air d'un dément et il n'en avait cure. Il la scruta de la tête aux pieds, s'attarda longuement sur la courbure de la nuque, les lobes des oreilles, les replis du nez et les commissures des lèvres : aucun défaut. Son teint peul et ses bijoux luisants dans la pénombre de la case lui faisaient penser à l'éclat des plus beaux vitraux de Chartres sous la lumière du jour.

Dion-Koïn commença à s'inquiéter :

– Hé, qu'est-ce qui t'arrive, Blanc ? Par Allah, qu'est-ce qui t'arrive ?

Il ne savait pas ce qui lui arrivait, il ne savait pas s'il tombait amoureux ou s'il devenait fou.

Il se mit debout. Il saisit Dion-Koïn par les épaules et lui dit très nettement :

– Donne-moi ta femme ! Je t'en prie, donne-la-moi !

Celui-ci, croyant à une blague, sortit en ricanant et se précipita vers sa suite restée dans la cour :

– Le Blanc est complètement fou ! Il veut que je lui donne ma femme. Je n'ai jamais entendu ça ! Quelle drôle d'histoire ! Vous devriez chanter ça, griots !

Puis il s'essuya les yeux, revint vers la case et retrouva le Blanc dans la même posture de gamin hypnotisé qu'il l'avait quitté.

– Je t'en prie, donne-moi ta femme, répéta Olivier de Sanderval, sans aucune ironie au visage.

– Mais je ne peux pas te donner ma femme : c'est la fille d'un grand roi et, en plus, ce roi est un ami. Tu vois que je ne peux pas te la donner. Pourquoi ne vas-tu pas au Kébou ? Là-bas, tu en trouveras de bien plus belles.

– Alors, dis-moi comment elle s'appelle ?

– Elle s'appelle Dalanda. Mais c'est un nom trop compliqué pour toi, tu vas l'oublier aussitôt, j'en suis sûr.

Il prit sa femme par la main et l'entraîna vers la sortie. Arrivé à la véranda, il se retourna et dit :

– Et puis oublie-la, elle aussi, c'est bien mieux pour nous trois.

Une terrible maladie le frappa, plus grave et plus insupportable encore que la colique ou l'insomnie, et qui n'avait même pas de nom. Une douleur indéfinie chauffa son corps, empoisonna son sang et troubla son esprit. Mâly crut qu'il était devenu fou, Mâ-Yacine qu'on l'avait de nouveau empoisonné et ses tirailleurs sénégalais qu'un de ces redoutables marabouts peuls l'avait *travaillé* du chapelet. Il devint solitaire et irascible. Il refusa tout ce qu'on lui donnait à manger : le lait caillé et le couscous de mil, la purée de taro comme les boulettes de mouton. Il resta des journées entières prostré dans un coin de sa case. Ensuite il erra dans les ruelles de Timbo, insensible aux hordes de femmelettes et de gamins qui rigolaient derrière lui en indexant cruellement ses yeux d'oiseau rare et sa peau couleur de braise. Il allait de case en case, cherchant sous les vérandas et dans les recoins des *lougans*. Il prit le risque de dévisager ostensiblement les femmes : celles qui pilaient le fonio et celles qui revenaient du puits. Il ne la trouva nulle part. C'était bien imprudent, mais il n'en avait cure. À Cassini, les Nalous lui avaient pourtant mille fois répété le proverbe : « Si tu veux éviter le couteau du Peul, évite son trône, son troupeau et sa femme. » Il fit le tour de Timbo et des hameaux voisins, soliloqua longuement au bord de la rivière sans

121

arriver à y noyer son chagrin avant de se traîner tristement vers sa tanière comme un vieux lion vaincu.

Puis, par un bel après-midi, une petite fille vint le sortir de son hébétude.

– Que me veut-elle, celle-là ? gueula-t-il à Mâly.

– Elle veut que tu la suives.

– Mais pour aller où, bon Dieu ?

– Peut-être chez l'*almâmi*.

De toutes ses longues périodes de peine et d'errance, ce chemin-là, il ne l'avait jamais pris. Elle l'entraîna par-derrière sa case, à travers le *lougan* en friche. Ils passèrent la guérite de bambou où il avait l'habitude de faire sa toilette, franchirent une haie vive de fougères, empruntèrent un sentier herbeux qui se tortilla interminablement entre les buttes à légumes et les cases avant de déboucher sur une minuscule bananeraie dressée près d'un ruisseau. Là, elle s'arrêta sans mot dire et pointa du doigt la bananeraie. Il écarquilla péniblement ses yeux engourdis par les nuits de veille et le palu.

Il vit.

Elle se trouvait là, dressée entre les bananiers et le ruisseau, le pagne court, les seins nus ; ses cheveux submergés de corail et de perles ; de grandes boucles d'oreilles en or ; un réseau dense de colliers de coraline, certains à peine plus larges que son cou, d'autres descendant jusqu'à la pointe de ses seins ; une calebasse avec une cuillère en bois posée à ses pieds.

– Dalanda ! frémit-il

Elle se contenta de sourire. Puis le temps s'immobilisa. Ils restèrent figés l'un en face de l'autre, silencieux et irréels comme ces gravures de pierre que l'on apercevait dans les falaises de Hélaya. Elle murmura quelque chose à son tour mais il ne comprit pas. Il se tourna vers la petite fille pour la supplier de l'aider, mais celle-ci se contenta de baisser les bras en signe d'impuissance. Il aurait voulu boire ses paroles avec la même avidité que les bergers des montagnes absorbant leur miel de midi après une demi-journée de trotte. Elle parla de nouveau en s'aidant des mains. Cette fois-ci, il comprit :

– Je t'ai vu hier près des écuries du palais... et puis avant-hier à côté de la grande médersa... As-tu perdu une poule pour déambuler ainsi ?

Il s'épancha longuement dans un flot de paroles rapides et heurtées pour lui dire son amour, les longues nuits qu'il avait passées à l'attendre, la mort lente que son absence lui causait. Elle ne comprit rien. Elle se tourna vers la petite fille, en gloussant :

– Comment, bon Dieu, peut-on venir au monde sans parler un seul mot de peul ?

Elle s'abaissa, se saisit de la cuillère en bois et puisa dans la calebasse :

– Bois, c'est du lait !

Il but avec essoufflement. On aurait dit un chiot lapant son eau après une très longue course. Il reprit son souffle et se précipita vers elle. Mais elle poussa un petit cri, et le repoussa énergiquement au moment où il s'agenouillait à ses pieds. Elle jeta un regard gêné vers la petite fille et répéta jusqu'à ce qu'il comprenne :

– Cette nuit... quand la voix du muezzin se sera tue, je passerai te voir chez toi.

Ce soir-là, il se mit au lit tôt sans gribouiller dans ses carnets et sans toucher à ses échecs. Il revêtit sa couverture de plaid pour se protéger des cafards et des moustiques et porta son attention sur les poétiques bruissements de Timbo. Il entendit tour à tour s'éteindre les bruits des pilons et les aboiements des chiens, les grondements des maîtres du Coran et les piaillements des gamins ; les voix des conteuses et les chants monotones des griots. La ville commença à s'endormir, il laissa flotter son esprit dans les stridulations des grillons, les coassements des grenouilles et les hululements terrifiants des lycaons et des hyènes. Il lui sembla qu'elle ne viendrait jamais, la complainte aiguë du muezzin si surnaturelle, si bouleversante au milieu de la nuit, même pour un infidèle.

Là, enfin, la complainte tant attendue ! Il aiguisa ses sens et fixa son regard vers l'entrée, mais rien ne vint frôler sa porte à part les chats, les chiens errants et les sordides habituels surmulots. Il finit par somnoler : sa très forte angoisse, peut-être ! Il rêvait qu'il se trouvait au théâtre quand il sentit quelque chose toucher sa main. Il continua de somnoler, pensant à un rat, puis rejeta brusquement la couverture et se précipita vers son fusil, quand l'idée lui vint que ce pouvait être un voleur ou un assassin.

– N'aie pas peur, c'est moi ! lui murmura-t-elle, éclatante de nudité sous la lumière de la bougie.

Bôcar-Biro revint le lendemain pour lui dire qu'il ne désespérait toujours pas de lui obtenir l'autorisation de pousser jusqu'à Dinguiraye. Il en avait parlé à l'*almâmi* qui, n'y voyant plus un sérieux inconvénient, tout compte fait, lui avait répondu :

– Débrouille-toi avec Diogo Môdy Macka et les autres conseillers de la cour !

– Et avec Diogo Môdy Macka et ses rapaces, ce ne sera pas bien compliqué, conclut Bôcar-Biro, il te faudra juste les inonder d'ambre et de corail.

Il fut victime peu après d'une terrible diarrhée qui lui essora violemment les boyaux deux jours durant avant de commencer à s'estomper. Par chance, il s'était muni d'un grand pot de plastique avant de prendre le bateau, que ses hommes, à tour de rôle, allaient vider.

La semaine suivante, il se sentit assez de force pour aller jusqu'à la guérite de bambous qui lui servait de toilettes. Mais, au moment où il allait y entrer, une ombre bougea derrière le grand manguier. Elle s'avança vers lui, portant sur la tête quelque chose qui avait l'air d'un repas. La surprise et la colère l'empêchèrent de lui rendre son bonjour et son très large sourire. Il l'attrapa rudement par le bras et courut vers sa case et l'y jeta par la porte de derrière.

Après quoi il retourna s'enfermer un moment dans la guérite. De là, il s'attarda dans la cour pour bavarder avec ses hommes afin d'éloigner les soupçons.

– Que personne ne me dérange, je vais me reposer un peu ! déclara-t-il avant de la rejoindre.

Il la serra dans ses bras alors que, quelques minutes plus tôt, il avait une folle envie de lui tirer les oreilles. Elle avait apporté des gâteaux au miel et du fonio au *folléré*. Il se régala en l'écoutant s'apitoyer sur son sort de malade, de pauvre Blanc égaré chez les Peuls, d'amant sans honneur qui n'avait toujours pas décidé d'inviter son rival sur la plaine pour une franche explication, au couteau.

Quand elle eut fini de le gaver avec les délicieuses petites boulettes amoureusement pétries de ses mains, elle lui lava délicatement les pieds et les mains et l'entraîna vers le lit en riant comme une gamine.

– Tu n'es pas un homme, Yémé, *wallâhi* ! fit-elle en se déshabillant. Je pensais que tu aurais déjà poignardé Dion-Koïn et enlevé Dalanda !

Maintenant ils se trouvaient assis par terre, le Blanc perdu dans ses carnets, la jeune femme, appuyée sur son épaule, lui versant du sirop de *soumbala* en chantonnant un vieil air de bergère.

– Entre Fatou et moi, c'est laquelle ta préférée ?

– Je n'aime que toi.

Il lui tapota la joue. Elle répondit en passant délicatement son doigt dans le creux de son dos.

– Tu ne peux pas aimer que moi, c'est impossible, ça !

– Que toi, que toi, que toi !

Elle réussit à lui faire avouer qu'il avait une femme en France, une Blanche, bien sûr, et qu'il l'aimait tout autant. Elle lui demanda la raison de sa présence ici, au Fouta, et fut émerveillée d'apprendre qu'il était venu se tailler un royaume.

– Allah est grand, s'exclama-t-elle, comme ça, tu auras deux reines : une Blanche et une Noire !

– Hélas, soupira-t-il tristement, les choses ne sont jamais simples pour nous autres Blancs !

– Pourquoi les choses ne sont jamais…

Sa question fut interrompue par un terrible vacarme. Il se précipita sur son fusil et sortit voir. Une centaine de personnes armées de sabres et de bâtons accouraient vers sa case par les chemins, à travers les *lougans* et par-dessus les palissades, en criant avec hystérie :

– Il faut tuer le Blanc ! Il faut tuer le Blanc ! Il faut tuer le Blanc !

Sa première réaction fut de revenir dans la case pour protéger Dalanda.

– C'est quoi ? demanda naïvement celle-ci avec son mignon sourire d'ange. Ils courent après un voleur ?

Il l'attrapa au vol, la précipita vers la porte de derrière, puis se ravisa pour penser au lit.

– Allez ! fit-il en la poussant. Tu restes bien tranquillement là-dessous ! Interdit de bouger, de tousser ou d'éternuer !

Puis il s'allongea devant l'entrée, son fusil braqué sur la cour. Les premiers arrivants s'arrêtèrent net en voyant pointer le canon. Il s'en doutait bien, Dion-Koïn se trouvait parmi eux. Il vit le bougre sauter par-dessus la palissade sans ralentir sa course, et sortir férocement son sabre du fourreau en arrivant sous l'oranger de la cour. Les idées se bousculèrent dans sa tête avec la vitesse de l'éclair. Ils étaient trop nombreux, il n'avait pas assez de balles. C'en était fini de lui : abattre le salopard avant de se faire lyncher par les autres ou se laisser trancher la tête sans réagir. Il pensa à une troisième solution : se suicider. Mais ce n'était pas dans son tempérament. On doit sauver sa vie envers et contre tout, son père le lui avait appris, ce maudit jour où les révolutionnaires avaient cru pouvoir le noyer en le jetant dans la Saône. Et puis il pensa à Dalanda. S'il mourait, lui, qui la défendrait, elle ? Il n'avait qu'à rester où il était, le doigt bien sur la détente, mais surtout ne pas prendre l'initiative de déclencher les hostilités ; ne tirer que s'ils faisaient mine de passer la véranda. Ensuite, on verrait bien.

Mais quelque chose d'ahurissant se produisit. Ce n'était pas contre lui, mais contre les autres que Dion-Koïn brandissait son sabre. Il se positionna entre le Blanc et eux, sa carcasse de géant devenant un véritable barrage et rugit :

– Le premier qui fait un pas de plus, je lui tranche la tête ! Rangez vos bâtons et vos sabres et rentrez tranquillement chez vous. Allons, allons ! Dépêchez-vous !

Un à un, ils rangèrent leurs armes et se traînèrent à contrecœur vers la clôture.

Puis il passa la véranda, releva amicalement le Blanc et l'entraîna à l'intérieur de la case. Celui-ci s'effondra sur le bord d'une de ses malles, étendit ses bras et ses jambes pour reprendre son souffle et fit un effort surhumain pour ne pas regarder vers le lit :

– Le destin est bien étrange, Blanc, ricana Dion-Koïn en s'affalant sur une autre malle. Moi qui aurais dû te tuer, c'est moi qui te sauve la vie !

– Merci, merci ! fit celui-ci en s'épongeant le front. Mais je t'en prie, explique-moi.

– Les Portugais ont tué un Peul sur la côte, alors ces idiots veulent se venger.

L'homme jeta un regard circulaire autour de lui et demanda au Blanc s'il avait obtenu son papier pour le chemin de fer. Il répondit que non, mais que rien ne lui permettait de douter de la promesse de l'*almâmi*.

– Je sais pourquoi il te fait lambiner, parce qu'il n'est toujours pas sûr de tes liens avec son ennemi de Dinguiraye. On raconte à la cour que tu caches plein de richesses et de fusils pour ce dernier.

– Et où les cacherais-je ?

Il se leva et regarda du côté du lit :

– Sous ton lit, bien sûr ! Tu as peur que je vérifie, hein ?

– Vas-y, vérifie ! répondit le Blanc en respirant profondément pour dominer sa panique. Tu verras qu'il n'y a rien. Juste un peu de gnole !

Pris d'un brusque haut-le-cœur, le gaillard recula :

– De la gnole ? **Pouah !**

Il cracha bruyamment et gagna la sortie. En passant la véranda, il regarda rapidement derrière lui :

– Tu es sûr que tu ne veux toujours pas te convertir ?

Le lendemain, en la retrouvant près de la bananeraie du ruisseau, il constata une mauvaise bosse sur sa tête.

– Qui t'a fait ça, qui ? C'est lui, hein ? C'est lui ? Eh bien, advienne que pourra, cette fois, je vais le tuer.

– Non ! Ce n'est pas lui, Yémé ! C'est... c'est Fatou ! Ta préférée ! sanglota-t-elle avant de courir se réfugier derrière les bananiers.

Il courut s'engouffrer comme un ouragan dans la case du Ouolof. Fatou s'y trouvait seule, assise près de l'âtre, en train de broyer des cacahuètes. Il se précipita vers elle pour lui saisir le cou, mais baissa les bras et recula en s'apercevant de l'état de son ventre. Il n'y avait pas de doute : elle était enceinte. Enceinte, oui, et de trois mois au moins !

– Pauvre mari ouolof ! Je comprends maintenant pourquoi cette bonne femme tenait tant à ce que j'épouse sa fille !

Il regagna la sortie, dégoûté, tandis que derrière lui retentissaient, inoubliables, les cris haineux de Fatou :

– Je la tuerai, ta garce ! Je la tuerai, je la tuerai, je la tuerai !

Il resta les jours suivants sans aucune nouvelle.

– Je n'en peux plus, il faut que je la retrouve, finit-il par se dire, en mettant fébrilement son casque, ses souliers et ses gants. Que son mari me tue, je m'en fous !

Arrivé à la clôture, il tomba nez à nez avec un émissaire du palais qui le fit rebrousser chemin :

– Le Blanc est-il prêt ? L'*almâmi* l'attend.

– Mais pourquoi donc ?

– Pourquoi, pourquoi ? Mais pour partir !... À Donghol-Féla, bien sûr, son lieu de villégiature ! Il ne manque plus que le Blanc, toute la cour l'attend, les lanières aux pieds et les chevaux bien harnachés.

– Ah, je vois, soupira le Blanc ! Il a peur que pendant son absence je ne m'enfuie à Dinguiraye !

Ce pénible séjour à Donghol-Féla s'éternisa près d'une semaine. À son retour à Timbo, il apprit avec une profonde déchirure que Dion-Koïn avait quitté la ville. Il avait rejoint son fief avec ses armes et ses bagages, son sérail et sa cavalerie.

Ce départ l'amputa de ses tout derniers ressorts. Il regagna sa case avec une horrible sensation de vide. Il tira un épais rideau de guipure entre son être et les remous malfaisants de Timbo et plongea dans l'oubli, fatigué de compter les jours, les coliques et les migraines. Il figea son existence dans le carcan de ses insomnies et dans les inexplicables fulgurances de son souvenir à elle. Son père le lui avait appris, ce maudit jour où les révolutionnaires l'avaient jeté à l'eau : il faut savoir s'accrocher à quelque chose, il n'y a pas d'autre manière d'échapper à l'abîme. Il se trouvait au milieu des périls, raison de plus pour tenir, tenir et tenir encore. Derrière lui, les menées sourdes de la cour et les affres du voyage : les chutes, les comas, les mille et une tentatives d'empoisonnement, la beauté étourdissante de ce pays cruel et fascinant. Devant lui, le gouffre sans fond de l'utopie et des songes. Le moindre faux pas et c'était la dérive assurée.

Quand la réalité devient aussi sordide et étouffante, l'homme d'esprit se doit de la mépriser en prenant de l'altitude. Il se réfugia donc dans le regard apaisant de Dalanda, dans son odeur de fruit sauvage et refusa obstinément les sollicitations du dehors. Il repoussa l'assiette de Mâ-Yacine et, pour survivre, se contenta de grignoter ses dernières barres de chocolat ou de boire du thé fade, puisqu'il ne lui restait plus un seul morceau de sucre. Il pensa de nouveau au suicide et à la folie puis se dit qu'après avoir subi ce qu'il avait subi il pouvait encore en supporter, des fringales et des maladies, des peines d'amour et des menaces de mort.

Qu'importe le résultat : seul l'effort donne un sens à l'existence ! Il ne faut jamais braquer son regard sur la distance, mais sur le pas. Ce pas-ci gagné, songer aussitôt au suivant. Et la voix infaillible de son père faisait vibrer sa frêle existence de huit ans : il y a bien longtemps en Grèce, un certain monsieur Sisyphe, etc. Chacun est là sur terre pour faire ce qu'il a à faire. À chacun de déplacer le rocher qui est le sien, sans se soucier de savoir s'il dégringolera de nouveau une fois qu'on l'aura hissé.

Pour l'instant, son rocher à lui, c'était de survivre, de survivre coûte que coûte, c'est-à-dire de se préserver ce minimum d'esprit et de corps sans lequel, demain, plus rien ne serait possible. Il verrait plus tard son hypothétique retour, son chemin de fer, ses projets de plantations et de factoreries et ses rêves d'empire et de gloire. Pour cela, il devait puiser son énergie dans le timbre velouté de *sa* voix qu'il lui semblait encore entendre, dans les vapeurs d'herbes parfumées qui s'exhalaient de *son* corps et qui embaumaient encore ses mains comme si elle venait seulement de le quitter. Qu'importaient, après ça, les conspirations de ces princes peuls cupides et versatiles ; le regard suspicieux des voisins, la curiosité malsaine des badauds, le grouillement des bestioles qui lui disputaient son logis !

Cela pouvait durer un mois de plus ou se poursuivre indéfiniment, ça lui était égal.

Cette écervelée de Fatou ne l'avait pas quitté pour autant. Fatiguée de l'attendre près de la chaise pliante du dehors, elle le retrouvait maintenant dans la case, fouillait dans ses malles, essayait tour à tour son casque, ses gants et ses bottines à clous ou alors déambulait autour de son lit en grommelant des paroles insensées sans réussir à le sortir de sa léthargie. Elle resta les nuits pour se chauffer, lovée près de son âtre sans jamais s'arrêter de parler à voix basse. Elle ne se résigna à quitter les lieux que quand Mâly et Mâ-Yacine, sous les injonctions de son pauvre mari, se décidèrent à venir la cueillir.

Au fond, il ne la voyait même plus. C'était Dalanda qui le hantait. Dalanda et sa chevelure de soie ! Dalanda et son corps appétissant de papaye, bien tendre, bien frais et si bien mordoré !

Si seulement c'était elle qui le turlupinait ainsi !

Puis, les klaxons de la réalité finirent par avoir raison de lui. Il se traîna jusqu'à la chaise pliante et écrivit ceci qu'il chargea Mâly et Mâ-Yacine de porter à la cour :

« Que voulez-vous, à la fin ? Que je meure à petit feu ou que je devienne fou ? Je vous préviens que si vous ne me donnez pas maintenant ce que je vous demande, le chemin de fer partira de Saint-Louis pour aller directement chez vos ennemis de Dinguiraye et puis après à Ségou, chez les Bambaras ! »

Il s'en voulut de n'avoir pas dès le début usé de ce stratagème, car Môdy Pâthé vint aussitôt le voir. Puis Bôcar-Biro et bon nombre de marabouts et de conseillers, de princes et de barons. Tous le prièrent d'excuser et de patienter :

– *Diango, fab'i diango* ! demain, après-demain !… L'*almâmi* est d'accord… Ses conseillers sont favorables… Tous les marabouts se sont réunis… *Diango, fab'i diango !*

Diango, fab'i diango… Le vendredi suivant, pour la première fois depuis longtemps, son cœur s'éclaira d'une vraie lueur d'espoir quand il vit Môdy Pâthé enjamber la clôture :

132

– Allez, viens, ami !... Non, inutile de chercher ton casque et tes gants. Viens tout de suite avant que l'*almâmi* ne change d'avis ! Tu verras, ce sera vite fait !

Et effectivement, cela ne prit pas longtemps. L'*almâmi* fit lire le papier devant l'ensemble de la Cour et le lui tendit lui-même :

« *Bismillâhi !*... Je rends grâce à Allah !... À Allah seul, *salam* !

Celui qui se présente avec cet écrit vient de la part du chef des marabouts, roi qui s'appelle Sory, fils d'Abdoul Kadiri.

Que tous ceux qui voient cet écrit sachent ceci : Cet homme qui vient de chez les Blancs est venu ici et il a dit à l'*almâmi* : "Je suis ton hôte... Ce que je te demande, c'est que tu me donnes un chemin pour faire passer la vapeur jusqu'à l'endroit que je désigne." C'est ce qu'il a dit à l'*almâmi*. L'*almâmi* lui a répondu : "C'est bien entendu, tes paroles, je te donne le chemin pour faire passer la vapeur... Que la protection d'Allah s'étende sur toi !..."

Écrit le 1er juin 1880 sous la dictée de l'*almâmi* Sory par son marabout, Saliou Doukayanké. Interprète : le dénommé Mâly. »

On lui remit aussi un autre papier que l'on ne trouva pas nécessaire de divulguer à la Cour : l'autorisation de traverser le Fouta jusqu'à Boké par la route qu'il voulait, d'acheter des vivres et de lever des porteurs.

Après quoi le griot s'adressa à lui :

– Tu n'es plus un Blanc comme un autre. Tu es devenu un des nôtres, un frère de l'*almâmi*, un ami de tout le Fouta... On espère que tout ce que tu dis est vrai et que tu vas revenir... L'ennui est que vous, les Blancs, on ne vous voit jamais deux fois. Lambert aussi avait dit qu'il allait revenir et Lambert n'est jamais revenu. Nous avons honte de ne t'avoir pas toujours bien traité. En guise d'excuse, l'*almâmi* te fera parvenir de l'or et des peaux de tigre ainsi que cent porteurs. Tu partiras demain, l'*almâmi* a décidé. Va-t'en, notre ami blanc, sois heureux et surtout pense à nous ! »

Puis ce furent les pleurs, les embrassades, les vœux, les inépuisables paroles d'excuse. On se serait cru en famille. Sauf qu'il y avait ce Diogo Mâdy Macka. Le monstre trouva le moyen de se faufiler jusqu'à lui et de lui glisser à l'oreille, en faisant semblant de l'embrasser :

– Bien entendu, je garde pour moi les peaux de tigre et l'or. Tu te contenteras du chemin de fer. Les Anglais et les Portugais sont suffisamment jaloux comme ça.

Le 2 juin 1880, Olivier de Sanderval quitta Timbo avec ses fidèles, Mâly et Mâ-Yacine, sa vingtaine de tirailleurs sénégalais et ses cent porteurs. Sous les vérandas, derrière les palissades ou sur le faîte des manguiers, la ville surexcitée le regarda partir. Certains apportèrent des cadeaux, d'autres écrasèrent une larme. Une foule de notables, parmi lesquels Pâthé et Bôcar-Biro, l'accompagnèrent sur une demi-journée de marche. En plus de Saïdou, son secrétaire, l'*almâmi* avait ajouté à l'escorte nombre de captifs et de griots ainsi que le marabout de la cour. « Même les rois ne sont pas traités ainsi, se réjouit-il en regardant tout ce beau monde à cheval réuni rien que pour lui. Je crois que j'ai réussi à mettre un pied dans ce pays de tartufes et de brouillards. À nous deux, Fouta ! »

L'inactivité l'avait usé bien plus que la fringale et les maladies. C'était un solide gaillard habitué aux baignades et aux longues marches. Il avait besoin de bouger pour garder ses esprits. Or, en deux mois à Timbo, il n'avait ni fait de l'aviron ni escaladé une montagne. Sa gymnastique s'était résumée à quelques promenades dans les ruelles et à ses chasses aux papillons, toujours suivies de près par les mal élevés et les espions.

Et maintenant, le grand air de la liberté. Il avait pour lui le chemin jusqu'à la côte et les merveilles inépuisables du Fouta.

Voici les chutes de Gongoré, les falaises de Doubbel, les forêts à singes de Poûkou ! Le vent était doux, le soleil gai. La brousse sentait fort le jasmin et le piment… Il respirait mieux… Les rivières et leurs lianes odorantes… Encore une cascade, une lande, un vallon… Voici sous ses pieds la splendide plaine de Bhouria et ses hautes herbes en fleurs, dansant sous le vent. Il sortit ses carnets et nota, avant de fouler la cité : « Vue d'ici, la série de vallons et de collines de Timbo se dessine très agréablement. Elle rappelle le chemin de Paris à Versailles. Une herbe verte douce à l'œil recouvre tout. »

Il ne s'y attarda pas, cependant. Il fut reçu avec mépris par Tierno Cîta, le seigneur des lieux. « Ils sont étonnants d'arrogance, ces petits potentats nègres », s'empressa-t-il de noter. On lui servit un repas avarié. Sa case fut inondée la nuit. Il plia bagage dès son réveil.

À Fougoumba, il apprit la présence d'Aguibou. Il n'avait aucune envie de le revoir après ce qui s'était passé à Timbo. Il ferait comme à Bhouria, il partirait dès le lendemain. Mais le soir, après sa frugale écuelle de fonio au lait, un captif vint lui annoncer que la princesse Taïbou viendrait lui rendre visite.

C'était la même splendide panthère que celle qu'il avait vue à Boubah puis à Guidali : les mêmes grands yeux luisants avec leurs paupières pleines de malice, la même silhouette élancée, altière et féline, le même calme imperturbable de ceux qui sont nés pour choisir et commander. Elle était au moins aussi belle que

Dalanda, mais d'une beauté intimidante, refroidie par l'habitude du pouvoir et le goût de l'autorité.

Elle s'assit sur le lit en terre. Il préféra le bout d'une de ses malles.

Elle leva les yeux vers les tresses de lianes, les anneaux de bambou et les toiles d'araignée du toit et dit :

– Tu aurais pu trouver une meilleure case.

– Ce n'est pas moi qui décide, la princesse le sait bien.

– À Labé, je t'aurais logé au palais.

– Tu dis ça parce que je ne compte pas passer par Labé !

Elle montra son sourire lumineux et froid, puis continua sur un ton plus doux :

– Tu as maigri, *wallâhi* ! Ils ne te donnaient pas à manger, à Timbo ?

– Le jour où j'étais leur ami, oui, celui où j'étais leur prisonnier, non.

– Oui, oui, on est au courant de tout, même de tes déboires amoureux. Des caravaniers de Labé ont assisté à la bagarre du marché où deux femmes se sont étripées pour tes beaux yeux.

– De mon côté, j'ai entendu beaucoup de choses sur Alpha Yaya et toi. Qu'est-ce qu'il y a entre vous ?

– Si je le disais, c'est tout le Fouta qui se mettrait à brûler. Ta sorcière de machine, là, tu vas nous l'amener, vraiment ?

– C'est pour savoir ça que tu es venue me voir ?

– Hé, ne fais pas le nigaud, Blanc, répondit-elle, en ôtant sa camisole, je suis venue passer la nuit.

Il n'attendit pas l'arrivée de l'aube. Il laissa la princesse dans la tiédeur du lit et sortit sous la lueur des étoiles bousculer sa caravane. On était au milieu de l'hivernage. Une semaine entière de trombes ininterrompues n'avait rien d'exceptionnel. La foudre et la grêle tombaient aussi couramment qu'une pluie d'oranges par un jour de tempête. Si l'air s'était agréablement radouci, les pistes s'embourbaient et les rivières aux berges surpeuplées de crocodiles bouillonnaient de crues.

À Timbi-Touni, il fut accueilli avec beaucoup de chaleur. Le roi absent, parti à la guerre, son frère, un certain Tierno, l'installa dans ses meilleures cases, le ravitailla abondamment en céréales et lui égorgea un taureau. Il le fit louanger par ses griots, lui offrit une magnifique fantasia, le fit traverser le Kokoulo, dont le lit avait triplé, et accompagner jusqu'à Ninguilandé par une suite de cinquante personnes.

La galère, cependant, reprit très vite le dessus. À Télibôfin – plus qu'à cinq jours de Boké ! –, il s'écroula à l'entrée du village, mort de fatigue et de faim. Il y agonisa deux jours, étendu au milieu de ses vomissures. Ses tirailleurs décidèrent malgré tout de continuer la route en le portant à tour de rôle, l'endroit étant peu sûr.

À Missidé-Téliko, son pouls devint si faible et sa température si haute qu'une nouvelle fois il dicta ses dernières volontés : « Mon cadavre, il faudra l'incinérer et mes cendres les jeter dans la rivière de votre choix : le Cogon, le Konkouré ou alors le Kakrima. Pour mes richesses, vous ferez à votre guise. Mais mes papiers, de grâce, faites qu'ils arrivent bien en France ! » Rien de plus enrageant que de mourir si près de Boké, seul au milieu des Nègres, sans l'affection des siens et sans l'extrême-onction ! Encore plus navrant de le faire sans avoir au préalable rencontré une âme civilisée pour lui confier toute cette orgie d'images et d'émotions que le Fouta lui avait procurée en quatre mois de passions et de mésaventures !

« Allez, un dernier effort ! se disait-il. Sois plus fort que le néant ! Tu dois tenir jusqu'à Boké ! Une fois à Boké, advienne que pourra ! Une fois tes carnets à l'abri là-bas, tu pourras t'abandonner à loisir à cette mort si proche et si bienfaisante. Et, avec un peu de chance, Dehous t'enterrera peut-être près du petit monument que tu as consacré à René Caillé. À défaut de pouvoir la saisir, cela vaut le coup de côtoyer la gloire, surtout pour l'éternité. »

À Tinguilinta, il paya un guide pour leur faire traverser le *rio* Nunez et les conduire jusqu'à Boké. Mais le lascar les abandonna en pleine forêt. Ils errèrent deux jours avant de tomber par hasard sur une caravane de Sarakolés qui allait vers la côte.

La France n'était plus loin, à seulement vingt kilomètres. Boké apparut aux premières lueurs du soir avec ses cases de paille, son port, son fort de granit surmonté d'une tourelle blanche sur laquelle flottait un étincelant drapeau tricolore. Il écarquilla les yeux et vacilla. Quelques pas seulement le séparaient des premières maisons, mais cela dura une éternité.

Dehous était absent, parti à l'intérieur des terres pour négocier avec les tribus. Par chance, Bonnard se trouvait dans la ville. Il l'attendait chez un certain Moustier.

– Qu'est-ce que je vois ?... Dieu soit loué !... On vous croyait mort, monsieur Olivier !

Bonnard, ce grand gaillard de Bonnard, ne put s'empêcher de verser des larmes en l'accueillant sur le perron.

– Oh, voici mon semblable ! Merci, mon bon Bonnard, merci d'être venu à moi !

Il le ramassa d'un seul coup comme il l'aurait fait d'un bébé ou d'une balle de coton – le patron avait fondu et lui, Bonnard, se trouvait dans une émotion qui décuplait ses forces – pour le monter à l'étage, puis il réfléchit une seconde et dit :

– Je vais vous déposer dans votre lit en attendant de vous faire un remède. Vous y serez bien mieux. Mais jurez-moi d'abord que vous ne vous évanouirez pas !

Olivier de Sanderval toussa douloureusement et réussit à articuler :

– Oh non, je dois d'abord goûter de nouveau à de la vraie nourriture… Peu m'importe ce qui se passera après… Mes carnets sont dans la malle numéro huit, j'ai tout dit à Mâly… – et un souffle haletant et catarrheux s'en vint engloutir sa phrase.

Moustier lui apporta une bouteille d'eau et courut activer à coups de cravache sa dizaine de boys pour qu'ils préparent le bain et mettent les fourneaux au feu.

Ils dînèrent de toutes ces bonnes choses de France que son long séjour dans la brousse avait rendu inimaginables : du foie gras, de la terrine de lapin, de la rosette de Lyon, des cornichons de Bretagne, des flageolets, des asperges, des lentilles, du gigot d'agneau à la ciboulette et de la caille aux raisins. Il y avait du vin, du champagne, de l'armagnac. Le festin se termina par une dizaine de fromages et une délicieuse tarte aux pommes. La bouche amère et grelottant de fièvre, il ne goûta qu'à une cuillerée de chaque mets, mais plus tard, quand sa femme le lui demanderait, il répondrait sans faute que c'est par la grâce de ce repas-là qu'il avait survécu aux maux de l'Afrique. La propreté de la table et la couleur des aliments lui avaient largement suffi pour retrouver le goût de la volonté et le sens des choses.

Il eut la force de sortir son carnet avant de sombrer dans le lit : « Voilà du pain, du vin, des œufs préparés !… Il faut avoir mangé, écrit, vécu à terre pour savoir ce que valent ces choses qui distinguent l'homme à table de la bête à l'étable. »

Il fut tout de même étonné de se retrouver vivant le lendemain ; étonné, mais aussi un brin émerveillé ! Il ouvrit la fenêtre et huma avec avidité l'odeur ambiante de papaye et de fleurs sauvages. Il écouta le chant des calaos, sentit les caresses revigorantes des rayons du soleil. Il parvint à atteindre tout seul le salon où se trouvaient déjà Moustier et Bonnard, but un peu de thé et, d'un air triomphal, réapprit à donner des ordres :

– Il me faut un bateau pour Gorée !

À midi, après avoir absorbé quelques cuillerées de bouillon et une décoction de quinquina, il se leva pour aller « saluer » René Caillé, malgré les vives réticences de Bonnard et de Moustier.

– Euh ! fit Bonnard quand il s'engagea dans les escaliers.

– Euh quoi, Bonnard ?

– Ce Fouta-Djalon, monsieur Olivier ?

– Vous voyez bien qu'on en revient, mon bon vieux Bonnard, vous voyez bien !

Puis il disparut à l'angle de la rampe. Il n'était pas arrivé aux parterres de rosiers de la cour que Bonnard l'entendit pousser un oh de douleur et s'écrouler. Il l'aida à remonter, malgré ses protestations l'installa dans son lit et alluma le fourneau à charbon en voyant la violence avec laquelle il s'était mis à grelotter.

On était maintenant le 8 juillet. En dix jours, il avait eu le temps de se soigner, de reprendre de l'appétit. Dehous, qui était revenu de sa tournée en brousse, lui rendit aussitôt visite.

– Vous avez bien meilleur état qu'on ne m'en a dit, monsieur Olivier.

Quinze jours plus tôt Dehous avait appris, ô combien soulagé, par les caravanes que non seulement Sanderval était vivant mais qu'il n'était plus très loin de Boké. Mais il avait dû inopinément remonter le fleuve pour calmer un peu les tribus plutôt excitées en ce moment. À Balarandé, ses hommes et lui avaient failli y laisser leur peau. Ils n'avaient dû leur survie qu'à leur fière contenance.

– Vous êtes aux avant-postes du combat civilisateur de la France, capitaine Dehous ! Ah, si seulement ces fainéants du ministère de la Marine quittaient un instant leurs bureaux douillets pour venir vous voir à l'œuvre !

Sa voix avait le timbre des généraux quand ils décoraient leurs subordonnés dans la cour des Invalides.

– Vous n'y pensez pas, monsieur Olivier ! Eux, ici, parmi les Nègres, les moustiques, les panthères, les serpents !

– Pourtant, cela leur ferait du bien, l'Afrique, ce serait pour eux une belle leçon d'humilité.

– Ça, vous pouvez le dire ! L'Afrique rend humble tout ce qu'elle touche, à part les lions et les éléphants.

– Que redoutez-vous le plus ici, mon capitaine ?

– Les maladies !

– Plus que les Nègres ?

– Les Nègres, on peut les combattre, les maladies, jamais !… Alors, ces Peuls ?

– Les Anglais de l'Afrique ! Tous les défauts et toutes les qualités de la terre : radins, perfides, ombrageux ; intelligents, raffinés, foncièrement nobles !

– Et comment vous ont-ils reçu ?

– À la peule : vous ne savez jamais si vous êtes hôte de marque ou prisonnier de guerre !

– Et qu'avez-vous obtenu ?

– Tout ce que je voulais : l'autorisation d'ouvrir des factoreries et de tracer un chemin de fer.

– Alors pour vous, le Fouta peut devenir français !

– Sans ces crétins de Saint-Louis, il le serait déjà.

– Le pays est-il aussi beau que les caravanes le disent ?

Il lui dit que oui et s'empressa de lui décrire l'étourdissant panorama de ce coin d'Afrique où seraient venus s'égarer les volcans d'Auvergne et les bocages normands, les torrents du Jura et les vallées de la Suisse.

– Le pays d'Aïda ! Nous devons le conquérir ! Et vite ! Vous comprenez, Dehous ?

– Laissez donc, Olivier ! Le Fouta-Djalon est suffisamment inaccessible comme ça et les Peuls bien trop compliqués.

– Sans le Fouta-Djalon, c'est impossible d'avoir le Soudan.

– Nos postes sont bien avancés au Soudan, grâce au général Faidherbe.

– Nous les perdrons aussitôt que les Anglais s'empareront du Fouta-Djalon, ce qui risque fort d'arriver : les Peuls raffolent de la cretonne de Manchester et commencent à compter en shillings.

– Merci pour cette admirable leçon de géopolitique, monsieur Olivier. Mais pour l'instant la France a des hommes pour définir sa politique africaine.

– Des hommes de peu d'imagination !

– Quoi ?

– Pas besoin d'une carte d'état-major pour savoir que c'est par le Fouta-Djalon qu'on aurait dû commencer. Mais vu le nombre d'idiots dans nos ministères…

– On ne parle pas comme ça de la France à un officier français ! C'est une insulte !

– Une insulte ? Je n'ai fait que…

– Taisez-vous ! D'abord qui êtes-vous ? Personne ! Vous êtes venu poussé par vos propres fantasmes. Et on ne sait toujours pas pour le compte de qui : de vous, de la France ou d'une puissance ennemie ?

Il fit les cent pas dans la pièce, ses bottes martelant rageusement le sol. Puis il se rassit, se déchaussa en crachant des jurons furibonds et but cul sec plusieurs verres de suite. Il rota bruyamment et grommela un bon bout de temps avant que ses paroles ne redeviennent audibles :

– J'aurais dû vous fusiller dès le début… Oui, c'est ce que j'aurais dû faire… vous fusiller… parce qu'on n'est pas là pour blaguer, nous, on est en zone de guerre, ici !… les Nègres, les panthères, les moustiques… On n'est pas là pour faire les marioles, nous…

Surpris par cette brusque tournure des événements, Olivier de Sanderval le regarda égrener son morbide soliloque sans savoir s'il devait se mettre sur ses gardes ou le prendre en pitié.

– Je vous assure que vous feriez mieux de partir !… Ah non, je ne vous aime pas, monsieur Olivier !… Et même pas du tout, pour être honnête !

Il ne dit plus aucun mot après ça. Il se contenta de hoqueter et de roter jusqu'à ce que la dernière bouteille de Pernod soit vide. Puis il reprit son casque, son fusil et ses bottes :

– Vous feriez mieux de rester là-bas, monsieur Olivier ! Vous ne comprendrez jamais rien à l'Afrique, et si jamais cela se produisait, l'Afrique, elle, ne vous comprendra jamais ! Adieu, monsieur Olivier, adieu pour de bon !

Puis il disparut dans la nuit juste au moment où le vacarme des tonnerres et des hyènes commençait à faire vibrer la brousse.

Le 31 août à huit heures du soir, après une violente tempête, il débarqua à Gorée. Les services sanitaires lui collèrent aussitôt cinq jours de lazaret.

Mais il n'avait pas fini de déballer ses affaires que quelqu'un frappa à sa porte. Il ouvrit à un jeune homme svelte et glabre, à l'air sportif et séducteur malgré son teint blême et son corps décharné.

– Comment, vous ne les avez pas eues, vos scarifications, grand-père ? On ne vous a pas donné un royaume ? Comment, vous ne me reconnaissez pas, grand-père ?

– Souvignet ! Ça alors ! Mais que faites-vous là, mon brave ?

– Patient au même titre que vous, grand-père ! Sauf que vous, vous êtes en observation et que moi, je suis déjà malade : le ténia, la fièvre jaune et bien d'autres maladies non encore répertoriées. Du moment que je peux tenir sur mes jambes, je m'en fous. Je me dis que je me sens mieux que cela.

Il pointa son index vers les citronniers que l'on pouvait apercevoir à travers la persienne. Il y avait là trois petits cimetières séparés par des murets, avec leurs tombes blanches et leurs croix de planches retenues par des cordes. À gauche, la dysenterie, à droite, la fièvre jaune, au milieu, la bilharziose !

– Ils se demanderont bien où ils me mettront le jour où ce sera mon tour, peut-être bien dans les trois, se mit-il à ricaner. Mais vous devez être aussi optimiste que moi, et vous dire que je suis encore jeune et que ce ne sont pas quelques petites maladies d'Afrique qui auront raison de Jean-Marie Souvignet, n'est-ce pas ? Eh bien, vous avez parfaitement raison, grand-père… La traversée a été si rapide que j'ai oublié de vous demander votre nom.

– Olivier ! Aimé Olivier !

– Pouvez-vous me jurer que vous êtes bien arrivé au Fouta-Djalon, grand-père Olivier ? Hum !...

– Oh, je sais ce que vous allez me dire, qu'il n'y a que quatre Français qui y ont mis les pieds : Mollien, René Caillé, Hequard et Lambert. Dorénavant, vous pouvez y ajouter un cinquième, moi, Aimé Olivier... Ne rigolez pas, jeune homme... Au contraire, si vous avez une médaille pour moi, ce ne serait pas de refus.

– Vous n'êtes pas trop mal pour quelqu'un qui vient du Fouta-Djalon. Moi, je viens juste de Rufisque et je suis bien plus démoli.

– C'est parce que vous n'avez pas vu mes boyaux.

– Alors, ce royaume ?

– Je ne l'ai pas encore, mais j'ai déjà son nom !

– Et c'est comment ?

– Ah non, ça, c'est mon tout premier secret d'État... Il ne me reste qu'à trouver mon grand vizir.

– Vous avez déjà pensé à quelqu'un ?

– À vous !

– À moi ? C'est vrai ? Oh, mais c'est fantastique !

– Quoi, vous l'accepteriez vraiment ?

– Et comment ! Je ne peux plus me passer de la brousse.

– Vous construirez mon palais, mes routes, mes monuments !

– Mais c'est comme si c'était déjà fait, Majesté !

– Attention, je suis exigeant, grand vizir !

– Je vous obéirai à l'œil, Majesté ! Mais attention vous aussi, grand-père, j'ai ma condition et elle est de taille.

– Laquelle ?

– Qu'avant de prendre le bateau vous passiez prendre une lettre pour ma famille ! Qu'elle sache que je serai là pour Noël, comme ça je pourrai lui annoncer la bonne nouvelle : c'est moi, le plus beau de leur fils, qui vient d'être promu grand vizir d'Afrique ! Ce n'est pas un endroit pour passer Noël, vous êtes d'accord avec moi !

À sa sortie du lazaret, un de ses agents l'attendait dans un vieux triporteur conduit par des ânes : il n'y avait pas de bateau en vue avant longtemps. Il marcha, il pêcha pour s'occuper un peu et prit ses repas avec un couple de biologistes allemands qui disaient avoir trouvé un coquillage inclassable selon la théorie de Linné. Quand, enfin, fut annoncé le paquebot Pointe-Noire-Bordeaux, il passa comme promis récupérer le courrier de Souvignet. Mais, à l'entrée, la préposée le regarda d'un air étrange :

– Quoi ? M. Souvignet ? Vous dites bien M. Jean-Marie Souvignet ?... Mais, mon pauvre monsieur, c'est lui qui est là-bas.

Et elle montra le grossier cercueil de cajou que portait un groupuscule de Noirs, de l'autre côté de l'allée.

Une larme coula sur sa joue pendant que les fossoyeurs jetaient les premières pelletées de terre. Il fredonna *La Marseillaise* et jeta une branche d'acacia fleurie. Sa voix sortit toute seule, vibrante et méconnaissable :

– Adieu, mon futur général Faidherbe !

Puis il revint vers la préposée et lui tendit la fameuse montre en or que Souvignet lui avait cédée sur le bateau :

– Vous renverrez bien ses affaires à sa famille ?

– C'est le règlement, monsieur !

– Eh bien, vous mettrez ceci avec !

– Mais…

– Faites ce que je vous dis, je vous en prie, madame, implora-t-il, un pénible sanglot étouffant sa voix.

— Très bien, monsieur, très bien ! se résigna la dame en roulant des yeux stupéfaits tandis qu'elle le regardait s'éloigner.

Le bateau s'appelait *Le Congo,* un magnifique paquebot de la Compagnie des messageries tel que Marseille en voyait souvent sortir de ses chantiers de La Couronne.

Il regarda l'Afrique s'éloigner et s'adressa sur un ton mystique aux silhouettes reculantes des laptots et des arbres : « Eh non, ma pauvre Afrique, tu n'es plus une étrangère ! »

Il débarqua à Bordeaux le 11 octobre 1880. Il y avait exactement dix mois et dix-neuf jours qu'il avait quitté la France.

DEUXIÈME PARTIE

Son cocher l'attendait à sa descente du train, le télégraphe avait bien fonctionné. Mais sortait-il d'un wagon, ou du trou sans fond du néant ? Marseille scintillait sous les feux d'un magnifique été indien. Il ne sentait rien, cependant : ni les caresses du soleil ni la chair de la ville, pourtant si longtemps désirée.

Ce corps inconsistant, cette démarche fluctuante, l'Afrique aurait-elle retenu son être pour n'en relâcher que le fantôme ?

Il mit ses mains en visière pour se protéger de la vive lumière du dehors. Il répondit au bonjour du cocher en vacillant, s'agrippa un bon moment à la portière du break pour se dégager de l'étourdissement et reprendre la vue. Il se laissa émerveiller par les flancs vernis de noir de la voiture, et ses roues étincelantes aux rayons incrustés de corail.

– Vous passez par le vieux port, Marcel ! grommela-t-il en s'installant.

Il s'accouda à la portière entrouverte et laissa défiler sous ses yeux embués de sommeil les formes floues des immeubles et les silhouettes spectrales des arbres et des passants. L'avenue d'Athènes et la Canebière furent vite descendues. Arrivé quai des Belges, il fit signe à Marcel de ralentir. Rafraîchi par l'air du large, il redressa la tête vers le vieux port pour contempler le grouillement des quais et le pittoresque enchevêtrement des mâtures. Ce fut seulement là qu'il réalisa la présence de la ville.

Marseille défila à la vitesse d'une fresque que l'on déplie : le même large éventail de collines et de criques, de bastides et de jardinets qui avait si souvent hanté son esprit, en brousse. Il revit avec bonheur ses halles et ses arsenaux, ses huileries et ses savonneries ; respira goulûment son odeur de lavande et de mer, de soufre et de graisses brûlées. Il ferma les yeux et se laissa bercer par le trot des chevaux et par la musique des lieux : quai Rive-Neuve, bassin de Carnage, promenade de la Corniche, avenue du Prado, avenue de la Pointe-Rouge, avenue de la Madrague-de-Montredon.

La voiture passa d'un trot la traverse de Carthage, s'engouffra dans le parc, longea les écuries et le mas de Clary et vint s'arrêter devant le château accolé au talus où il avait fini par s'installer, après la mort de son beau-père, le mas n'abritant plus que la bibliothèque et le laboratoire. Il descendit du fiacre et replongea dans le bain familial avec le même fébrile soulagement qu'à Timbo, chauffé par le palu, il plongeait dans son lit.

Rose, sa chère petite Rose, délicate et parfumée comme il l'avait laissée, l'embrassa deux ou trois jours de suite, secouée par les larmes, avant de le confier aux médecins et aux cuisiniers. Elle patienta jusqu'à ce que les enfants, qui eurent du mal à le reconnaître, osent l'approcher sans frémir avant de lui poser la question qui lui brûlait les lèvres depuis son départ :

– Alors, Aimé, ces Nègres, ils vous avaient accordé un rôle dans leur *Méphistophélès* ?

– Figurez-vous que oui, ma petite chérie. C'est d'ailleurs à cela que je dois d'être encore vivant.

Un mois après, non seulement il avait cessé de grelotter et de vomir, mais son corps ne flottait plus dans ses habits. L'animal de brousse qu'il était devenu s'était réhabitué à la vie familiale et aux bruits de la ville. Le Fouta-Djalon ne l'avait pas quitté, cependant. Il sortit ses carnets des malles dès qu'il eut assez de force pour tenir un crayon et nota d'un ton goguenard et prophétique : « L'Europe fera certainement ce voyage et la civilisation avec. Dans trois ans, le roi de Timbo mangera des cerises de Montmorency comme firent autrefois les Romains des figues de Carthage. » Puis il songea à l'immense travail qu'il lui restait à abattre pour en arriver là. Après les périls de la brousse, un autre combat l'attendait : affronter la jungle de la bureaucratie parisienne pour lui vendre sa trouvaille.

Bien entendu, il passa embrasser son complice Jules Charles-Roux avant de monter à Paris.

Chimistes, fils de chimistes, ils avaient vu le jour la même année. Les Charles-Roux étaient dans le savon à Marseille ce que les Olivier étaient dans l'acide sulfurique à Lyon. Férus de Darwin et passionnés d'aventures coloniales tous les deux, ils croyaient au rayonnement de la science et aux ressources illimitées du progrès bien plus qu'en Dieu. Ils étaient les fils jumeaux d'une époque fébrile, conquérante et inventive, qui n'avait pas le temps, surtout pas celui de douter d'elle-même.

Jules n'avait pas encore succombé aux tentations très à la mode des voyages et de l'exploration, mais il était très lié à Gallieni et soutenait fermement l'implantation française en Tunisie, au Dahomey et à Madagascar. En dépit de leur nette différence de tempéraments, ils pensaient tous les deux que de l'Afrique s'exercerait dorénavant le génie de la France, de là-bas il irradierait non plus l'Indus ou la Méditerranée, mais tous les méridiens, tous les pôles, tous les recoins de la planète. C'est dire l'émotion des retrouvailles !

– C'est tout de même quelque chose que de serrer une main tout droit sortie du Fouta-Djalon !… Le bateau de ce matin ou celui d'hier soir ?

– Hum… pas exactement ! bredouilla Olivier de Sanderval. J'ai préféré vous éviter la mine avec laquelle je suis revenu. Je me suis mis un moment en quarantaine, hum, par décence, disons. La ville aurait fui si je m'étais tout de suite montré à elle.

Ils s'installèrent au salon après les longues effusions ponctuées de soupirs. La silhouette aérienne du majordome se glissa jusqu'à eux : le visiteur opta pour un genièvre et le maître de maison pour un cassis. Olivier de Sanderval savoura la délicieuse liqueur et soupira, les yeux fermés :

– Est-ce Dieu possible ? Moi en France, dans une vraie demeure, mangeant de la vraie nourriture, buvant dans de vrais verres, causant avec de véritables êtres humains !

Jules se contenta de le regarder. C'était un signe de déférence, mais aussi une brûlante envie d'écouter. Un simple mot de lui aurait ôté au moment sa solennité, au récit son authenticité, au héros son épaisseur. Ce silence survenait comme un hymne et il convenait qu'il fût long, ponctué seulement par les pépiements des oiseaux dans le parc et par quelques notes de piano échappées d'une lointaine demeure.

– Seulement, par quoi commencer ? finit par céder Olivier de Sanderval.

Et, avec le soulagement d'un suspect arrivé au bout de ses forces, il raconta tout, tout ce qu'il avait si longtemps et si douloureusement tu, tout ce qu'il n'avait osé révéler à Rose : les mendiants de Gorée, le roi de Boubak, le consul anglais, les gouffres, les serpents, les panthères, les scorpions, les chimpanzés, les comas, les

coliques, les menaces de mort et les empoisonne-
ments ; la beauté hallucinante du pays, le monde mystérieux des Peuls – si sournois, si tordus, si nobles, si
valeureux, si fascinants, en fin de compte, qu'on les
paierait juste pour le prix de leurs défauts.

– Comme je vous l'avais annoncé, mon cher Jules, je
comptais m'aventurer jusqu'au Soudan. Mais ces rois
peuls ne l'ont pas entendu ainsi. Ils m'ont interdit de
passer, ils m'ont retenu deux bons mois pour me
remercier d'être venu jusqu'à eux.

– Deux mois prisonnier des Nègres et…

– Rassurez-vous, mon cher Jules, ces Nègres-là ne
mangent pas les Blancs. C'est bien pire, ils leur
bouffent leur âme !

Jules Charles-Roux rêvassa quelques secondes, puis
il leva jovialement son verre :

– À la santé de notre grand explorateur ! René Caillé,
Tombouctou, Dupuis, le Tonkin et vous, le Fouta-
Djalon !

– Explorateur, je m'en voudrais ! Le temps des explorations est passé, mon pauvre Jules ! Voici venu celui
de la colonisation !

– Vous qui avez vu ces Nègres de près, pensez-vous
qu'il soit possible de les sortir de la jungle où la géné-
tique les a emmurés ?

– C'est une race primitive, j'en conviens, bien plus
proche du singe que de nous, mais c'est une race jeune.
Le cœur commence à naître, l'esprit naîtra par la suite.
L'évolution mon cher Jules, l'évolution !

– Que diriez-vous d'une conférence dans nos murs
pour nous développer tout ça et nous faire rêver aux
merveilles du Fouta-Djalon ?

– Bien volontiers, mon cher ! Ce sera l'occasion pour
moi de remercier votre Société de géographie pour son
inestimable soutien.

– Êtes-vous pour un moment dans notre ville ?

– Je me prépare à monter à Paris pour informer ces messieurs du ministère de la Marine. Je n'en ai pas fini avec les sauriens : après les crocodiles d'Afrique, les caïmans des ministères !

– Qu'allez-vous leur demander ?

– De soutenir mes traités avec les Peuls !

– Pour vous ou pour la France ?

– Dans mon esprit, c'est pareil ! À Timbo, c'est moi, la France !

– Bon, bon, bon ! Je vous ferai une lettre de recommandation auprès du nouveau président de la Société de géographie. Il s'appelle… Ferdinand de Lesseps. Connaissez-vous le maréchal Cloué ?

– De son vivant, le marquis de Chasseloup-Labat m'avait longuement parlé de lui.

– Vous passerez le voir de ma part. C'est le nouveau ministre de la Marine.

Il termina son genièvre, se leva et demanda son manteau.

À Paris, il prit ses quartiers au Terminus-Saint-Lazare et commença par le plus agréable : un long dîner au Grand Véfour avec le père du canal de Suez encore au sommet de sa gloire. Dans ce somptueux décor XVIIIe siècle, niché sous les arcades du Palais-Royal, avait coutume de se retrouver le Tout-Paris. Il était courant d'y reconnaître la silhouette de Grévy ou de Gambetta. En prêtant l'oreille, on pouvait y entendre Edmond de Goncourt ou Alexandre Dumas fils parler de leur dernière œuvre. La fricassée de poulet Marengo fondait toute seule sous la langue et la mayonnaise de volaille surpassait la réputation que les fins gourmets lui avaient faite dans le hall de la Comédie-Française ou dans les loges de l'Opéra. Ferdinand de Lesseps se révéla jovial, spirituel, excellent convive. Celui que tout le monde appelait le « Grand Français » était un vieux monsieur plutôt petit, aux favoris grisonnants mais bien fournis, tout de sombre vêtu. Il parla malgré ses soixante-quinze ans avec une franchise et une énergie admirables. Il croyait encore dur comme fer à son canal de Panama. Certes, le projet apparaissait beaucoup plus coûteux qu'il ne l'avait prévu. Cela ne le décourageait pas, oh non ; cela prouvait, au contraire, que ce serait plus intéressant qu'à Suez. L'argent, il finirait bien par le trouver, c'était sûr, même si pour l'instant les actionnaires traînaient les pieds. La vaste souscription d'obligations qu'il venait de lancer démarrait d'ailleurs plutôt bien.

– Cela a marché à Suez, ça marchera bien à Panama ! D'ailleurs, mon jeune ami, nous ne sommes pas ici pour parler de Panama mais de ce nouveau pays que votre génie a mis à la portée de la France. Le… redites-moi son nom ?

– Le Fouta-Djalon !

– C'est bien ce qu'il me semblait : le Foutita-Djalon ! C'est un pays de cocagne, à ce qu'il paraît ?

– Malheureusement, ce n'est pas pour vous : il n'y a aucun canal à creuser.

– Oh, si ! Charles-Roux m'a parlé de votre idée de chemin de fer. Je compte y consacrer une communication à la prochaine séance de l'Académie des sciences. Le chemin de fer, voilà le canal des temps nouveaux !

– L'artère qui nous aidera à ranimer le corps engourdi de l'Afrique.

– Vous parlez comme Dumas… Euh, c'est notre secrétaire perpétuel… Vous devriez passer le voir. Il est comme tout le monde, Dumas, il fait semblant de détester les honneurs, mais rien ne lui plaît autant que de voir les autres lui manifester son importance. Allez le voir, remerciez-le pour ce tout qu'il a déjà fait pour vous (même s'il n'a encore rien fait), cela le conduira sûrement à faire enfin quelque chose, par exemple programmer au plus vite la date de ma communication. Passez aussi voir Ganthiot, c'est le secrétaire perpétuel de la Société de géographie commerciale de Paris. Vous venez d'achever une œuvre colossale, jeune homme, maintenant il vous reste à la valider. On est à Paris, jeune homme : ici, planète ou nouvelle maladie, rien n'existe qui n'a pas reçu l'assentiment du beau monde.

– La renommée m'indiffère, je vous assure.

– C'est ce que je me disais aussi en donnant le premier coup de pioche à Suez. Mais quand tout le monde s'est mis à m'appeler le « Grand Français », j'ai trouvé ça plutôt agréable. Ces Nègres ?

– Des bêtes, pour l'instant ! Le progrès viendra sûrement à eux.

– Ah, vous me rassurez quant à la magie du progrès ! Les Nègres dans quelques années ! Les singes dans combien de temps ?

Aucun dîner mondain de Paris ne s'achevant sans quelques digressions sur la politique et l'opéra, ils évoquèrent *L'Amour médecin* de F. Poise que l'on venait de donner au théâtre de l'Opéra-Comique, ainsi que les deux Jules du moment : Ferry et Guesde.

Ensuite, l'homme de Suez se leva pour mettre son haut-de-forme et sa cape.

– Promettez-moi de passer voir Dumas !… Et puis Ganthiot aussi !

Olivier de Sanderval le raccompagna jusqu'à son fiacre et resta figé de respect jusqu'à ce que cette gloire vivante de la France s'éloigne, avant de s'engouffrer dans le sien.

Les Comptes Rendus des séances de l'Académie française publièrent de larges extraits de la communication de Lesseps. Les salons et les cafés à la mode se passionnèrent, dès l'instant, pour cet intrépide Lyonnais – déjà connu pour avoir inventé la roue à moyeux suspendus et pour ses exploits sur le front de Sedan et qui, dans sa splendide solitude, se proposait d'offrir à la France une nouvelle colonie fleurant bon les pâturages, le miel et dont le nom exotique amusait déjà les gamins des écoles et les chansonniers des cabarets. Outre *Le Petit Marseillais*, *Le Figaro*, *Le Journal des débats*, *La Revue des Deux Mondes*, *Le Bulletin de la*

Société de géographie, *La Dépêche coloniale* et bien d'autres journaux donnèrent un large écho à son voyage. Sa renommée dépassa très vite les frontières : la Société de géographie de Londres rendit compte de ses exploits, la presse allemande ne tarit pas d'éloges. En cette époque où les explorateurs bénéficiaient de la même aura que les cosmonautes de nos jours, il était particulièrement valorisant de voir son nom cité à côté de ceux de Stanley et du major Laing, de Mungo Park et de René Caillé.

Il n'était pas mécontent de lui. En quelques semaines, il avait réussi à séduire les savants, les financiers et les académiciens. Il lui restait maintenant à affronter la faune la plus cruelle de Paris : les politiciens.

Fort du nom qu'il s'était fait dans les chaumières comme dans les salons les plus huppés, il pouvait maintenant frapper à la porte du ministre de la Marine. Mais l'amiral Cloué ne sembla pas aussi impressionné que la presse. Il le laissa patienter quelques jours avant de lui ouvrir son bureau :

– Ce brave Charles-Roux m'a dit que vous nous apportiez un tout nouveau pays.

Olivier de Sanderval disserta longuement sur son périple, la beauté des paysages, les énormes potentialités touristiques et agricoles du Fouta-Djalon, parla de l'aristocratie peule et de sa pénible détention à Timbo.

– Qu'avez-vous demandé à ces Peuls ?

– L'autorisation de tracer un chemin de fer et de faire du commerce.

– Vous êtes sûr que vous ne vouliez pas autre chose : défricher des terres et vous proclamer roi, par exemple ?

– Je vois que les mauvaises langues ont déjà sévi jusque sous les lambris de la République ! Je n'ai d'autre ambition que de servir la France !

– Ah, la France ! En ce moment, le plus commun des savetiers se targue de concourir à sa gloire ! Vous êtes parti sans nous : sans ordre de mission, sans même demander notre avis.

– Vous m'auriez dissuadé, et vous le savez bien.

– Dites-moi, qu'attendez-vous exactement de nous ?

– Que vous souteniez mes traités ! Que vous envoyiez une délégation officielle à Timbo, je suis prêt à la conduire !

– Vous vous attendez peut-être à ce que la France vous installe comme roi du Fouta-Djalon !

– Je m'attends simplement à ce que vous avalisiez mes traités avant que les puissances ennemies ne raflent la mise !

– La France n'a aucun moyen juridique de protéger vos traités, si jamais traités il y a. Nos colonies à nous, c'est le Sénégal et le Soudan !

– Tenir l'Afrique par le Sénégal et le Soudan, c'est tenir le sabre par la lame ! Sans le Fouta-Djalon, nous risquons de tout perdre là-bas !

Il s'interrompit quelques instants pour se diriger vers la mappemonde collée au mur :

– Revoyons un peu, si vous le voulez bien, monsieur le ministre, la carte du monde. Qu'avons-nous autour de notre pauvre France ?

Il prit une règle et montra d'un air grave l'Espagne, l'Angleterre, l'Allemagne, rien que des ennemis ! Comment survivre dans ce guêpier ? L'Afrique ! Il n'y avait pas d'autre solution ! « Elle doit être le corps et nous l'esprit ! », insista-t-il. Il avait compris, lui, dès son arrivée à Gorée, qu'elle devait immédiatement cesser d'être une simple réserve d'esclaves et d'oléagineux pour devenir, minutieusement dégrossie sous le scalp d'Athènes et de Rome, une amie, une alliée, une province française. Alors, la France pourrait y lever une immense armée ; grâce à elle, la conquête de l'Italie serait facile ainsi que le passage par le Brenner vers l'Autriche. L'Allemagne n'aurait plus le choix : la paix éternelle et peut-être même l'union face à une Angleterre ennemie de l'Europe. Et comment faire de l'Afrique une province française ? En faisant du Fouta-Djalon sa base, c'était aussi évident que le nez au milieu du visage.

Il ne se rendait pas compte qu'il parlait depuis vingt minutes et que ses accents rappelaient ses délires de Timbo et ceux, plus métaphysiques, de *L'Absolu*. Le ministre le regarda en se demandant s'il devait le vider tout de suite ou profiter encore quelques instants du spectacle…

– Croyez-moi, monsieur, l'Afrique est la clé de notre avenir. Aujourd'hui nous pouvons en faire notre bouclier et demain notre refuge. Oui, vous n'ignorez pas que la glaciation s'accentue, que dans quelques décennies le Languedoc sera aussi gelé que le pôle Nord. Alors, les Inuits et les Lapons descendront chez nous. Et nous, nous courrons nous abriter sous les climats rafraîchis de l'équateur. À condition d'avoir au préalable préparé le terrain !

Le ministre le regarda de tous ses yeux et maugréa dans sa barbe en jetant un long coup d'œil à sa montre :

– Tiens, tiens, la glaciation !… Mais oui, mon jeune ami, la glaciation ! Et avec combien de bataillons comptez-vous occuper l'équateur avant la glaciation ?

– Pour conquérir l'Afrique, il ne faut pas cent mille hommes, il y en faut juste un, celui qui saura gagner sa confiance !

– Et bien entendu, celui-là, ce sera vous !

– Moi, vous, ou alors ce seront les Anglais !

– C'est une obsession chez vous, les Anglais ! soupira-t-il en le menant vers la porte.

Puis il lui jeta un dernier regard, inquiet, condescendant, et lui secoua longuement la main :

– Au revoir, monsieur ! Et surtout prenez soin de vous ! Aux dernières nouvelles, l'Afrique échapperait pour l'instant aux effets de la glaciation, méfiez-vous tout de même de ses fièvres !

En sortant, il tomba nez à nez avec un homme en tenue d'officier qui écoutait derrière la porte.

– Nom de dieu, pesta-t-il, vous écoutez aux portes ? Vous n'avez pas honte, à votre âge et dans cet uniforme ?

– Euh !… Non !… Non, non !…

– Que faites-vous là, alors ?

– Euh… Je… je voulais juste vous accompagner !

Il sortit de là avec un profond malaise. Assurément, Cloué ne croyait ni à son projet ni à sa personne. La journée avait été éprouvante. Il avait besoin de s'aérer l'esprit. Il marcha malgré la pluie jusqu'au Café de Paris où il joua aux échecs pour se calmer les nerfs jusqu'à la nuit tombée. Pour le dîner, il n'avait pas envie de se montrer ni au Grand Véfour ni chez Foyot. Son humeur massacrante ne lui permettrait pas d'y supporter les potins parisiens. Et manger seul dans sa chambre n'aurait fait qu'accentuer sa nervosité. Il décida de marcher vers les Halles, où l'on pouvait dîner pour deux sous et dans la plus grande insouciance.

Il eut l'impression, tout le long du chemin, qu'une ombre furtive le suivait de loin, que des bruits de pas claquaient derrière lui et se taisaient mystérieusement quand lui-même s'arrêtait.

– Se seraient-ils déjà mis à me pister ? pesta-t-il en débouchant sur l'église Sainte-Eustache. Bah, s'ils m'espionnent, c'est bien parce que, malgré ce qu'ils ont l'air de montrer, j'ai encore de l'importance à leurs yeux !

Il hésita un moment entre les différentes gargotes proposant qui des soupes aux escargots, qui des moules provençales, qui des tripes à l'auvergnate. Il opta pour celle qui servait des pieds de mouton et une copieuse potée, non pas pour le menu mais parce qu'elle avait l'air moins sale et moins enfumée que les autres. Elle était bondée comme toutes les autres mais par chance vaste, avec des tables pas du tout serrées et un coin de guinguette où l'on pouvait danser au son de l'accordéon.

Exactement ce qu'il lui fallait ! Rien de mieux que l'anonymat au milieu de la foule pour se soulager l'esprit ! Ouf, ici il pouvait s'empiffrer de bonne cuisine paysanne et boire tout son soûl sans se faire voir des échotiers.

Il termina ses pieds de mouton et sa potée et entama sa portion de fromage. Au moment où il allait lever le doigt pour demander au garçon un second demi de rouge, quelqu'un poussa une chaise et s'assit à côté de lui.

– Je peux ? grommela l'inconnu en posant ses mains sur la table.

C'était l'officier de ce matin, celui qu'il avait surpris en train d'écouter à la porte. Il avait troqué son uniforme pour un très anonyme costume de ville, mais il le reconnut tout de suite à ses yeux mobiles et luisants et à son nez de bête fouineuse.

– C'est donc vous qui me suiviez ?

– « Suiviez » est un bien grand mot. Je voulais juste vous surprendre dans un endroit tranquille pour bavarder un peu.

– Et de quoi voulez-vous bien me parler ?

– Du Fouta-Djalon, bien entendu ! Mais la politesse veut que je me présente d'abord : docteur Bayol !

Bayol, le médecin de marine, celui de l'expédition Gallieni au Soudan ! Incroyable ! Il comptait le retrouver à Ségou ou à Kayes après ses Timbo et Dinguiraye, et c'est dans ce tripot qu'il le rencontrait après l'avoir surpris à écouter aux portes ! Un officier de la marine, un vrai soldat français qui s'était brillamment illustré au Congo avant de guerroyer au Soudan ! Il fixa longuement son regard sur le front volontaire, la bouche hautaine, les petits yeux remplis de malice et d'intelligence. Non, il n'arrivait pas à l'admirer : il lui fallait un sérieux effort pour ne pas le gifler.

– Alors comme ça, vous vous intéressez au Fouta-Djalon ? Alors pourquoi n'y avez-vous pas fait un saut ?

– La hiérarchie ne me l'a pas demandé.

– C'est vrai que dans la marine il est mal vu d'aller aux chiottes sans consulter la hiérarchie.

– Cela n'aurait rien eu de ridicule, remarquez ! Nous sommes des soldats au service de la patrie, pas de pittoresques aventuriers.

– C'est la hiérarchie qui vous a dit de venir me voir pour me dire ça ?

– Non, je suis venu de moi-même. Tout nous éloigne, vous et moi : les idées, le profil, le tempérament. Tout sauf un point : le Fouta-Djalon. Je pense comme vous que ce doit être la pièce maîtresse de notre dispositif au Soudan. Or les Anglais ont l'air de vouloir nous damer le pion. J'ai appris ce matin qu'ils viennent d'y envoyer une mission dirigée par Goldsburry en personne, leur gouverneur en Gambie !

– Les salauds !… Goldsburry au Fouta-Djalon, c'est important, ça ! Si c'est pour cela que vous êtes là, vous avez bien fait de venir !

– Non, ce n'est pas seulement pour ça !

– Pour quoi d'autre ?

– C'est aussi pour vous dire qu'elle me plaît beaucoup, votre idée d'une mission officielle à Timbo.

– Enfin, quelqu'un qui me comprend ! Qu'est-ce que vous attendez alors pour convaincre Cloué ? Vous avez pris du poids en côtoyant Gallieni !

– Pas suffisamment pour faire plier ce vieil ours de Cloué ! Mais vous…

– Moi ?

– Oui, parlez-en à Gambetta. Je sais que vous avez vos entrées chez le président de la Chambre. Si Gambetta s'en mêle, Cloué ne pourra que s'exécuter.

– Eh bien soit ! En lui montrant mes traités, je réussirai peut-être à le séduire.

– Faites vite, avant que les Anglais ne les réduisent en cendres, vos traités ! Allez, au revoir et on se tient au courant.

Olivier de Sanderval éternua au moment où l'autre lui tendait la main :

– Ah ! fit celui-ci. Déjà l'effet de la glaciation ! Couvrez-vous, Olivier, couvrez-vous !

Et il se dirigea vers la porte en poussant un méchant ricanement.

À son réveil, il écrivit un mot au président de la Chambre. La réponse revint avec le porteur : « J'ai hâte de vous entendre parler du Fouta-Djalon ! Que diriez-vous d'un dîner ce soir Chez Drouant. On y sera plus tranquille qu'au Bœuf à la mode ou au Grand Véfour. »

Chez Drouant était le petit nouveau dans la liste encore bien courte des restaurants fréquentés par les célébrités de Paris. Il arriva très tôt pour respecter les convenances, mais trouva que Gambetta l'attendait déjà devant un verre, un exemplaire du *Figaro* à la main.

Avec son style impulsif et franc, ce dernier aborda tout de suite le sujet :

– J'ai vu Cloué ce matin. Pour vous dire franchement, vous ne l'avez pas bien convaincu avec vos idées nouvelles. J'espère que vous aurez plus de chance avec moi.

– J'attends de vous, et là je parle aussi bien à l'ami qu'au président de la Chambre, deux choses : la création rapide d'un véritable ministère des Colonies et l'envoi immédiat d'une mission officielle auprès des *almâmi* de Timbo.

– Impossible, mon ami ! Nous vivons une crise budgétaire sans précédent. Quant à envoyer une mission au Fouta-Djalon !…

– C'est indispensable, Gambetta !

– Dans votre esprit, c'est simple, tout ça ! C'est vrai que si j'en crois Cloué, vous avez l'imagination bien fertile. Alors, racontez-moi donc cette histoire de glaciation ! ricana-t-il.

– Cela vous fait rire aussi et pourtant ça n'a rien de drôle. L'esprit, monsieur le président, ne progresse que s'il s'inscrit dans le mouvement. Oui, le monde n'est pas statique, il est en perpétuel mouvement : la terre, le climat, les races ! Rien n'est figé !

– Mêmes les races !

– Surtout les races, monsieur le président ! L'humanité, dans la race blanche, n'est pas au terme de son progrès ! Comprenez que nous ne sommes pas toute l'humanité, nous n'en sommes qu'une branche.

– Si je vous comprends bien, les singes d'Afrique poursuivront l'œuvre de Platon et de Descartes, de Voltaire et de Gay-Lussac ! C'est ça ?

– Je n'ai pas dit les singes, j'ai dit les Noirs !

– Si j'ai bien compris, leur génie se réveillera au moment de la glaciation ?

– En quelque sorte.

– Vous avez la chance, mon cher Olivier, d'avoir en face quelqu'un qui, comme vous, aime le romanesque.

Contrairement à Cloué, je ne vous prends pas pour un fou. Mais il me faudrait tout de même un siècle ou deux pour m'habituer à des idées comme les vôtres.

Il se leva pour demander son manteau et sa canne. Puis il ajouta :

– Eh bien soit, je vais parler de tout ça au cabinet. Et je vous en prie, ne m'en veuillez pas si c'est non.

Il retourna aussitôt à Marseille et adressa ce télégramme à sa factorerie de Gorée :

« Mon cher Bonnard,
Si je ne vous ai pas donné de mes nouvelles depuis que je vous ai télégraphié de Bordeaux en descendant du bateau, la raison en est toute simple : c'est que je n'en avais pas. Ma famille à Montredon passe des jours on ne peut plus ordinaires. Quant à la vie de la France, ma foi, mis à part les éclats de voix que l'on entend pousser au Parlement, c'est celle, paisible et morne, d'une vieille rentière qui se sent bien dans son agonie. Seulement, je viens de Paris où, m'usant à gravir les étages pour essayer de faire comprendre à nos bureaucrates l'intérêt pour notre pays d'asservir le Fouta-Djalon, je suis enfin tombé sur une nouvelle : il paraît que les Anglais ont envoyé une mission à Timbo en la personne de Goldsburry, son gouverneur en Gambie. Je n'ai pas besoin d'arguments pour vous faire comprendre que c'est un mauvais coup pour nous. Vous savez mieux que moi combien les Anglais sont sournois et les Peuls cupides et versatiles. La rencontre de ces deux races perfides risque de faire voler nos traités et engloutir tous les trésors que nous y avons investis en cadeaux et en factoreries. Aussi je vous ordonne, toutes affaires cessantes, de vous rendre à Timbo pour vous assurer que nous sommes (et non ces fripouilles

d'Anglais) les amis de l'*almâmi*, et que nos traités sont toujours valables. Vous connaissez les viles mœurs des rois nègres. Pour eux, l'amitié va au plus offrant. Alors, n'hésitez pas : inondez ces vilains seigneurs peuls de cadeaux (surtout Pâthé, Aguibou, Bôcar-Biro et Alpha Yaya) ! À chacun un miroir ou une boule d'ambre ! Quant aux Anglais, dénigrez-les ! Sabotez ce pauvre Goldsburry ! Faites comprendre aux Peuls qu'ils n'ont qu'une seule envie : décapiter l'*almâmi* et s'emparer de son pays. Jouez sur la corde sensible du Peul : sa fierté légendaire, son attachement à l'islam, à l'indépendance de son pays, tout ce que le méchant Anglais veut démolir alors que nous, Français... Rappelez-leur un million de fois combien je suis et resterai toujours leur très fidèle et très dévoué ami ! Faites comme je vous dis et tenez-moi au courant.

En attendant, moi, je dois rester ici pour harceler les ministères. Pour l'instant tout est contre moi. Mais vous me connaissez !...

Je retourne au Fouta dès que je peux.

Saluez pour moi tous les *Portôbé* de la côte ! »

L'hiver s'écoula sans rien apporter de nouveau : rien du côté de Gambetta, rien du côté de Timbo ! Il se consacra donc entièrement aux deux pôles de sa nouvelle existence : durant sa vie nocturne, celle du rêve des autres et du règne sans pitié de son insomnie – son cauchemar à lui –, à ses carnets de voyage et aux théories ardues de *L'Absolu* ; durant sa vie diurne, à son petit train-train marseillais : le sport, les affaires, les banquets et la famille. Georges, dix ans, et Marie-Thérèse, huit, profitèrent de lui comme peut-être ils n'en avaient jamais eu l'occasion. Ils s'échappaient au moindre prétexte des mains consciencieuses des domestiques et des précepteurs pour courir se réfugier dans ses bras. Il les grondait rudement pour telle ou telle vétille – des coudes sur la table à manger, une tenue négligée, un exercice de latin ou de maths bâclé –, tandis que sa main pudique leur caressait la joue et que son cœur de père saignait secrètement de tendresse et d'affection.

Il s'arrêta de neiger, les cigognes déchirèrent d'un coup d'ailes les dernières brumes du Sud. Toujours rien.

Ce trésor de Rose se laissa submerger d'amour et de romantisme sous l'effet des splendides journées printanières gorgées de soleil, de chants d'oiseau et de jasmin. La présence attentionnée de son homme et les quotidiennes séances de *Méphistophélès* ne lui suffirent bientôt plus. Elle jeta un regard mouillé vers les hauteurs de Marseille et pleurnicha en se collant à lui : « Aimé, si vous m'aimiez vraiment, vous me referiez ce déjeuner au sommet de La Verryère, avec le Teatro alla Scala, cette fois. » Il mit un temps fou à la persuader qu'il n'était pas bien excitant de commettre deux fois la même folie. Un second déjeuner au sommet de La Verryère ne produirait aucun effet. Les badauds et la presse l'ignoreraient et, pour eux, ce serait le verre de champagne de trop. Une lumineuse idée, le Teatro alla Scala, mais pas à La Verryère tout de même, sur le plateau de Kahel, oui !

Il suffisait de patienter un peu. Le temps de soumettre ces orgueilleux princes peuls, de dresser le palais et la gare, les commerces et les industries, ils trouveraient bien quelque bosquet à défricher pour installer un opéra sur le modèle de Paris, de Milan, de Florence ou de Londres, ce serait à elle de choisir. Alors, le Teatro alla Scala serait évidemment le mieux indiqué pour procéder à l'inauguration. Il fallait doublement civiliser ces terres : le chemin de fer pour l'économie, l'art lyrique pour les mœurs !

– Et sous quel nom régnerez-vous, Aimé, hein ?

Il n'y avait pas encore pensé. Il regarderait chez les Mérovingiens ou alors chez les géants du Nil : quelque chose comme Mérovée ou Ramsès. Il pourrait peut-être les associer : Méramvée, l'apogée de l'Égypte et les débuts florissants de la France ! Méramvée, cela se confond avec un nom nègre ! Méramvée, tout simplement, les fondateurs ne s'encombrent pas de chiffres !

– Et vous m'appelleriez comment ?

– Rose ! Le nom d'une fleur, la plus belle de toutes ! Les épines, le parfum ! Vous serez crainte et aimée tout à la fois !

Il n'avait pas pensé à Dalanda en répondant cela. Il n'avait plus pensé à elle depuis son arrivée. Non, elles n'étaient pas trois personnes différentes susceptibles de se croiser et de rivaliser. Émilie, Rose, Dalanda ! Elles représentaient les différents états d'une même personne : la neige ici, là-bas l'eau liquide ! La métamorphose devait s'opérer quelque part vers le milieu de l'Atlantique. Ça se comprenait de ne rien ressentir : ni remords ni déchirure, ni doute ni tourment, rien des futiles émotions ou de la dérisoire morale qui vous font tressaillir dans ces cas-là ! Il n'avait pas demandé comment ça se disait, rose, en peul, c'était sûrement *dalanda*.

– Ah, Kahel ! Faites que ce soit pour l'année prochaine, Aimé, qu'est-ce qu'on s'ennuie à Marseille !

Il loua aussitôt un bateau pour l'emmener en croisière en Sicile.

Dès son retour, un inconnu se présenta au portail. Il fit dire au majordome qu'il n'était là pour personne. Mais le brave garçon insista, le visiteur venait exprès de l'étranger.

– D'Angleterre, monsieur, si j'en juge par l'accent !

Il reçut l'inconnu dans la bibliothèque du mas pour bien lui montrer que ce ne serait pas long. L'homme donna sa cape et sa canne et s'avança avec toute son élégance anglaise, en ôtant ses gants :

– Sir Gladstone Jr. Et c'est un vrai plaisir de vous rencontrer, monsieur Olivier !

– Sir Gladstone Jr ! Vous voulez dire que vous êtes le frère du Premier ministre ?

– Pas le frère ! Le fils, monsieur Olivier, le fils !

– Mon dieu, le fils du Premier ministre de Sa Majesté ! Quel intérêt un pauvre Français comme moi peut bien représenter pour votre empire ?

– Les Français ont toujours été d'un grand intérêt pour nous, monsieur Olivier !

– Surtout Jeanne d'Arc et les bourgeois de Calais !

– Allons, monsieur Olivier, tout ça c'est du passé. Nous sommes des amis maintenant ! En tout cas, c'est en tant qu'ami que je suis là !

– Alors, acceptez un verre de vin, c'est ainsi que l'on traite les amis en France : avec du vin !

– Si vous voyez ça comme un supplice, j'accepte la perpétuité, monsieur Olivier, fit l'Anglais en trinquant bruyamment.

– C'est monsieur votre père qui vous envoie ?

– Disons que je suis venu de ma propre initiative même si, bien entendu, il est au courant.

Naturellement, il venait pour le seul sujet susceptible d'intéresser et l'un et l'autre : le Fouta-Djalon ! À Londres, ils étaient au courant de son séjour à Timbo et de ses malheureuses démarches à Paris.

– Cloué a raison, monsieur Olivier : votre vocation à vous, Français, se trouve dans les clairières du Soudan. C'est vous, le peuple des Lumières, après tout ! Laissez donc ces forêts-là à nous autres, misérables Anglais !

Il argumenta longuement sur le fait que les Anglais avaient longtemps précédé les Français dans cette région du monde : « Watt et Winterbottom dès 1794 et Campbell en 1817, bien avant votre Mollien ! Si l'on applique la règle du premier occupant, le Fouta-Djalon est notre dû ! »

Olivier de Sanderval répliqua que le Fouta-Djalon n'était le dû de personne, encore moins celui des Anglais : les *almâmi* n'avaient rien signé, ni avec Campbell ni avec le major Laing.

– Les Peuls sont encore plus retors que vous : ils font toujours semblant de signer et ils ne signent jamais… Sauf avec moi ! Et vous savez pourquoi ils ont signé avec moi, monsieur Gladstone ? Parce que moi, je ne suis ni un État, ni une armée, ni une banque : je suis un ami.

– Hum, un ami ! Que diriez-vous de ça (il ouvrit sa sacoche, bourrée de billets de banque) et d'un titre de lord en échange de tous vos traités ?

Le visage d'Olivier de Sanderval se figea dans une terrifiante moue de colère. Il bondit vers le mur et décrocha sa carabine :

– Sortez d'ici, monsieur Gladstone, ou je commets un attentat contre l'Angleterre !

– Vous permettez, fit Gladstone en prenant son verre, comme pour prouver que le flegme britannique n'est pas une légende.

Il le vida d'un trait, referma calmement son sac, reprit son manteau et sa canne, et salua poliment avant de monter dans son fiacre. Olivier de Sanderval le poursuivit jusqu'à la sortie, projeta un furieux crachat et referma violemment le portail.

Il passa les semaines suivantes à rédiger son récit de voyage et à donner des interviews et des conférences d'un bout à l'autre de la France. Les journaux des provinces les plus reculées lui envoyèrent des reporters. Il en vint même d'Allemagne et de Belgique. De jeunes messieurs en redingote aux larges revers et en gilets bariolés, des mondaines en robe de gaze, en mantille et capeline se bousculèrent dans les salons des sociétés de géographie pour l'entendre. À Bordeaux, à Montélimar, à Dijon ou à Angoulême, on l'acclama en héros, on l'embrassa fougueusement en lui déclamant des « bravo ! ». On lui offrit des fleurs, on se bouscula pour être photographié à ses côtés. À Toulouse, un groupe de jeunes romantiques le reçurent aux cris de « Fouta-Djalon, français ! Fouta-Djalon, français ! ».

À la fin de sa conférence, un gamin lui présenta une cassette :

– C'est quoi, ça, jeune homme ? demanda-t-il.

– Mais c'est pour votre chemin de fer, pardi !

Cela l'émut, il eut du mal à dissimuler ses larmes.

– Ah, si dans les ministères à Paris ils étaient tous comme toi, mon petit, la France serait sauvée ! gémit-il en soulevant affectueusement le gamin.

Car, à Paris, ses visites ne débouchaient toujours sur rien et ses lettres, de plus en plus nerveuses et abondantes, restaient obstinément sans réponse.

Fin avril, il ouvrit une enveloppe parmi la liasse quotidienne qu'il recevait de ses admirateurs et poussa un cri de joie en reconnaissant l'écriture de Gambetta, qui lui disait à peu près ceci : « J'ai enfin obtenu du gouvernement qu'il envoie une mission à Timbo... Vous voyez que je ne vous ai pas oublié !... Recevez, mon cher Aimé Olivier, l'assurance de ma très sincère et très fidèle amitié. Signé : Gambetta. » Et, en guise de post-scriptum, il ajoutait : « C'est incroyable, mais votre nébuleuse histoire de Fouta-Djalon commence à prendre corps ici ! »

Il courut embrasser sa femme et ses enfants, et fit sauter un bouchon de champagne. Après quoi il se rendit dans la bibliothèque et répondit fébrilement. Il s'étendit longuement sur les remerciements d'usage et conclut avec enthousiasme : « C'est la meilleure nouvelle que vous puissiez me donner. Je suis prêt dès cet instant à retourner à Timbo et à m'entretenir, officiellement cette fois, avec mes amis peuls. Je laisse le soin au gouvernement de désigner l'équipe qui me suivra et de fixer lui-même la date de l'expédition. Toutefois, à mon avis, il serait préférable que celle-ci ait lieu avant le début de l'hivernage. Au Fouta-Djalon, les plaines sont toutes inondées et les routes impraticables dès le mois de juin venu. »

Après moult hésitations, la chance, cette fois, semblait pencher de son côté. Car, la même semaine, il reçut une lettre de la cour du Portugal lui annonçant que, pour le remercier des informations et des traités fournis sur le Cassini et le Foreyah, le roi Louis Ier lui décernait le titre de vicomte de Sanderval et l'invitait à venir bientôt à Lisbonne pour recevoir sa patente et sa décoration.

Décidément, le ciel ne voyait plus que lui !

Moins d'une semaine après, un matelot sonna à sa porte pour lui donner des nouvelles de Bonnard, son agent de Gorée, revenu sain et sauf de Timbo. L'*almâmi* Ahmadou, qui avait entre-temps remplacé Sory en raison des règles, trop peules pour être comprises, de l'alternance, lui confirmait tous les traités que le Fouta avait signés avec lui et lui réitérait l'amitié indéfectible des Peuls. Bonnard n'avait pas eu beaucoup de peine à convaincre les *almâmi* : ce godiche de Goldsburry avait fait le gros du travail pour lui. Avec sa finesse bien militaire, il avait eu la sottise de faire défiler sa troupe devant le palais pour rendre les honneurs à l'*almâmi*. Délicatesse que cette méfiante et très chatouilleuse race peule avait vue comme une menace : c'était le signe que l'Anglais était venu avec des intentions belliqueuses et que ce qu'Olivier de Sanderval avait dit à l'*almâmi* était vrai : « Les Anglais sont des agresseurs. Ils n'ont qu'une seule idée en tête : décapiter l'*almâmi* et asservir le Fouta. Alors que moi, Olivier de Sanderval, je ne cherche que votre amitié. »

« Ce qui fait, conclut le matelot avec un magistral bras d'honneur, que l'Anglais, ils lui ont dit "ouste" dès sa parade militaire terminée, monsieur Olivier, et que la voie de Timbo vous est toujours et largement ouverte ! »

La nouvelle produisit sur lui le même effet que ces petits vins de Bourgogne que l'on déguste au son de l'accordéon dans les déjeuners champêtres. Il se remit à faire du bateau et à donner des bals et des banquets. Il consacra ses interminables nuits d'insomnie à peaufiner *L'Absolu* et ses matinées à poursuivre la mise en forme de son récit de voyage. Les après-midi, il les passait du côté de Cassis, à poursuivre le lièvre dans la garrigue ou à escalader les calanques. Les week-ends, il emmenait sa famille pique-niquer à l'étang de Berre ou dans la forêt de Château-Gombert. Pour se détendre, il s'étendait sous les pins du jardin pour lire *Le Petit Marseillais* ou pour noircir ses carnets et préparer, à la ration près, sa prochaine expédition à Timbo.

Le printemps passa vite et l'été (c'est-à-dire l'hivernage là-bas, avec ses pluies incessantes et ses foudres épouvantables) arriva au galop, et toujours aucun signe du ministère de la Marine ! À la mi-mai, il s'en inquiéta auprès de Charles-Roux :

– Écris-leur ! Peut-être qu'ils ont oublié !

– Mais à qui, mon cher Jules ? À Cloué ou à Gambetta ?

– À Cloué, bien sûr ! Gambetta a fait ce qu'il pouvait !

Il s'exécuta et, à son grand étonnement, reçut très vite une réponse : la mission en question s'était embarquée pour le Fouta-Djalon depuis le début du mois de mai. L'auteur de la lettre, un obscur chef du bureau des Affaires indigènes, poussa la perfidie jusqu'à donner le nom de celui qui la conduisait : le Dr Bayol, affublé d'un ancien comique aux Folies Bergère devenu dessinateur-photographe puis officier de marine, du nom de Noirot ; et ils portaient une lettre du président Jules Grévy invitant l'*almâmi* de Timbo à effectuer une visite officielle à Paris. Son cœur faillit bondir de sa poitrine. Il ordonna au majordome de faire ses valises et à son cocher d'aller se renseigner sur le prochain train pour Paris. Mais sa colère paniqua sa femme qui courut appeler Charles-Roux. Celui-ci, connaissant parfaitement son caractère de cochon et ses éclats de voix, le dissuada de se rendre à Paris :

– Cela ne pourrait qu'aggraver les choses ! Pour l'instant, calmez-vous ! Calmez-vous avant tout !

– C'est un coup du syndicat, la pègre qui gangrène nos ministères !

– Calmez-vous, attendons la fin de la mission !

– Les salauds ! Ils veulent me prendre mon Fouta-Djalon, eh bien non ! Vous m'empêchez d'aller à Paris ? Alors j'irai à Timbo, neutraliser ces crapules !

Le destin en décida tout autrement : pour ce coup-ci, ce ne serait ni Timbo ni Paris. En effet, un message lui annonça qu'il devait immédiatement se rendre à Lisbonne pour sa cérémonie d'anoblissement.

À son retour du Portugal, le pays des Peuls était devenu le sujet préféré de l'Europe et le mas de Clary, un vrai quai de gare. Il reçut tour à tour un émissaire de Léopold II, un géographe suédois, un voyageur suisse qui, après une récente expédition dans le Sahara, voulait cette fois-ci poursuivre son aventure africaine sur les traces de Mungo Park, puis un Alsacien à demi fou qui se disait explorateur et qui venait lui proposer de remonter ensemble le fleuve Congo en pirogue depuis… le Fouta-Djalon jusqu'au cœur de l'Abyssinie. Puis, plus sérieux, un journaliste autrichien venu spécialement de Vienne pour lui demander un récit détaillé de son aventure. Il ne comptait plus les messieurs de sociétés savantes, les admiratrices, les badauds ou les feuilletonistes du dimanche qui venaient écouter ses exploits pour nourrir leur inspiration. De nuit comme de jour, il était assailli par les visites malgré la vigilance de ses domestiques. N'en pouvant plus, il réunit discrètement sa famille et s'en alla passer l'été dans la maison familiale d'Avignon. Là, entre une escapade dans les bois et un plongeon dans le Rhône, il trouva la tranquillité nécessaire pour terminer *De l'Atlantique au Niger,* un condensé de ses notes de voyage.

L'imprimeur Ducroq lui proposa aussitôt de l'éditer. Il en corrigeait les épreuves, un beau matin, lorsque Charles-Roux fit irruption dans la bibliothèque pour lui fourrer un numéro de *L'Illustration* sous le nez. Sur deux pages, le journal racontait le retour de la mission Bayol et Noirot. Le 4 janvier, les deux envoyés du gouvernement français avaient débarqué du *Congo*, le prestigieux paquebot des Messageries maritimes qui assurait la liaison Pointe-Noire-Bordeaux *via* Dakar. La presse et tous les badauds de la ville s'étaient précipités au port. Car les deux officiers de marine n'étaient pas venus seuls, mais accompagnés d'une forte ambassade de Timbo, conduite par le fameux Saïdou, le secrétaire de l'*almâmi*.

Sur cinq colonnes à la une, le journal relatait leur pittoresque séjour dans la capitale de l'Aquitaine. Après un banquet à la Société de géographie de la ville, on leur avait fait visiter la cathédrale, puis offert un concert de musique militaire ainsi qu'une soirée de ballets. « Au théâtre, ajoutait malicieusement le journal, la première danseuse fit pétiller les yeux du dénommé Saïdou, le chef de nos invités nègres. C'était un régal d'observer ces sauvages fraîchement sortis de la brousse, avec leurs boubous informes et leurs étranges bonnets, s'ébahir devant les beautés de notre ville, je veux dire nos monuments et nos grandes dames. Le spectacle aurait été plus pittoresque encore si leur souverain avait accepté de faire le voyage, mais, chez ces gens-là, le monarque ne quitte sa capitale que pour la guerre ou pour La Mecque. Ce sont bien là des mœurs nègres ! » concluait le journal.

Charles-Roux ne put rien, cette fois-ci. Olivier de Sanderval boucla aussitôt ses valises et prit le train pour Paris. Mais Gougeard, le nouveau ministre de la Marine refusa de le recevoir, et Bayol et Noirot demeurèrent introuvables. Il dut trépigner quelques semaines, cloîtré dans sa chambre de l'hôtel Terminus-Saint-Lazare, et se contenter de suivre leurs remuantes virées mondaines à travers Paris par la presse ou par la voix incrédule des concierges. La délégation fut reçue tour à tour par Jules Grévy, Gambetta, à présent président du Conseil, Auguste Gougeard, le nouveau ministre de la Marine et même par le général Faidherbe qui, après avoir brillé au Sénégal, occupait maintenant la fonction honorifique de Grand Chancelier de la Légion d'honneur. On les logea à l'hôtel du Louvre, on leur rendit les honneurs dans la cour des Invalides, on les emmena voir *Hamlet* à l'Opéra. Les journaux se répandirent en croustillantes anecdotes sur leurs airs pittoresques et sur leurs amusantes mésaventures dans les rues de Paris. Les Peuls dévalisaient les boutiques de luxe et répondaient quand on leur présentait la facture :

– Présentez donc ça à Tierno Balêdio[1]. Nous sommes ses invités, nous n'avons rien à payer.

Quand, enfin, il réussit à surprendre Bayol dans son bureau, celui-ci se contenta de lui tendre un papier sans prendre la peine de répondre à son bonjour. C'était le traité qu'il ramenait de Timbo, avec une version en français et une autre en peul. Il réussit à surmonter sa colère pour en lire le contenu :

1. Tierno Balêdio : surnom que les Peuls avaient donné à Noirot. Littéralement : monseigneur le Noir.

« Le Fouta-Djalon, qu'une longue amitié unit à la France, sachant que le peuple français ne cherche pas à étendre ses possessions en Afrique mais bien des relations amicales destinées à favoriser les échanges commerciaux, connaissant depuis longtemps que les Français ne s'immiscent jamais dans les affaires particulières de leurs alliés et qu'ils respectent d'une façon absolue les lois, les mœurs, les coutumes et la religion des autres... » Suivaient une série de traités entérinant l'amitié entre les deux pays et d'accords commerciaux. Le Fouta-Djalon s'engageait à détourner une partie de ses caravanes de Gambie et de Sierra Leone vers le poste français de Boké.

Bayol le regarda lire avec l'œil luisant de celui qui venait de poignarder l'ennemi :

– Vous voyez ? Le Fouta-Djalon est devenu protectorat français, Aimé Olivier ! Vos traités ne valent plus rien !

– Vous appelez ça un traité de protectorat ?

– Si ce n'est pas un traité, ça, qu'est-ce que cela peut bien être ? Voyez donc les signatures : celle de l'*almâmi* et celle de l'État français représenté par moi !

– Vous parlez d'accords ? Ces Peuls, dans leur langage alambiqué, ne font rien d'autre que de vous offrir leur amitié. Vous obtenez moins que ce que j'ai déjà obtenu. Vous avez de la chance, Bayol, ce n'est pas moi qui distribue les grades dans la marine.

– Attention, Olivier !

– Quant à ce qui est de mes traités, j'en ai reçu il y a peu l'assurance de mes amis peuls : ils sont intacts.

– Ça, c'était avant que je n'y arrive.

– Votre voyage ne change rien.

– Vous n'êtes plus rien à Timbo. Si vous y retournez, vous y serez probablement assassiné.

– C'est ce qu'on va voir, Bayol, parce que je me prépare à y retourner, et cette fois pour m'installer.

– Au revoir, Aimé Olivier !

– Appelez-moi vicomte de Sanderval !

Il claqua la porte et se précipita aussitôt à l'hôtel du Louvre. Saïdou et sa suite en avaient maintenant fini avec les rendez-vous protocolaires. Il pouvait leur rendre visite à son tour, sonder leur état d'esprit et recueillir leurs confidences. Il leur fit visiter l'imprimerie du *Figaro* ainsi que de nombreuses boutiques et fabriques dont un corroyeur, un sellier et un passementier. Il les invita au cirque, aux folies dramatiques, les fit dîner au Grand Véfour et aux Vignes de Bourgogne. Ils lui réservèrent tous un excellent accueil. Saïdou fut heureux de le retrouver et lui transmit le salut très amical de l'*almâmi* : « J'ai appris le titre que le roi du Portugal t'a décerné. Cela confirme ton origine noble. J'en ferai état dès mon retour à Timbo. Tu mérites notre amitié, tu n'as plus à t'inquiéter. » Le dénommé Alpha Médina lui montra le journal qu'il tenait en langue peule sur son séjour parisien et que « les gens retrouveront là-bas au Fouta longtemps après ma mort ». En les quittant, il savait que non seulement ses traités restaient encore valables, mais que le Fouta n'attendait que son retour pour l'accueillir et le fêter.

De l'Atlantique au Niger sortit en 1883. L'ouvrage reçut une critique fort enthousiaste. Il eut les faveurs des salons et des journaux les plus prestigieux. Il inspira les caricaturistes et les romanciers. On vit même un jeune feuilletoniste débordant d'inspiration écrire le plus sérieusement du monde : « Épuisé par ce long voyage, l'explorateur attacha son hamac pour se reposer à l'ombre des grands ananas. »

Il passa l'année à répondre aux sollicitations : ici un banquet offert par une société savante, là une conférence dans un salon ou dans une université. Ses dissertations sur les beautés de l'Afrique et sur les vertus de la colonisation ne l'empêchèrent pas de suivre de près ses affaires au Fouta-Djalon. Après Gaboriaud et Ansaldi, il envoya une autre mission à Timbo pour confirmer ses traités et tenter une exploration vers le Soudan. Pour ne pas heurter la susceptibilité des Peuls, il choisit cette fois-ci une mission entièrement noire conduite par un ancien tirailleur sénégalais du nom de Ahmadou Boubou. Elle partit de Boubah, traversa le Fouta, reçut confirmation de la validité des traités et prit contact avec les chefs mandingues du haut Niger et les rois toucouleurs de Dinguiraye.

Ses rapports avec le ministère de la Marine étaient toujours aussi froids, mais en 1885, à la conférence de Berlin, la France fut obligée de le reconnaître *negotiorum gestor* et de se revendiquer de ses traités pour faire échec aux Anglais.

La même année, il assigna à Cardonnet, le capitaine du *Jean-Baptiste*, la mission de reconnaître l'estuaire du *rio* Compony et fit installer par l'intermédiaire de ses agents Pelage et Bonnard des factoreries à Bassiah et à Kandiafara en pays nalou, c'est-à-dire déjà bien à l'intérieur des terres.

Les bureaux de Paris lui restèrent résolument hostiles. Il se consola auprès de sa femme, de ses enfants, de son ami Charles-Roux et avec les nouvelles qui lui venaient du Fouta. En 1885, Alpha Yaya lui fit dire qu'il lui accordait une concession à Kadé. Il se dépêcha d'y faire construire une factorerie.

Sa toute première possession au pays des Peuls.

En décembre 1887, lassé par les mesquineries de l'administration et par le tohu-bohu industrieux de Marseille, Olivier de Sanderval partit pour la deuxième fois au Fouta-Djalon. Il devait maintenant y concrétiser ses traités avant que ce méprisable « syndicat » de la marine ne les torpille ou que ces sournois de seigneurs peuls ne changent d'avis. Les choses s'étaient compliquées depuis la dernière fois. Il aurait à se battre sur deux fronts dorénavant, le plus redoutable des deux ne se trouvant plus dans les arrière-cours truffées d'escrocs et de conspirateurs du palais de Timbo, mais bien dans les alcôves du ministère de la Marine. Honte aux gratte-papier de Paris, la peste sur cet effronté de Bayol qui commençait, ma parole, à représenter un sérieux obstacle ! Celui-là, il fallait le neutraliser dès maintenant. « Le monstre, on le crève avant qu'il ne gagne des griffes ! » Cela, il n'avait pas besoin des sempiternels proverbes de Timbo pour s'en convaincre.

Il passa rapidement à Gorée récupérer le *Jean-Baptiste* et mit aussitôt le cap sur Boulam, où il cogita longuement avant d'affronter le Fouta.

Son premier voyage lui avait permis de prendre pied dans ce pays paradoxal et fascinant de preux et de fourbes, de tartufes et de nobliaux. À présent, une autre ambition le guidait : mettre un doigt dans l'engrenage du pouvoir. Le moment était venu de se dépouiller de ses frocs de touriste et d'explorateur pour plonger corps et âme dans le monde trouble des Peuls, de saisir les nuances et les subtilités de ce peuple insondable, sublime et inquiétant. Cette fois-ci, il venait prendre part aux remous périlleux de la Cour, il venait façonner le destin du Fouta !

Pour commencer, il avait besoin d'une terre, il ne serait jamais roi, sinon ! Ce plateau de Kahel, il en parlerait à l'*almâmi* ! Il devait l'acquérir maintenant, tout de suite ! De ce magnifique panorama, de ce véritable minaret ouest-africain, c'était écrit, s'annoncerait l'avènement de son règne, la folle épopée de l'Afrique moderne ! Le plateau de Kahel, et bientôt Tombouctou et le Limpopo !

Ce ne serait pas facile, il s'en doutait bien ! Par chance, c'était un Olivier ! À force de courage et d'entêtement !… Il suffisait de faire comme les Peuls, de patienter, de ruser, surtout de bien jouer ses pions.

Il avait maintenant une idée assez précise des cinq princes que le destin avait placés sur son chemin. Il avait d'emblée écarté Aguibou et Pâthé, tous deux beaux, trop beaux, intelligents, trop intelligents, farouches, énigmatiques, bref trop peuls, trop grands seigneurs. Bôcar et Alpha Yaya lui semblaient plus ordinaires, plus accessibles, plus concrets, plus malléables. En plus ils étaient amis, mais pour combien de temps ?

Il savait par ses informateurs que les guerres feutrées des provinces et les sournoises rivalités des princes s'étaient accentuée. L'autorité de Timbo faiblissait chaque jour. Labé ne cachait plus ses velléités de suprématie, voire d'indépendance ! Labé, la moitié du Fouta : la moitié de son territoire, la moitié de ses habitants, la moitié de son cheptel, la moitié de ses guerriers, la moitié de ses marabouts, la moitié de son or, la totalité de ses intrigants, ajoutaient les méchantes langues.

À Timbo, deux monarques vieillissants se succédaient au trône. À Labé, un roi agonisant tardait à mourir. Dans l'une comme dans l'autre Cour, deux princes rivaux, deux frères ennemis attendaient dans les alcôves, le couteau derrière le dos.

Il soupira un long moment et grommela en se lissant la barbe : « J'aimerais bien savoir comment tout cela va se terminer, hélas, je n'ai pas le talent de Shakespeare. »

Après quoi il s'engagea à l'intérieur des terres à travers les récifs et les îlots du *rio* Compony. Son agent Bonnard le cueillit sur les berges dans un débordement de joie. Il revenait du Fouta-Djalon où il venait d'installer sa factorerie de Kâdé et lui apportait de très bonnes nouvelles. Ses traités restaient toujours valables et ses caravanes se déplaçaient dans le Fouta sans aucun risque. À Labé, le vieux roi mort, son fils Aguibou lui avait succédé au trône. À Timbo, son ami l'*almâmi* Sory se préparait à revenir au pouvoir, l'alternance, l'inexplicable, la trop fameuse alternance peule ! Et pour parfaire le tout, le destin venait de hisser Tierno, l'autre ami, sur le trône de Timbi-Touni, pour remplacer son frère, récemment disparu dans une guerre contre les idolâtres.

– Le ciel du Fouta brille pour vous, vicomte ! Vous pouvez, dès à présent, commencer l'ascension des montagnes !

Mais avant les pâturages et les chutes, les montagnes et les Peuls, il devait d'abord sacrifier à un indispensable rituel : passer à Boké, honorer de nouveau ce cher René Caillé. Pour cet acte quasi religieux, le voyage fut un vrai chemin de croix.

Il lui fallut trois jours d'enfer pour vaincre la barrière de la jungle. Dix gaillards armés de coupe-coupe et payés à prix d'or se mirent en tête de la colonne. La même routine qu'en 1880, sauf qu'on ne s'habitue jamais tout à fait aux coliques et aux diarrhées, aux enlisements et aux chutes ; encore moins aux caprices des chefs de village qui exigeaient des cotonnades et de l'ambre parce que la colonne avait piétiné un champ, cueilli des fruits ou violé un sanctuaire !

Il parvint à Boké, brûlant de fièvre et à demi mort. Le port était toujours là avec son bassin de radoub et ses entrepôts, mais il n'y avait plus personne pour l'accueillir. Aucune trace de Moustier, personne ne savait ce qu'il était devenu. On lui montra la tombe du commandant Dehous emporté deux ans auparavant par la fièvre jaune et on lui raconta comment son second avait été rapatrié en France aveugle et à demi fou. Le nouveau commandant refusa de lui ouvrir et se contenta de l'apostropher depuis la tourelle du fort, sous l'œil goguenard de ses tirailleurs sénégalais qui n'auraient jamais espéré, à si bon compte, se payer la tête d'un idiot de toubab.

– Je suis Olivier de Sanderval ! insista-t-il.

– Justement ! répondit le commandant.

– Je suis français ! Je mérite d'être secouru.

– Vous n'êtes pas en mission, nous n'avons aucune obligation envers vous !

– Je vais forcer la porte !

– Et moi, je vais faire tirer le canon !

– Ouvrez-moi, nom de Dieu ! J'ai besoin de voir un médecin !

– Le médecin n'est pas là !

Il se traîna jusqu'au mémorial qu'il avait consacré à René Caillé pour jeter une fleur :

– Maintenant, je comprends tout ce que tu as enduré, ô héros de Tombouctou ! Que de guerres gagnées, pour rejoindre ta patrie ! Moi, me voilà déjà à terre avant le deuxième assaut !

Apitoyés, les piroguiers et les marchandes de poisson le relevèrent et l'aidèrent à rejoindre sa colonne. Ils lui offrirent de la soupe d'oseille et des écorces de quin-quina, censées calmer les maux de tête et faire baisser les fièvres. Ensuite ils le conduisirent à quelques kilomètres de là, à Balarandé. Là se trouvait le médecin du fort, chez un agent de la Compagnie du Sénégal qui venait de s'y installer.

Mattou – le nom de cet agent – le reçut à bras ouverts et le Dr Roberty, qui pourtant savait l'incident du fort, sortit ses seringues et ses ventouses, et le soigna sans se faire prier.

Cinq jours de convalescence pour pouvoir reprendre la route ! Il traversa le *rio* Nunez et s'enfonça dans la mangrove avec beaucoup de prudence. Le pays nalou était en effervescence. Le roi Lawrence mort, un de ses nombreux neveux, Dinah Salifou, avait usurpé le trône après un effroyable bain de sang. Les mécontents, très nombreux à travers le pays, cherchaient à l'assassiner.

Les lieux et les hommes lui devenaient familiers à mesure que l'on approchait du Fouta. Il avait campé dans cette forêt-ci, bu l'eau de cette fontaine-là. Mais certaines rivières avaient changé de lit, de nouveaux sentiers étaient apparus, des villages avaient disparu sous l'effet des incendies, de la peste ou sous la hantise des diables et des sorciers.

À Tinguilinta, la nouvelle qu'il apprit acheva de le remettre pour de bon sur ses pieds : un émissaire de l'*almâmi* l'attendait avec une lettre très aimable et de nombreux cadeaux de bienvenue. C'était merveilleux,

Timbo restait fidèle malgré le passage de ce fanfaron de Bayol ! Après des salutations dignes de son rang, c'est-à-dire élogieuses et interminables, l'émissaire lui apprit que l'*almâmi* lui demandait de marcher directement sur Fougoumba, où lui-même se préparait à arriver pour son couronnement.

Le Fouta démultipliait ses merveilles, ses yeux affamés se régalaient. On avait beau le parcourir en long et en large, le pays gardait toujours en réserve un panorama inédit, quelque cascade insoupçonnée.

Les habitants se montraient moins hostiles que la première fois. Certains le reconnaissaient, demandaient chaleureusement de ses nouvelles et lui offraient une calebasse de lait ou un panier d'oranges. La foule des curieux devenait nettement clairsemée : son apparition ne faisait plus fuir. On touchait moins souvent sa peau, ne crachait plus sur son passage. Son premier voyage l'avait accoutumé au climat et aux regards. Ce toubablà était devenu moins étrange, moins étranger. Ceux qui ne l'avaient jamais vu avaient entendu parler de lui. La légende de l'homme-aux-gants-blancs égalait maintenant en mystère et en renommée celle de l'homme-aux-quatre-yeux que les Peuls avaient accolée à Faidherbe.

Il se trouvait en pays ami, presque chez lui. Il restait néanmoins sur ses gardes. Il surveillait ses paroles et faisait attention à ce qu'il mangeait. En pays ami, oui, mais plus encore en pays peul : s'il n'était pas convenable de trahir les amis, il était courant de les espionner et à l'occasion de saupoudrer leur repas d'une pincée de poison, voire de les poignarder en faisant mine de leur appliquer une tape amicale dans le dos ! Un pays aux habitants si ambigus, si louvoyants qu'on en arrivait à les admirer ! Mais ce pays, il le connaissait maintenant, il le désirait, il en avait besoin : il était devenu sa drogue. Il comprenait la féerie de ses lumières et les mystérieux secrets de ses bois. Il s'enivrait de ses odeurs de fonio et de jasmin, s'étourdissait de plaisir devant ses rivières et ses vallées tourmentées. Ses rêves les plus fous se confondaient dorénavant avec ses horizons luminescents et ses cimes couvertes de bleu.

Il marchait avec la même allégresse que s'il se trouvait sur les volcans d'Auvergne ou sur les hauts plateaux du Jura. Il écrivait des bouts de poème et poussait parfois la chansonnette. Il notait le débit des rivières et le dénivellement des pentes, collectionnait les pierres, les cendres des vieux volcans. Il récoltait des racines et des fleurs, des écorces de *téli* et de *linguéhi*, des fruits de *sangala* et de *doubbhé*. Il montrerait tout cela aux laboratoires à son retour, pour voir ce qu'on pourrait en tirer. Car il soupçonnait le sous-sol de regorger de trésors et les adorables petites forêts de constituer une réserve infinie de remèdes et de parfums.

Parfois, il faisait des détours de vingt kilomètres pour éviter les brigands, les rivières en crue ou les villages victimes de la variole ou de la peste.

Le soir, il écoutait le chant des sauterelles et des grillons en raturant ses carnets : « Ces grands bois seraient agréables à parcourir par des routes bien tracées, à l'ombre sous les orangers et en intelligente compagnie ; il n'en coûterait pas trois cent mille francs pour organiser la promenade de Longchamp de l'océan au Niger par ces montagnes du Fouta. » Il avait l'agréable sensation que la nature germait d'abord dans ses rêves avant de naître sous ses yeux. « Il y a huit ans, nota-t-il, pince-sans-rire, mes jambes me poussaient, aujourd'hui elles me suivent, la prochaine fois, il me faudra les porter. » Il trouvait la marche agréable malgré la chaleur et le chaos du chemin et, à chaque étape, il se produisait quelque chose d'insolite ou d'amusant. Ici, des colosses en cache-sexe s'exhibaient dans un fratricide combat de lutte, là on fêtait le mariage de la petite dernière ou la circoncision du benjamin. Et c'était l'occasion de grandes ripailles avec du fonio au mouton ou du couscous de maïs au lait caillé, avec des nuits successives de danses au son des calebasses et des flûtes.

À Lémani, un vieillard sortit de sa poche une pièce de un penny et lui dit bonjour en anglais. À dix ans, raconta-t-il, il avait vu arriver dix Britanniques avec des fusils et des marchandises. Ils se proposaient de s'installer là et de cultiver pour vivre. En huit mois, six d'entre eux étaient morts. Malades et désemparés, les survivants avaient fini par rejoindre la côte, abandonnant leurs biens pour la grande joie des villageois. Par recoupements, il comprit : il s'agissait sûrement de la malheureuse expédition de Puddie et Campbell qui, en 1817, avait précédé de peu celle de Mollien.

Sublime, le *touldé* du Parâdji ! Fertile et bien cultivée, la vallée du Paniata ! Il ralentit sa colonne, monta son châssis et prit des photos. Il s'attarda à Lokouta pour étudier les rapides du Kakrima. À Débéa, il fut terrassé par la virulence d'une nouvelle diarrhée.

À Timbi-Touni, Tierno, son ami, le nouveau roi du coin, lui fit trois jours de ripailles et de danses, de fantasia et d'acrobaties. Le Blanc offrit un beau fusil Lefaucheux et reçut en retour un sabre orné d'un magnifique fourreau en peau de chèvre et un manuscrit retraçant la généalogie des Ba de Timbi-Touni. La conversation fut tout de suite celle de deux vieux complices :

– Qu'es-tu venu nous demander, cette fois ?

– De la terre, mon ami Tierno, de la terre ! J'en ai par-dessus la tête d'être l'étranger des Peuls. J'ai envie d'en devenir un.

– C'est bien la première fois que j'entends ça ! Demande et l'*almâmi* te donnera des terres, il n'en manque pas à Timbo.

– Vois-tu, je préfère le plateau de Kahel, dans ton royaume à toi. Le panorama est splendide et c'est au cœur du Fouta ! En plus, c'est tout près de chez toi !

– Tu me flattes !

– Est-ce à dire que tu serais prêt à me le consentir ?

– Toi alors, le Blanc, faut être solide d'esprit pour saisir tout ce qui te passe par la tête ! Céder la terre de ses aïeux, on n'a jamais vu un Peul faire ça !

– Je te le demande en ami.

– En ami ?

– Cela scellerait, bien sûr, définitivement nos liens, mais aussi nos intérêts.

– Explique-toi !

Il proposa une plantation de dix mille hectares et un paquet d'actions dans sa future société de chemin de fer. Il épia les réactions du prince et constata avec satisfaction que son regard dégageait plus d'embarras que de colère.

– Supposons un instant que je sois d'accord, Yémé, ce serait plus un problème qu'une solution.

La conversation devenait sérieuse. Yémé ouvrit grand les yeux, Tierno se mit à réfléchir.

– Un bon paquet d'actions dans une société de chemin de fer ne pose problème pour personne, Tierno, mon ami !

Chez les Peuls il y a toujours un problème, se défendit Tierno. Kahel ne lui appartenait pas seul, le haut plateau se situait à la confluence de la province de Labé et de celle de Timbi-Touni. Son accord à lui ne suffirait pas, il faudrait aussi celui de Labé et, bien sûr, celui de l'*almâmi* qui était, après tout, le maître du Fouta après le bon Dieu et le Prophète. En plus, le

Blanc devait ignorer que pour posséder une terre au Fouta, il fallait être peul, mieux, seigneur et peul !

– Comment feras-tu pour devenir seigneur et peul ?

– Je me débrouillerai. Tu signerais si j'avais l'accord de Labé et de Timbo ?

– À cette condition-là, peut-être ! Seulement attention, Blanc, si le Fouta apprend ce que nous venons de nous dire avant l'avis de l'*almâmi*, je te fais couper la tête !

– T'en fais pas, Tierno. Je ne suis pas encore peul mais je sais déjà mentir et voler !

Il rejoignit sa case, plutôt optimiste. Tierno s'était montré méfiant, en bon Peul qu'il était, mais il n'avait pas l'air scandalisé de devoir céder un morceau de son royaume. Il s'attendait à une réaction plus outrée. Il passa une bonne nuit, c'est-à-dire quinze longues minutes de sommeil. Son hôte frappa à sa porte dès l'aube et il sentit tout de suite que les nouvelles n'étaient plus bonnes.

– On vient d'arrêter un Français à Labé !

– Prêtre, soldat, explorateur ?

– Je n'en sais rien. Je ne sais même pas comment il s'appelle et s'il est seul ou accompagné.

– C'est mauvais signe, ça, très mauvais signe !

Bizarre, bizarre, Olivier de Sanderval n'avait nulle part entendu parler de la progression d'une mission vers le Fouta, ni à Gorée, ni à Boulam, ni à Boké.

– Tu crois que je devrais me méfier ?

– Non ! Tu es l'ami de l'*almâmi*, ça, c'est un vrai bouclier, ici ! Malgré cela, te voilà dans une situation bien nouvelle.

Il n'eut pas besoin d'aller plus loin. Yémé comprit tout de suite à sa façon de se gratter la tête :

– Dis-moi franchement, Tierno, tu as peur pour moi ou pour toi ?

– Le Fouta est compliqué, Yémé ! Rien n'est jamais sûr chez nous !

– Je comprends ! Quand veux-tu que je parte ?

– On est samedi aujourd'hui. C'est un bon jour, samedi, pour entamer un long voyage.

– Bien ! Juste, un dernier service, alors ! Peux-tu me prêter une vingtaine de soldats pour traverser le Kokoulo ?

– Ta demande est satisfaite ! Je suis encore ton ami, Yémé, ce n'est pas la peine d'en douter !

Ses inquiétudes se confirmèrent assez vite : une garde venue à sa rencontre le dévia de son chemin pour le conduire à Digui, hameau d'une vingtaine de cases, à deux bonnes heures de marche de Fougoumba.

« Ça y est, se dit-il, on me joue le même air que la dernière fois, sauf que la dernière fois, c'était à Timbo, et cette fois dans un trou perdu de la brousse. Je mourrais ici de faim, de morsure de serpent ou de poison violent, personne ne le saurait à Boké, à plus forte raison à Saint-Louis. Ces pervers jureraient la main sur le cœur qu'ils m'ont attendu en vain à Fougoumba, qu'ils ne m'ont jamais vu arriver. Ce pauvre Olivier de Sanderval, si doux, si convivial ! Sans doute les fauves ou les bandits de grand chemin ! Puisque bien sûr personne, à Saint-Louis ou à Paris, personne ne se douterait que les bandits de grand chemin agissaient justement depuis le trône de Timbo ! »

On lui expliqua que la population de Fougoumba avait quadruplé : les cérémonies du couronnement ! Voilà pourquoi on l'installait à Digui. « Mais rassure-toi, lui dit-on. L'*almâmi* te fera venir auprès de lui dès qu'il te trouvera une place. »

Il écouta tout cela avec beaucoup de scepticisme mais constata en s'installant à Digui que les greniers étaient effectivement vides et les marchés, peu approvisionnés. Quand on trouvait du poulet ou des œufs, on pensait d'abord à nourrir son petit avant de songer au Blanc. Pour dîner, celui-ci se suffisait souvent d'une orange ou d'une purée de baies sauvages, quand il ne se contentait pas de lire Sully Prudhomme ou de regarder briller les étoiles.

Une voisine, la vieille Arabia, se prit de pitié pour lui. Elle venait, quand le lui permettaient sa silhouette voûtée et ses jambes ravagées par les rhumatismes, lui offrir une écuelle de fonio, une poignée d'arachides ou une gaufrette de miel. Elle le regardait avec des yeux humides se précipiter sur la nourriture, lui caressait les cheveux pendant qu'il mangeait et ne le quittait qu'après s'être assurée qu'il avait tout dévoré.

– Vas-y, mange tout ! Ne laisse rien aux autres, tu es le plus malheureux de tous ! As-tu encore ta mère ?

Il perdait son temps à lui expliquer qu'il avait quarante-huit ans, qu'il se débrouillait très bien sans sa mère et qu'elle n'avait pas à s'épuiser pour lui.

– Donne, je vais te laver tes chaussettes, je te ramènerai tes couvertures ce soir, je les ai mises à sécher sur la toiture de ma case.

– Laisse ça à mes hommes, Arabia, repose-toi donc un peu ! Et puis, je peux le faire tout seul, je ne suis plus un gamin !

– Mange, c'est parce que tu n'es pas d'ici qu'ils sont si méchants avec toi. J'ai mon fils à Saint-Louis. Ce qu'on te fait ici, c'est cela qu'on doit lui faire là-bas.

Après deux semaines de cafard passées à oublier la faim et à ressasser les souvenirs amers, aidé par l'eau camphrée et le bismuth, et soutenu par la protection toute maternelle de la vieille Arabia, la délivrance sonna enfin par la voix d'un jeune soldat :

– L'*almâmi* me charge de te conduire à lui.

– Ah, enfin ! Quand ?

– Demain !

– Demain, après-demain ! *Diango, fab'i diango !* Je connais la chanson ! Qu'il me dise tout de suite si, de nouveau, je suis son prisonnier !

– Comment ça, prisonnier ? Ah, je comprends, le Blanc est fâché parce qu'il n'a pas été reçu à temps ! C'est à cause du couronnement !

Une très belle fantasia l'accueillit à son arrivée à Fougoumba. La garde royale lui fraya un chemin à travers la marée aveuglante des parures en or et des boubous étincelants, le fit passer les rangées des soldats, des griots et des notables enturbannés et l'installa à deux ou trois sièges de l'*almâmi*. Celui-ci détourna légèrement la tête pour le voir s'asseoir. Il remarqua avec soulagement une lueur de bienveillance dans le regard du monarque. Ce fut un bel après-midi de détente et de festivités mais dans une atmosphère tout ce qu'il y a de peule : lourde de soupirs et de chuchotements, de regards obliques et de sous-entendus.

Quand l'*almâmi* le reçut enfin, il eut la désagréable surprise de constater que, parmi le groupe de notables qui l'entourait, les vieux grincheux de Fougoumba paraissaient les plus nombreux et les plus proches du trône. Ses amis, Tierno, Bôcar-Biro, Pâthé et Alpha Yaya se trouvaient bien là, mais disséminés dans la foule et bien sages sur leurs sièges de peaux de chèvre. De nouveau l'immuable cérémonial maintes et maintes fois vu dans la cour de Timbo : la voix de l'*almâmi* grognait, celle puissante et métallique du griot faisait vibrer les alentours pour traduire sa pensée !

– C'est la première fois que je revois un Blanc. En général, les gens de ta race viennent au Fouta, ils disent un ou deux mensonges, puis ils retournent chez eux pour ne plus revenir. Toi tu es revenu, toi tu ne mens pas, toi tu es un ami. Tu es chez toi. On connaît tes travaux sur les côtes : à Bassayah, à Kandiafara, à Kâdé. Ce que tu as fait là-bas, c'est ce que tu veux faire ici : des factoreries et des plantations. On a toute confiance en toi pour ça.

Le Blanc dit combien cela le flattait. Il remercia l'*almâmi* pour son accueil et pour sa confiance et profita de sa bonne disposition pour évoquer le sort de ce pauvre Français détenu à Labé.

– Ce Blanc est un espion ! Le roi de Labé a demandé à le décapiter. J'ai refusé. À cause de toi !

Le griot s'interrompit un instant pour se tourner vers un conseiller, puis il s'adressa de nouveau au Blanc :

– À propos, en ce moment même, Galliéni envoie une ambassade. Seulement, celui qui la conduisait est mort à Siguiri, terrassé par la fièvre jaune. L'*almâmi* vient d'apprendre que les survivants sont dans les environs de Timbo. Ils seront ici demain ou alors après-demain.

En sortant de là, il tomba sur Dion-Koïn, le fameux époux de Dalanda :

– Allah est grand, Yémé, de nouveau devant moi, vivant et sur ses deux pieds !

Il laissa le Blanc fureter autour de lui, puis éclata d'un grand rire :

– Ce n'est pas la peine de chercher, Yémé ! Dalanda, je l'ai laissée à Koïn pour éviter tout malentendu.

Maudit Dion-Koïn ! L'insomnie, cette nuit-là, fut la plus insupportable de toutes !

Une nouvelle crise de palu : une semaine de quinine et d'ipéca, aidé de la vieille Arabia qui venait nettoyer ses vomissures et lui faire absorber quelques gorgées de tisane ou de *folléré* !

La vieille ne se montrait que la journée. Elle se cloîtrait chez elle dès la nuit tombée et on l'entendait alors soliloquer, jusqu'au matin, de sa voix tremblotante et aigre, sur les méfaits du diable et sur les innombrables péchés qui troublaient la vie sur terre. Cette nuit-là, une belle nuit de pleine lune éclaboussée d'étoiles, elle frappa à la porte et son étrange petite voix le fit tressaillir de panique.

— Viens, viens vite ! lui chuchota-t-elle.

— Dis-moi d'abord ce qui se passe !

Elle l'entraîna dehors dès qu'il ouvrit la porte, sa main fébrilement plaquée sur sa bouche. Il insista cependant pour porter sa redingote et ses bottes quand il se rendit compte qu'elle comptait l'entraîner loin à travers la brousse.

— Qu'est-ce qui se passe, bon Dieu ? Ils veulent me fusiller et toi, tu veux m'aider à fuir, c'est ça ?

Ils marchèrent quinze bonnes minutes à travers les branchages avant de se retrouver devant une case abandonnée.

— Entre ! lui ordonna-t-elle. Entre !

Faisant fi de ses hésitations, elle le poussa dans le dos de toutes ses forces et le voilà au beau milieu de la masure, se demandant s'il mettait les pieds dans un abri ou dans un repaire de fauves. Le feu rougeoyant de l'âtre n'éclairait pas plus que le tiers du petit lit de terre sur lequel elle se trouvait assise, mais il la reconnut au premier coup d'œil :

— Dalanda ! hurla-t-il et ils roulèrent par terre, hoquetant tous les deux sous l'effet conjugué des étreintes et des sanglots.

— Explique-moi un peu, ma chérie !

— Je suis venue à l'insu de Dion-Koïn en coupant à travers la brousse. Je ne pouvais plus rester sur place quand j'ai su que tu étais là.

— Et elle ?

– Arabia est la tante d'une de mes servantes, ce sont elles qui ont imaginé ce stratagème.

– Toute seule ici, la nuit, au milieu des fauves ?

– Au village, on nous aurait vus. Mais mange d'abord, mon homme, et on parlera après.

Elle se tourna vers les bols et les calebasses posés à ses pieds. Il y avait là du miel et du lait ainsi qu'un copieux plat de riz accompagné d'un succulent poulet au gingembre. Il se régala pendant qu'elle lui chauffait une infusion de kinkéliba.

Au moment de la quitter, au petit matin, elle lui tendit une amulette de cuir, referma fébrilement sa main dessus et serra fortement :

– Si tu ne la perds pas, nous serons protégés ! C'est le marabout qui l'a dit.

Il revint le lendemain soir et toutes les nuits suivantes.

Un matin, cependant, à son retour au village, il trouva un groupe de soldats attroupés devant sa case.

– Où étais-tu, le Blanc, hein, où ?

Il chercha un gros mensonge dans le fouillis de ses pensées et ne trouva que ceci :

– J'ai honte de le dire !

– À ta place, je le dirais quand même ! conseilla, de sa voix épouvantable, le gros à amulettes qui semblait le chef.

– J'ai eu tellement faim que je n'ai pas pu m'empêcher d'aller dans la brousse cueillir des fruits sauvages.

– Hi, hi, hi ! Des fruits sauvages, à cette heure ! Quels drôles de ventres, vous, les Blancs ! Allez, va te préparer, l'*almâmi* nous attend !

L'*almâmi* acheva de nommer les chefs de province. La ville résonna sous la joie des nouveaux couronnés et sous les lamentations des mécontents. Ses ruelles exhalaient cette atmosphère de courbettes et de médisances, de conspirations et de flagorneries propre aux églises et aux palais où les destins, bien souvent, ne tiennent qu'à un fil. Les rois destitués s'en retournèrent tristement dans leurs provinces, les nouveaux s'attardèrent pour consolider leur position à coups de cadeaux et d'éloges. L'alternance des *almâmi* apportait au Fouta le même renouveau que le changement des saisons : de vieilles têtes tombaient, de toutes nouvelles fleurissaient.

Pour cette fois, tout au moins, sa tête à lui n'avait pas été mise à prix. L'*almâmi* le reçut une seconde fois, assisté uniquement de son marabout et de son griot :

– Je t'ai donné ton chemin de fer et le droit d'établir des factoreries. Maintenant que veux-tu de moi, Yémé ?

– Tu le sais bien, *almâmi* !

– Le chemin de fer, je me souviens, le reste, j'ai oublié, cela fait si longtemps !

– Le chemin de fer, l'autorisation d'installer des factoreries, de faire passer mes caravanes, de…

– Bon, bon, bon !… Tiens, je te prête mon marabout ! Il t'aidera à rédiger l'ensemble de tes requêtes,

200

ensuite je les soumettrai au grand conseil. Tu n'es pas content ? Vous voyez, il n'est jamais content, mon ami Yémé !

Il gardait la mine serrée mais ce n'était qu'une astuce.

– Après tant d'efforts, je m'attendais à voir mes doléances satisfaites sur-le-champ, *almâmi* !... se plaignit-il alors qu'au fond une joie secrète l'illuminait de l'intérieur : seul avec le marabout, il ne pouvait trouver meilleure aubaine !

Plus malin et plus retors que ces Peuls qu'il ne cessait de critiquer, il profita de cette occasion inespérée pour glisser subrepticement dans ses doléances le plateau de Kahel. Le marabout ne réalisa pas tout de suite l'astuce. C'est en relisant son texte qu'il sursauta et regarda le Blanc avec les yeux affolés de ces montagnards – nombreux par ici ! – étranglés par le goitre :

– Le plateau de Kahel ? Jamais je n'oserais écrire ça !

Il se saisit de sa plume de roseau pour rayer cette partie-là, mais Olivier l'arrêta d'un geste de la main :

– Ne t'inquiète pas ! J'ai déjà son accord, je ne t'aurais pas dicté ça sinon.

Le marabout manqua de peu de s'étrangler :

– Et le roi de Timbi-Touni est d'accord ?

– C'est lui qui me l'a proposé, glissa-t-il perfidement en regardant le marabout du coin de l'œil.

– Le roi de Labé est au courant ?

– Je t'assure que tout est régulier, tu n'as pas à t'inquiéter !

Le marabout promena un regard hébété autour de lui pour se convaincre que le monde n'avait pas vacillé après ce qu'il venait d'entendre. Puis, résigné, il lui tendit le papier :

– Puisque c'est comme ça, signe ici !

Il signa à son tour et remit le papier à l'*almâmi*. Celui-ci appela le Blanc aussitôt qu'il le lut :

– Quoi, le plateau de Kahel ? Tu te rends compte, Yémé !

– Juste vingt kilomètres de landes !

– Autant de terres pour faire du commerce ?

– Il me faut une base pour mon chemin de fer, *almâmi* ! Ce ne sont pas les terres qui te manquent : tu règnes de la côte au Niger et de la Sierra Leone au Niokolo-Koba.

– Ces terres appartiennent aux Peuls. Je n'en suis que le modeste gardien. La terre du Fouta cédée à un étranger, ça ne s'était jamais vu ! C'est sûr que Timbi-Touni et Labé sont déjà d'accord ?

Devant le silence lourd de signification du Blanc, le marabout se dépêcha d'enfoncer le clou.

– C'est ce que prétend cet étranger !

– De toute façon, reprit l'*almâmi*, ce n'est pas à moi de décider, je dois en référer au grand conseil. Maintenant, rentre à Digui, je t'aviserai dès que je l'aurai convoqué.

– Et ma case à Fougoumba ?

– Reste à Digui ! Le roi de Fougoumba ne veut pas de toi chez lui.

Il se débrouilla pour rencontrer secrètement Alpha Yaya avant de retourner à Digui.

– J'ai parlé de Kahel à l'*almâmi*. Il n'y voit aucun inconvénient à condition que cela vienne de vous.

– De nous ? Je ne suis pas le roi de Labé, je n'en suis que le prince héritier.

– Oh, ton frère Aguibou ne prendra jamais le risque de s'opposer à toi pour cinq kilomètres de broussailles.

– Qu'est-ce que tu me donnes en échange ?

La question d'Alpha Yaya était brutale, mais elle ne lui déplaisait pas : c'est cela qui le séduisait chez le personnage, son côté pratique.

– Des boutiques, des plantations, des actions sur ma compagnie de chemin de fer !

– Mais encore ?

– Qu'est-ce que tu veux de plus ?

– Ta maison de Boulam !

– Ma maison de Boulam ? Tu es bien plus gourmand que Tierno… Très bien, tu l'auras, ma maison de Boulam !

– Mais encore ?

– Je pourrais peut-être t'aider pour le trône de Labé.

Juste à cet instant, une perdrix prit son envol de la cime d'un arbre. Olivier de Sanderval la regarda planer quelques instants, puis revint à son acolyte :

– Tu te souviens de ce que tu m'avais dit la première fois qu'on s'est vus ?

– Ce matin est prodigieux !… Sois mon ami, étranger ! Voilà ce que je t'avais dit.

Il lui prit la main et, regardant la perdrix se fondre dans les nuages, lui parla sur un ton volontairement mystique :

– Tu te rends compte de tout ce qu'on pourrait faire, tous les deux, si l'on se donnait la main ?

Digui ne manquait pas d'eau malgré la saison sèche. Le village comptait de nombreux puits et une rivière passait à côté. Il pensa à faire du jardinage : un excellent moyen pour occuper ses hommes, calmer ses nerfs et oublier la faim. Il défricha les berges, creusa un petit canal et irrigua une centaine d'hectares. Il fit pousser le cresson et l'alénois, la salade et les radis. Il planta des arbres fruitiers, essaya avec succès les cerisiers et la vigne. Émerveillé par son joli travail, il adressa une lettre à la côte pour vanter son jardin d'Éden et citer les nombreux avantages qu'il y aurait à voir des Blancs s'installer au Fouta.

Il préféra éviter Dalanda après l'incident avec les gardes, malgré les messages alarmants que la vieille Arabia lui faisait parvenir. Il fallait être idiot pour ne pas se dire qu'on allait le surveiller un bout de temps pour comprendre son escapade de nuit dans la brousse : pour se nourrir en secret comme il l'avait prétendu ou pour cacher des armes ? Mais un jour qu'il revenait du jardin, marchant à quelque distance devant ses Ouolofs, il entendit une voix l'interpeller du fond d'un buisson.

– Demain, chuchota-t-elle, près du ruisseau-aux-cygnes ! Au moment de la prière de la mi-journée !

C'était un beau stratagème. Le ruisseau-aux-cygnes, personne n'y allait jamais à cause de son épaisse forêt-galerie et du talus élevé qui le surmontait. En plus, une simple garrigue couverte de chiendent et de bambous le séparait de son jardin. À l'heure de la prière, personne ne pouvait les surveiller. Il n'avait qu'à s'épauler de ses outils et faire semblant d'aller biner. Le ruisseau-aux-cygnes devint leur nid d'amour : plus besoin de se risquer la nuit vers la fameuse case abandonnée ! Elle lui apportait sa calebasse de fonio ou de riz, le regardait manger, attendrie jusqu'aux larmes et recommençait son éternel couplet :

– Enlève-moi, Yémé, enlève-moi !

Et puis un beau jour, sans aucune raison, on lui interdit de quitter le village à plus de deux kilomètres et d'acheter des produits dans les marchés. Le grand conseil refusait de lui accorder Kahel, le roi de Fougoumba voulait le chasser de ses terres. La vieille Arabia eut beau l'entourer de son affection et de ses précieuses écuelles de fonio, il sombra dans une dépression plus morbide encore que celle qu'il avait connue à Timbo.

Il commençait à songer à sa capsule de cyanure quand, après un frugal déjeuner de fonio au lait caillé, on lui annonça une visite. Il remit sa redingote et ses gants et se traîna péniblement au-dehors, rongé par la faim et par l'inquiétude. Un beau jeune homme à cheval le regarda arriver :

– Tu ne me reconnais pas ? fit-il d'un air amusé.

– Euh... non ! Tu pourrais peut-être m'aider !

– J'avais quinze ans quand tu es passé à Timbo !

– Ne me dis pas que c'est toi, Diaïla ! Où te cachais-tu donc ?

– Je suis arrivé hier du Bhoundou où j'ai passé plusieurs années à faire mon éducation. J'ai appris que tu étais là et je suis venu tout de suite te dire bonjour.

– J'en suis touché, Diaïla, touché !

– Et si je peux faire quelque chose pour toi, n'hésite pas !

– J'ai bien peur qu'en ce qui me concerne plus personne ne puisse rien.

– Ah oui, tu as des problèmes ?

– Des problèmes ? Là où tu me vois, mon prince, je n'ai ni le droit de circuler ni celui d'acheter à manger. Je vis de l'aumône de la vieille Arabia et des carottes de mon jardin.

– J'en parlerai à mon père.

Diaïla parti, il nota cette curieuse digression au bas d'un croquis représentant une crue du Téné : « C'est un bien joli garçon que ce Nègre Diaïla, le nez fin aux narines flottantes, la lèvre mobile, rose sur de belles dents blanches, un grand œil curieux, le regard intelligent et vif, la main élégante et souple, le pied très soigné. Sylla peut-être ? ou plutôt Henri III. Un bon chef de la décadence. Ce qu'il doit décader, ce beau gars, s'il paraissait sur le boulevard, y en aurait que pour lui. »

Rien de nouveau, les jours suivants malgré la promesse du prince ! Le roi de Fougoumba ne se contentait plus de s'opposer à ce qu'on lui accorde Kahel, il voulait maintenant qu'on lui retire l'autorisation de tracer un chemin de fer. Il exigeait la saisie de ses biens et son expulsion du Fouta. L'envie de s'enfuir submergea son esprit une bonne centaine de fois, mais il pensait aussitôt à la mésaventure du pauvre Moutet et retombait avec abattement sur son lit de camp…

Encore une semaine ou deux et le message du prince Diaïla finit par arriver : l'*almâmi* avait décidé de lui rendre sa liberté de mouvement et de lui ouvrir de nouveau les greniers et les marchés du Fouta !

Il se rendit sur-le-champ à Gali, village connu pour ses grouillantes foires à grains et à bestiaux. À sa grande surprise, les bouchers refusèrent ses grains de corail et les marchandes de lait se détournèrent de ses pièces de monnaie. Son bon petit Diaïla lui aurait-il menti ? Accablé de chaleur, anéanti par la faim, solitaire et démoralisé comme il ne l'avait jamais été, il s'apprêtait à affronter les pentes que l'on négocie à la verticale et les torrents que l'on franchit à gué pour s'en retourner à Digui lorsqu'une espèce de grosse brute vint à son secours en brandissant un gourdin :

– Vendez à cet homme et dépêchez-vous !

– Tue-moi plutôt, répondit une des vendeuses, je préfère encore ton gourdin à celui de l'*almâmi* !

– L'*almâmi* a levé l'interdiction de lui vendre. J'étais à Fougoumba hier, cela s'est passé devant moi.

– A-t-il un papier sur lui ?

– Il n'en a pas besoin. Le papier en question a été lu à la mosquée devant tout le monde.

– À Gali, répondit un marchand de volaille, la nouvelle de ne pas lui vendre nous est bien arrivée, celle de le faire de nouveau, pas encore.

– Ça ne m'étonne pas, à Gali, vous êtes tous des abrutis !

– Répète ce que tu viens de dire !

Une belle bagarre en vue, quoique ce pauvre Olivier de Sanderval ne se sentît ni la force de l'arrêter ni l'envie de s'en distraire. Un bruit de sabots se fit alors entendre du côté de Fougoumba, un trio de cavaliers apparut. L'un écarta la foule des curieux, se dressa sur le dos de sa monture et lut le papier qu'il tenait à la main :

– Il est porté à la connaissance du Fouta que l'homme blanc dénommé Yémé est de nouveau autorisé à fréquenter les marchés de l'*almâmi* et à acheter les denrées de son choix.

– Vous voyez ? s'exclama l'intrus à l'adresse des marchands.

– C'est bon, qu'il demande ce qu'il veut, maintenant on peut lui vendre !

– Excuse-nous, mon Blanc, mais dans notre cher Fouta les mauvaises nouvelles arrivent toujours trop tôt et les bonnes, jamais à temps ! J'ai un jardin non loin d'ici, viens donc t'y désaltérer !

Le Blanc ne se fit pas prier, il s'essuya le front d'un revers de manche et montra le tas de provisions que les marchands lui emballaient en tentant de plaisanter avec lui pour faire oublier l'incident de tout à l'heure.

– Ne te soucie pas pour ça ! fit l'homme en regardant vers un groupe de gamins en train de jouer à la lutte.

– Portez ça à Digui et dites bien que c'est pour le Blanc !

Puis il se tourna de nouveau vers Sanderval :

– Tu vois, c'est simple ! Maintenant, donne quelque chose à ces gamins pour le prix de leur effort !

Le jardin de son sauveur se trouvait à deux kilomètres de là, bien à l'abri des curieux, entre une paroi de granit, une forêt de bambous et des gorges de vingt mètres de hauteur dans lesquelles grondait un torrent. Il y en avait bien pour dix hectares de manioc et d'ignames, de radis et de choux ; de gombos, de piments, de salades et d'oignons. Deux grands hangars abritaient ses semences et ses outils. Une concession de cinq belles cases lui servait de demeure. Il l'invita dans l'une d'elles et referma prudemment la porte après eux. Il servit de la bière et du vin, du fromage et du jambon en chuchotant avec l'espièglerie d'un gamin pillant le buffet familial :

– Et ça ? Et ça ? Hein, qu'est-ce que tu dis de ça ?

Le Blanc poussa un sifflement d'admiration et se précipita sur les victuailles avant même d'y être invité.

– Où as-tu eu ça, mon ami ? Où as-tu déniché ces trésors ?

– Sur la côte, ha ha ! Sur la côte ! Je connais Rufisque et Saint-Louis ! J'ai vécu à Boulam, je suis même passé à Boké. Il est bon, n'est-ce pas, le jambon ?

– Tout simplement excellent ! Du cochon et du vin, ah, si les Peuls nous voyaient !

– C'est pour cela que j'ai fermé la porte !

– Bien sûr ! Tu as un nom ?

– Appelle-moi Yéro Baldé !

– Eh bien, Yéro Baldé, serre la main de ton ami !

La semaine suivante, on lui annonça l'arrivée de la mission de Gallieni. Il fila aussitôt à Fougoumba. Elle se composait d'une centaine de tirailleurs sénégalais et des deux Blancs rescapés de la fièvre jaune. Une vraie colonne de Gallieni : armée jusqu'aux dents et fort bien approvisionnée ! Des caisses de munitions et de conserves, et un joli petit troupeau de moutons et de bœufs ! Ils avaient eu vent de sa précédente expédition et savaient, depuis Timbo, sa présence à Fougoumba !

– Docteur Fras ! s'annonça le plus âgé. Et voici le lieutenant Plat !

L'*almâmi* les avait hébergés dans une magnifique concession tout au milieu du village avec des cases bien recouvertes et une cour où ils avaient dressé une immense table pliante surchargée de bouteilles et de boîtes de conserve – il restait donc de la place à Fougoumba ! Une émotion profonde, inhabituelle le saisit : l'odeur des mets de France, le verre de jus de pomme qu'on lui servit, les visages dissonants, exaltés et vulnérables de ses compatriotes ! Le lieutenant Plat le fit penser à ce pauvre Souvignet : vingt-trois ans lui aussi et, comme lui, dévoué corps et âme aux belles illusions de son âge !

– Nous avons reçu un message du lieutenant Levasseur, fit le docteur.

– Le lieutenant Levasseur ?

– Ne me dites pas que vous n'avez pas entendu parler de notre malheureux compatriote de Labé ?

Ils avaient eu des nouvelles de ce pauvre Levasseur, toujours en prison, affamé et malade. Lui aussi avait été envoyé par Gallieni, il valait mieux ça : toujours deux colonnes et par des itinéraires différents. L'Afrique était truffée de pièges, les Blancs ne prendraient jamais assez de précautions.

Il leur demanda la raison de leur présence. Cela se devinait, ils venaient signer un traité de protectorat, un vrai.

– Celui de Bayol ne suffit plus ?

Non, cela ne suffisait plus aux yeux de Gallieni, on n'y parlait que d'amitié, il lui fallait plus.

– Et vous pensez que vous allez y arriver ?

– Nous ne leur laisserons pas le choix ! asséna Fras. Ce sera le protectorat maintenant ou la guerre pour bientôt. Une troupe est déjà en préparation à Saint-Louis.

– Hum ! Avez-vous déjà eu affaire aux Peuls ?

– Non, pas vraiment !

– Alors attendez de les connaître, avant de parler ainsi. Vous avez vu l'*almâmi* ?

– Je lui ai lu le projet de traité ce matin, répondit Fras. Il dit qu'il va consulter les vieux !

– Vous qui vivez dans ce pays depuis dix ans et qui avez traité avec ces gens-là, par quel bout faut-il les prendre ? demanda Plat.

Une vague de pensées tristes et éphémères submergea son esprit avant qu'il ne réponde. Quel gâchis ! On n'en serait pas là si on l'avait écouté ! Le Fouta-Djalon, la France aurait dû s'en préoccuper dès son premier voyage ! Mais Cloué l'avait pris pour un fou et Gambetta l'avait écouté plus par amitié que par conviction. Tout cela avait ouvert la voix à cet opportuniste de Bayol, qui ne cherchait qu'à lui nuire et à faire avancer sa carrière ! Galliéni ne manquait ni de courage ni d'esprit, mais il portait une grande tare : sa nature de soldat ! La France se trompait de diagnostic : elle envoyait un chirurgien là où il aurait suffi d'un masseur. Ces jeunes gens forçaient son admiration par leur idéal et leur pureté, en même temps qu'ils lui faisaient profondément pitié. On ne les menait pas au champ de bataille, on les jetait dans la gueule du loup. Voilà ce qu'il pensait en fixant sur eux un regard mitigé, empreint de sympathie et de méfiance.

« Il faut être idiot pour envoyer chez les Peuls des jeunes gens aussi inexpérimentés, se dit-il. Il est manifeste qu'ils auront de la peine à obtenir quelque chose de sérieux. Mais peut-être veut-on, en haut lieu, simplement impressionner l'opinion. Et non pas conquérir le Fouta.

Mais ce n'est pas à eux que je dois adresser mes réflexions. Ils font ce qu'on leur a demandé de faire. Il n'y a rien à dire non plus au gouvernement, chez nous il est par métier et par habitude ancienne sourd à tout ce qui n'est pas lui-même : c'est à la nation qu'il faut demander plus d'attention et de clairvoyance. »

– Alors donc, ces Peuls ? insista le lieutenant Plat.

– Ces gens sont insaisissables aussi bien par la main que par l'esprit ! On dirait qu'ils ont tous lu Montaigne ici. Vous ne verrez jamais peuple aussi ondoyant : jamais à la même place, jamais la même parole.

– Ils ne nous échapperont pas tout le temps.

– À condition que nous apprenions à ruser. Ici, tromper l'autre n'est pas considéré comme un défaut, mais comme une prouesse qui forge votre renommée.

– Quoi qu'ils fassent, nous leur arracherons ce protectorat ! s'énerva le lieutenant Plat. Vous avez bien obtenu des traités, vous ?

– Mes traités, je les ai obtenus après deux mois de prison, une douzaine de crises de palu et cinq états comateux, répondit-il, excédé. Et vous, vous arrivez tout droit de Saint-Louis avec un chiffon de papier pour dire à l'*almâmi* du Fouta : « Allez, signe là ! » Chapeau, mes braves, chapeau !

– Nous voulons lui montrer que les enjeux ne sont plus les mêmes, que l'ère des plaisanteries est terminée ! S'il ne signe pas, il sera envahi !

– Il ne signera pas, mais il fera semblant. Si seulement vous saviez comment ces gens-là savent faire semblant !

– On est pressés, vous comprenez ?

– C'est bien là le drame, eux ne sont jamais pressés.

Puis il se tut, plein de pitié et d'exaspération. Pauvres jeunes de France ! Il avait envie de leur dire : « Votre présence fera plus de dégâts que d'avantages, des dégâts dans nos intérêts, pas dans ceux des Peuls. » Mais il ne dit rien, vida d'un coup sec son verre et fit mine de partir. Si jeunes, si sympathiques, il n'avait nulle envie de les blesser ! Plat lui resservit un jus de pommes et dit :

– Nous vous retenons à dîner !

– J'allais vous le demander. Quand, comme moi, on a passé des semaines à s'empiffrer de purée de baies sauvages, on n'a aucun goût pour les convenances.

Avant de le laisser partir, ils le surchargèrent de thé, de café, de sucre, de pain, de sardines, de biscuits, de lentilles, ainsi que d'une volumineuse pile de journaux.

À sa visite suivante, il trouva le lieutenant Plat agonisant. Le docteur Fras laissa un moment ses seringues et ses compresses pour l'attirer discrètement dans un coin :

– J'ai bien peur qu'il n'y reste, lui chuchota-t-il en s'épongeant le front. Ah, je m'en veux de ne pas être malade à sa place ! Il est trop jeune pour mourir, lui, vous m'entendez ? Trop jeune !

– Quel est votre diagnostic ?

– Vous pensez qu'il est possible d'établir un diagnostic dans ces contrées ?

– Il s'en sortira, vous verrez ! fit Olivier de Sanderval sur un ton si persuasif que le docteur se ressaisit.

– Ce serait tellement plus simple. Tout seul, je n'aurai jamais assez de forces. Saint-Louis est trop loin, les Peuls bien trop près, et ce pauvre Levasseur, il est encore plus près de la tombe que n'importe quel malade.

Il resta auprès d'eux toute la journée, essuyant les sueurs et les vomis de l'un, remontant le moral de l'autre. Il aida à filtrer l'eau, à stériliser les seringues, à préparer les pommades et les lotions.

Quelques jours plus tard, un tirailleur sénégalais s'arrêta devant chez lui sans descendre de son cheval :

– C'est le docteur Fras qui vous envoie ?... C'est pour l'enterrement, n'est-ce pas ?

– Non, pour le clysopompe !

Et le brave homme d'expliquer que le lieutenant Plat s'était remis et que le docteur Fras qui souffrait (chacun son tour) de constipation l'envoyait emprunter son clysopompe pour pouvoir se purger. « La mission n'a pas de clyso ! s'empressa-t-il de noter, plus persifleur que jamais. Et voilà comment on organise nos affaires coloniales et nous avons un budget de quatre milliards ! Enfin, paix au ministère ; mais je voudrais bien le voir, ici à notre place, le ministère, desséché au soleil sans clysopompe. »

L'armée française chez les Nègres et sans même un clysopompe ! Et pourtant, il peut faire des miracles, ce dérisoire instrument ! Quand, quelques jours plus tard, le tirailleur le lui ramena, il lui remit en même temps une lettre d'adieu : le docteur Fras s'était remis de son indisposition. Tant et si bien qu'il cheminait déjà vers Saint-Louis avec toute sa colonne et au son du clairon !

Puis Diaïla revint le voir alors qu'il se battait avec une nouvelle crise de palu :

– Il faut que tu viennes leur parler.

– Mais à qui encore, bon Dieu ?

– Aux vieux de Fougoumba ! Sans eux, Kahel serait déjà à toi, mon père, lui, n'y voit aucun inconvénient ! Demain, après la prière de la mi-journée, mon père réunira le grand conseil et tu viendras parler. Pour vaincre les réticences de Fougoumba, il faut que tu fasses éclater la vérité sans qu'il paraisse te soutenir. Tu viendras ?

– Je n'ai guère le choix.

– Alors, bonne chance, et tâche d'être convaincant !

L'angoisse fut pire qu'à la veille d'un examen. Il profita de son insomnie pour esquisser son discours et se donner du courage :

« Vas-y, fonce, dis ce que tu veux, mais dis-le bien ! Les Peuls sont une race de diseurs. Chez eux, c'est la manière qui compte : les belles paroles valent mieux que les actes. »

Le griot de l'*almâmi* passa tout de suite à la question de Kahel. Mais Ibrahima, le très félin roi de Fougoumba, réagit promptement malgré son air endormi :

– Cet homme n'est pas là pour demander une faveur, il est là parce qu'il a commis un délit. Parlons de cette lettre qu'on a interceptée sur la côte !

– Est-ce vrai ce qu'on dit, que tu veux faire venir les Blancs de la côte pour qu'ils prennent nos terres et s'accaparent notre royaume ? demanda le roi de Kébali.

– Celui qui vous a traduit cette lettre a tronqué la vérité. Je vous jure qu'il n'y a rien dedans d'inamical envers les seigneurs du Fouta.

– Si elle était aussi innocente que tu le dis, pourquoi ne l'as-tu pas remise au courrier officiel de l'*almâmi* qui, chaque semaine, s'en va sur la côte ?

– Je ne pensais même pas écrire une lettre. Seulement ce dénommé Alpha est venu me trouver à Digui pour me dire qu'il allait sur la côte, alors j'en ai profité pour donner de mes nouvelles à mes agents. Seulement je ne savais pas que c'était un homme de peu de sérieux.

Il voulait plutôt dire : « Je ne savais pas que c'était un de vos espions. »

– Tu oses dire qu'Alpha, homme d'âge mûr, marabout de son état, connu et respecté à travers tout le Fouta, est un menteur ?

Une rumeur de réprobation parcourut la salle.

– Oh non, je me garderai bien d'affirmer cela. J'ai simplement dit qu'il avait manqué de discrétion. Vous savez tous la considération que j'ai pour vous et pour votre pays. On ne m'a jamais vu manquer de respect à un de mes porteurs. Alors, à un noble du Fouta ?

– C'est bien dit ! entendit-on d'un coin à l'autre de la salle.

– Chut ! fit le chef de Fougoumba. Si ce qu'on nous a rapporté n'est pas vrai, alors qu'as-tu exactement dit aux Blancs de la côte ?

– Que votre pays est beau, son climat agréable, ses habitants honorables et accueillants. Ah, si quelques Blancs venaient habiter ici pour vous aider à vous enrichir !

– Vos plantations et vos factoreries, ce ne sont que des prétextes ! Prendre le Fouta, voilà ce que vous avez derrière vos têtes de Blancs !

Il tourna un regard pathétique vers le roi de Fougoumba et entonna son couplet préféré, casser de l'Anglais, et le préféré des Peuls, flattant leur orgueil :

– Celui qui a lu ma lettre est un ennemi du Fouta ou un homme qui ne sait pas lire. Je savais qu'Alpha était un espion à la solde de mes ennemis anglais, j'en avais prévenu mes gens depuis longtemps, je ne lui aurais donc pas confié mes secrets. Tu sais bien, Ibrahima, je ne suis pas un envahisseur, je suis l'hôte de l'*almâmi*. Je suis prêt à m'en aller dès demain si tu le veux… Les chefs de Fougoumba sont dans l'erreur mais ils sont intelligents, je sais qu'ils reconnaîtront pour leur ami le toubab qui porte la prospérité avec lui, j'ajoute ce qu'ils savent bien, à savoir qu'en 1880, j'ai rencontré vingt Noirs anglais dans le Fouta ; cette année, j'en ai rencontré plus de six cents et, à Médina, c'est un Anglais qui m'a reçu d'abord au nom du roi. Ne voyez-vous pas que cet Alpha est un espion anglais, payé par Freetown pour nous opposer ? Les Anglais ne vous font pas la guerre, dites-vous, ils ne vous menacent pas, Noirs trop confiants ! Ils ne demandent rien mais ils remplissent votre royaume, de vieux chefs les accueillent, les écoutent, leur obéissent. Les descendants des grands rois peuls que vous êtes auraient-ils renoncé à leur indépendance ? La France, au contraire, a-t-elle chez vous un seul Noir, un seul qui vient conquérir pour elle et défricher à son profit ? Je ne vois ici qu'un Blanc seul et sans armes, qui vient vous parler de vos intérêts et non des siens.

Il se tut et, comme la dernière fois à Timbo, promena un regard anxieux dans la salle pour épier les réactions et comprit au silence qui régnait qu'il s'était plutôt bien défendu. Le roi de Fougoumba resta de marbre, mais Tierno, Alpha Yaya, Bôcar-Biro et Pâthé lui envoyèrent des clins d'œil complices et l'*almâmi* avait l'air réjoui. Ce dernier chuchota quelques mots et la voix métallique du griot explosa de nouveau :

– C'est vrai ce que dit le Blanc, il n'est jamais armé que de son ombrelle et de son mouchoir de poche ! En 1880, nous avions des doutes, mais maintenant nous pouvons avoir confiance pour l'avoir suffisamment vu : cet homme est un ami.

– L'amitié que nous propose la France, c'est l'amitié de l'huile et de l'eau : l'un en haut, l'autre en bas, grogna le roi de Fougoumba.

– Il a bien quelques fusils, plaisanta Pâthé, mais c'est pour viser les perdreaux. Il n'a jamais tiré sur un Peul.

– Il est venu chez nous en ami ! appuya Bôcar-Biro.

– Alors que cet Anglais au nom imprononçable a apporté une armée ! renchérit Alpha Yaya.

– Cet homme est venu en ami, renchérit Tierno. Nous sommes des Peuls, le *poulâkou* nous commande de bien traiter nos amis.

La discussion tourna en sa faveur. Dorénavant, la plupart de ceux qui ouvraient la bouche parlaient pour lui.

Les vieux de Fougoumba reculèrent, se réfugièrent dans des grognements étouffés. Il ne lui restait plus qu'à savourer sa victoire.

L'*almâmi* chuchota de nouveau dans l'oreille de son griot :

– Le Blanc a parlé ! Le Fouta a entendu ! Maintenant, que dit le roi de Fougoumba ?

Ce dernier exprima sans retenue sa mauvaise humeur et parla sans faire attention au Blanc :

– C'est toi, l'*almâmi*, qui nous a apporté ce Blanc-là ici ! C'est à toi de décider !

L'*almâmi* laissa s'écouler trois bonnes minutes de silence avant de chuchoter dans l'oreille du griot :

– Eh bien, voilà ce que je décide : le Fouta accorde au dénommé Yémé le plateau de Kahel et la falaise de Guémé-Sangan ! Il y sera comme chez lui, fera le commerce comme il voudra et cultivera ce qu'il voudra.

– C'est dans ton droit, *almâmi*, seulement cet homme n'est ni peul ni seigneur pour avoir le droit de posséder une terre au Fouta.

– Alors, en tant qu'*almâmi* du Fouta, je fais de cet homme un Peul et un seigneur.

L'*almâmi* se leva, tout le monde le suivit pour gagner la mosquée. La prière terminée, le muezzin se jucha sur le minaret et frappa trois fois la *tabala* avant de foudroyer les échos de sa voix :

« À partir de cet instant, l'individu de peau blanche et de grande taille que le bon Dieu a dénommé Yémé Wéliyéyé Sandarawalia est déclaré peul, citoyen du Fouta et noble de la tête aux pieds. Respectable du royaume et seigneur de Kahel, seuls le bon Dieu et l'*almâmi* lui sont supérieurs. Celui qui lui désobéit sera fouetté, celui qui l'insulte aura la langue coupée, celui qui le vole sera décapité. »

Les choses allèrent vite à partir de ce moment-là. On l'autorisa à quitter le village de brousse où on l'avait exilé pour venir s'installer à Fougoumba. Scs Ouolofs le raccompagnèrent à Digui, en poussant des cris de victoire. La vieille Arabia se faufila pour lui chuchoter que Dalanda l'attendait dans sa case à elle. C'était risqué, trop risqué !

– Petite Dalanda, lui dit-il en l'enlaçant, tu n'arrêteras jamais de faire des sottises. Parfois, j'ai envie de te punir, mais dès que je te vois, c'est d'autre chose que j'ai envie.

– Alors, Yémé, tu vas m'enlever maintenant que tu es devenu roi ?

– Quand je serai à Kahel, quand je serai à Kahel.

Elle le lui fit jurer une dizaine de fois avant de le laisser partir.

Dans sa cour, il trouva un messager avec un bélier et un grand panier de fruits :

– Le bélier vient de l'*almâmi* et le panier de fruits de Diaïla. L'*almâmi* a décidé de rentrer à Timbo plus tôt que prévu. Il t'attend demain à Fougoumba pour te signer tes traités et te faire ses adieux.

Une atmosphère tendue l'accueillit à Fougoumba. Toute la cité convergeait vers la place publique, en chuchotant à voix grave :

– Que se passe-t-il ? demanda-t-il à un gamin.

– On va assister à la décapitation.

– Mais la décapitation de qui ?

– Peu importe son nom, c'est le spectacle qui compte !

Qui le Fouta avait-il donc décidé de décapiter en si peu de temps ? « Mon Dieu, se dit-il, faites que ce ne soit pas ce pauvre Levasseur ! Je vous en prie, mon Dieu ! »

Il continua de se renseigner mais personne ne lui répondit. Il finit par distinguer la silhouette de Saïdou quelque part dans la cohue.

– Ah ! fit celui-ci, le Blanc vient observer de près nos mœurs judiciaires ! Tu verras, nous ne connaissons pas encore la guillotine, nous en sommes au sabre.

– C'est le lieutenant Levasseur, je suppose, fit-il, transpirant à grosses gouttes.

– Le lieutenant Levasseur ? Ah, ce Français qu'on a arrêté à Labé ? Mais non, mais non, Yémé ! Il s'agit d'un pauvre bougre, un brigand que l'on recherchait depuis longtemps et qui vient de se faire démasquer. Si c'était un Français, on t'aurait demandé ton avis. Tu es roi de Kahel, à présent !

Le marabout et le bourreau se tenaient déjà au milieu de la place, entourés d'une foule remuante et dense.

– Eh bien, mon vieux Saïdou, voilà une chose qui me rassure. L'*almâmi* ne vient pas ?

– Il arrive. Je le précède pour l'accueillir.

Saïdou l'entraîna vers la tribune de fortune que les gardes finissaient d'installer. Quand tout fut prêt, l'*almâmi* apparut avec sa cour, salua longuement le Blanc et échangea quelques mots avec Saïdou avant de s'installer. Il fit un signe de la main et on apporta le coupable revêtu d'un simple cache-sexe, la tête dissimulée sous un pagne et enchaîné aux pieds et au cou. Le marabout plaça ses mains devant sa bouche en guise de porte-voix pour déclarer la sentence :

– Toi, Mangoné Niang, tu as dévalisé les factoreries de Rufisque, tu as pillé une caravane à Boubah, tu as volé des troupeaux à Mâci, ensuite tu es venu te cacher à Yali sous un faux nom. Mais ton complice Doura Sow, arrêté à Boké, t'a dénoncé. Pour toutes ces raisons et pour d'autres qui nous sont inconnues, tu es condamné à être décapité. Maintenant, je vais lire la *Fatiha* et le bourreau va procéder à l'exécution.

Il lut le Coran et dégagea la tête de la victime.

– Non !

Le cri d'Olivier de Sanderval pétrifia le bourreau. Il sauta vers lui pour lui arracher son sabre à temps.

– Cet homme est mon ami ! En tant que roi de Kahel, je demande à l'*almâmi* de l'amnistier.

C'était l'homme qui lui avait offert du jambon et du vin dans sa plantation. En vérité, il ne s'appelait pas Yéro Baldé, mais Mangoné Niang, il n'était même pas du Fouta. Il était né à Rufisque. C'était un Ouolof.

– Mais c'est lui qui a pillé les factoreries de Rufisque ! s'étonna Saïdou.

– Ça ne fait rien, c'est mon ami quand même !

– Tu tiens vraiment à l'amnistier ? demanda le griot de l'*almâmi*.

– J'y tiens, *almâmi* !

Une fiévreuse rumeur parcourut la tribune. On s'étonna, on s'énerva, on se consulta. Puis le griot parla de nouveau :

– Aucun seigneur du Fouta ne veut de ce bandit chez lui !

– Qu'il vienne donc à Kahel ! Ce sera mon premier sujet !

Il passa à Kahel, faire le tour du propriétaire avant de rejoindre la côte : vingt kilomètres de long, cinq à peine de large ! Il sortit un carnet neuf pour inventorier ses biens. Il y avait en tout et pour tout un haut plateau herbeux, cinq vallées, dix collines, deux fontaines, une chute, trois rivières et trois marigots. Cinq villages et dix hameaux peuplaient son domaine, dont deux mille hommes libres et cinq cents captifs. Quinze ânes, cent chiens, trois mille bœufs, autant de chèvres et de moutons, une centaine de poulaillers, cinq chevaux ! Il huma l'herbe, effrita un peu de terre entre ses doigts. C'était de la vraie terre peule : impropre aux céréales et aux tubercules, mais propice au bétail et au maraîchage. Il comprit rien qu'à son odeur que l'on pouvait aussi y faire pousser le café et la vigne, le sisal et la pomme de terre. Sur ces hauteurs, il se sentait un peu en Auvergne : par le paysage, par le climat aussi. L'eau coulait en abondance.

Quelques canalisations suffiraient pour atténuer l'aridité des sommets. Ailleurs, l'herbe restait haute en toute saison. Le fonio et le maïs germeraient d'un simple crachat ; les fleurs, les champignons, les fruits, il suffirait de les ramasser. Les pentes colorées du Nord attirèrent tout de suite son regard, il y élèverait des chevaux. Il se tourna ensuite vers les plaines boisées du Sud, il y fonderait un parc où éléphants et lions, antilopes et cynocéphales se côtoieront en toute innocence comme aux premiers jours du monde.

Trois villages retinrent son attention : il ferait de Fello-Dembi sa capitale, de Diongassi son centre économique et de Bourouwal-Dâra son nœud ferroviaire.

Il choisit l'emplacement de son palais au sommet de la colline de Fello-Dembi et, assis au bord du marigot qui s'écoulait en contrebas, en traça minutieusement le plan : une magnifique case peule mais avec plusieurs pièces comme les maisons d'Europe, avec une toiture de la meilleure paille descendant en couches successives jusqu'au ras du sol et ornée d'anneaux de rotin et de méridiens de bambou. Ce serait une demeure provisoire, bien entendu. Plus tard, il s'adresserait aux meilleurs architectes pour qu'ils lui dessinent quelque chose. Quelque chose d'élégant et de majestueux, quelque chose de latin, quoi ! Un palais, un vrai qui rappellerait le palazzo del Principe de Gênes ou le palazzo Garbello de Florence. L'Italie l'avait toujours fasciné : « Tout grand homme est italien de naissance ! », scandent d'ailleurs ses Mémoires.

Comme pour sa maison de Boulam, devenue celle d'Alpha Yaya, il ferait venir le marbre de Carrare pour la façade et les escaliers. La toiture et les murs, il les bâtirait avec les matériaux d'ici. Le pays semblait regorger d'ardoise et de granit, et peut-être aussi de graphite et de pierres précieuses.

C'est là, à Fello-Dembi, sa future capitale, qu'il compléta sa fameuse carte du Fouta-Djalon et de la côte des rivières du Sud, et qu'il esquissa le croquis de sa ligne de chemin de fer. Après quoi il installa Mangoné Niang et lui ordonna de recruter trois mille jeunes gens valides pour contribuer sa nouvelle armée et défricher la brousse afin d'aménager ses plantations et ses factoreries.

Il parcourut son royaume à cheval et rencontra la plupart de ses sujets. Il organisa de somptueuses fêtes courues par les meilleurs griots et les plus belles femmes : le gibier par quartiers, le lait et le miel, à flots ! Le fonio et le riz cuisaient dans d'immenses chaudrons de laiton. « Le royaume de Kahel n'en est qu'à ses débuts, glosait-on dans les fêtes et dans les marchés. Mais c'est déjà, de tous les royaumes du Fouta, celui où on se lèche le mieux les doigts en écoutant les meilleurs flûtistes. »

À présent, il avait fini de dégager les emplacements du palais et de la gare, d'élever les murs des factoreries et d'ensemencer les pépinières. Ses armoiries ornaient l'entrée des villages et trois mille soldats défilaient sous ses couleurs. Il pouvait partir sans crainte et laisser Kahel dans les mains robustes et sûres de son second : le brigand Mangoné Niang.

Sur le chemin de la côte, il fit une petite halte à Timbi-Touni pour présenter ses adieux à son ami Tierno et lui montrer les plans de ses rues, de ses usines et de ses palais. Les chaleureuses embrassades furent suivies d'un long dîner de fête.

– Merci, mon ami Tierno, merci ! s'exclama Olivier de Sanderval. Je trouve ton fonio au mouton absolument délicieux, les louanges de tes griots du meilleur goût, mais je ne suis pas content quand même.

– Pourquoi ?

– J'ai l'impression que tu me caches quelque chose.

– Les nouvelles ne sont pas bonnes, je l'avoue. Gallieni a envoyé ses troupes.

– Quel idiot !

– Une colonne commandée par un certain capitaine Audéoud ! Sans l'autorisation de l'*almâmi* ! Que veut la France ?

– Pose cette question à Saint-Louis ! Moi, tu me connais, tu sais ce que je veux : l'amitié du Fouta… Tu n'as pas l'air de me croire…

– Ce n'est pas facile d'avoir confiance en un Blanc !

– Je suis un ami, Tierno !

– Le pire, c'est que je n'ai pas le droit d'en douter. Pour l'instant tu n'as rien envahi, mais ce Gallieni ?

– Comment l'*almâmi* a-t-il réagi ?

– Il a interdit de vendre des vivres à Plat et Fras, et si la colonne ne sort pas du Fouta, Levasseur sera exécuté.

– Et en ce qui me concerne ?

– Pour nous, tu es un Peul. Là-dessus, la parole que nous avons donnée nous lie définitivement la bouche.

– Si c'était une invasion, Gallieni aurait attendu que Plat et Fras soient au Sénégal d'abord.

Tierno ne répondit pas. En langage peul, cela voulait dire qu'il n'était pas d'accord. Il évita, les trois jours que séjourna Olivier de Sanderval chez lui, d'aborder la question délicate et de plus en plus brûlante des relations entre le Fouta et la France. Il n'était pas convenable de froisser un ami, surtout quand cet ami se trouvait sous votre toit.

Le Français et le Peul se contentèrent de s'épier, d'échanger quelques formules de politesse et quelques sourires hypocrites. Ils se connaissaient bien maintenant : c'étaient des amis, mieux, des associés. Mais, à travers les masques de l'affection et de la complicité, chacun devinait aisément les petits calculs qui se jouaient dans l'esprit de l'autre ; la sourde inquiétude qui rongeait le ventre de l'autre. Ils savaient que, chez les Peuls comme chez les Français, dans une affaire comme celle-là, la suspicion gouvernait les pactes les plus solides et que le fruit de l'amitié cachait toujours un noyau : celui, toxique, de la perfidie et de la trahison.

L'un avait donné les terres de son père à l'autre ; l'autre avait promis de l'argent, des machines, de la richesse, du progrès. Le Blanc se targuait de défendre son pays, d'ajouter à la grandeur de la France, en même temps il se voulait roi d'Afrique : d'un côté, l'appel du devoir ; de l'autre, l'instinct du pouvoir. Tierno se montrait comme le serviteur loyal de l'islam et du Fouta, sans être insensible aux sirènes de la richesse et de l'ambition. Bon Peul, bon musulman, oui, mais, en secret, il ne désirait qu'une chose : égaler ou surpasser les provinces de Labé ou de Timbo. L'un avait besoin de l'autre et l'autre se méfiait de l'un. C'étaient des partenaires, des partenaires pas toujours francs, mais liés par la même cordée tout en haut du précipice. Car ceci, ils le savaient tous les deux : l'époque ne sentait pas bon. La vieillesse de l'*almâmi* et, soudain, cette colonne de Gallieni ! Le ciel était lourd de mauvais présages. Des vents mauvais se levaient de tous les côtés. De lourds nuages obstruaient les horizons, les desseins. Que seraient les serments et les promesses au plus fort de la tempête ?

Ils firent semblant d'oublier cela en chassant les panthères et les perdrix. Tierno initia le Blanc au tir à l'arc et le poussa à faire quelques cavalcades, bien qu'il goûtât peu l'équitation. En retour, ce dernier lui enseigna quelques rudiments d'escalade et lui fit découvrir le jeu d'échecs.

Le jour des adieux, le roi de Timbi-Touni, suivi de ses cavaliers, accompagna son hôte jusqu'au fleuve Kakrima :

– Regarde ces étangs, ces vallons, ces collines joliment fleuries, lui indiqua-t-il fièrement. Nous avons un beau pays, n'est-ce pas ?… Tu vois, là-bas, cette forêt derrière le rocher ? C'est une source. Une source connue d'une seule personne !

– Ce n'est rien, ça, répondit le Blanc, plus français que jamais. Chez nous, il existe une source qui n'est connue de personne !

Après avoir, une nouvelle fois, échappé de peu à la décapitation à Kountou, pour avoir malencontreusement piétiné le dieu local, une malheureuse statue fichée à l'entrée du village, il échoua, mort de fatigue et de dysenterie à Ya-Fraya, où il fut recueilli par un Français du nom de Gaillard, installé dans ce coin perdu depuis fort longtemps. Il y vendait du sel, des étoffes et des bougies. Il entretenait aussi des terres et des troupeaux et fournissait aux caravanes de passage du cuivre en échange d'ivoire et d'or. Il était marié avec une autochtone, une belle femme soussou qui lui avait fait sept enfants dont deux grandes jeunes filles, pieds nus et en robes à volants.

Une longue semaine au lit avant de pouvoir tenir debout ! Mme Gaillard lui concocta un délicieux canard au riz mêlé d'une purée d'épinards sauvages pour l'aider à reprendre ses forces. Gaillard se montra généreux et agréable malgré les violentes crises de toux qui l'étouffaient. Il lui présenta ses enfants et parla fièrement de ses deux filles qui savaient lire et écrire et même jouer du piano. Mais à l'heure du dîner, Olivier de Sanderval, qui appelait le reste de la famille, eut la surprise de s'entendre répondre :

– Quoi, des Négresses à notre table, vous n'y pensez pas, monsieur Olivier de Sanderval !

« Pauvres Nègres ! nota-t-il *illico*. Les Blancs se doivent de détester l'Afrique même quand ils n'en ont pas envie. »

« J'ai faim depuis six mois ! », avertit-il en se saisissant de sa fourchette. Il dévora le canard au riz et engloutit une grosse portion de reblochon ainsi qu'une île flottante. La magie du vin, l'arôme du café, la bonhomie de Gaillard, les fugues de Mozart surgissant du fond de la jungle... il ferma les yeux, chassa de ses oreilles le bruit des grenouilles et des lycaons, et se sentit tout à fait dans son château de Montredon. Il fut heureux pour la première fois depuis bien longtemps !

Encore cinq jours de jungle et, enfin, sur la côte !

Conakry existait encore à peine, juste un fragment de Boké ou de Boubah, de Boulam ou de Timbo. Un trait de clairière en forme de bouche dans la face épaisse de la jungle !

On ne pouvait faire un pas sans sentir au visage les frôlements sinistres des ailes des chauves-souris. Les résines des arbres et la bave des escargots vous dégoulinaient sur la tête, les chenilles vous glissaient sous la chemise. Les caméléons vous crachaient dans les yeux, les vipères et les serpents-siffleurs s'entortillaient à vos chevilles. Les sentiers et les cours puaient la crotte d'hyène et la fiente de rapace. Le sable des plages était invisible à cause des nuées de méduses et de loutres, de poissons morts et de crabes trotteurs. Les chacals et les phacochères grouillaient autant que les mouches. Pour chasser, on restait dans son salon et visait à travers la persienne pour tirer les gazelles et les panthères.

C'était une terre vierge qui, pour l'instant, n'appartenait à personne, c'est-à-dire à aucun Blanc ! Les Belges la convoitaient, les Allemands la revendiquaient. Installés dans les îles de Loos, les Anglais prétendaient qu'ils en étaient les maîtres. Présents du Sénégal à Zanzibar depuis le xve siècle, les Portugais se sentaient partout chez eux. Les Français, qui avaient installé un centre télégraphique et un petit poste militaire occupé épisodiquement par leurs soldats venus de Boké, n'osaient pas encore se croire chez eux. Leurs avisos et leurs baleinières venaient de temps en temps tourner entre les îles et la mangrove pour dissuader les autres d'attaquer leurs positions.

Les Allemands appelaient l'endroit Boulbinet, les Anglais Tombo et les Français Conakry. Les Anglais disaient que c'était une île, les Français répondaient que non et tous ces messieurs avaient raison six heures sur douze : à marée haute, Tombo se présentait bien comme une île mais, à marée basse, elle ne se distinguait plus que comme une simple excroissance de la presqu'île de Kaloum : deux cents mètres de galets, tout au plus, les séparaient.

Et cette « île » sur laquelle commençait à bourgeonner la ville comptait en tout trois factoreries et deux minuscules hameaux habités par deux tribus guerrières et hostiles : Boulbinet côté grand large où se trouvaient les farouches Téménés, et Tombo côté presqu'île où se regroupaient les intrépides Bagas. À Boulbinet la factorerie de l'Allemand Collin, à Tombo la factorerie anglaise ! À l'autre bout de l'île, à un jet de pierre de la presqu'île, régnait un étrange Français, une espèce de Robinson Crusoé qui vendait des peaux de bête et de la cire aux bateaux de passage. Un bonhomme grassouillet et rose du nom de Maillart qui, dans ce bout perdu du monde, avait fait de son existence un atoll lointain et inaccessible.

Sa maison se dressait au milieu d'une épaisse clôture hérissée d'épines et de barbelés, sans brèche ni portail. On ne pouvait y accéder que par un escalier qu'il avait installé avec un ingénieux dispositif. Il fallait d'abord s'annoncer : si la personne semblait digne de confiance, il faisait pivoter l'escalier et invitait l'individu à y grimper, sinon il brandissait son fusil et tirait jusqu'à ce que l'individu rebrousse chemin.

Il disposait en tout de cinq fusils et tous portaient un nom de femme : Carmen pour les Nègres, Esméralda pour les Allemands, Agrippine pour les Anglais et Marie-Antoinette pour les fauves.

– Et celui-là, monsieur Maillart, hein ? lui demandaient les curieux.

– Ça ? Mais c'est pour moi, pour le jour où je n'aurai plus la force de monter tout en haut de l'échelle. Mieux vaut crever comme un chien que de tomber malade ici !

– Et comment il s'appelle, monsieur Maillart ?

– Je ne sais pas bien : Dominique les jours de pluie et Monique le reste de l'année.

À part lui, six Blancs en tout vivaient à Conakry : Colin, sa fille et son gendre Jacob, le chef du télégraphe et les deux guignols de la factorerie anglaise qui ne disaient bonjour à personne. D'un côté, sept Blancs tremblant de trouille, rongés par le Pernod et jaunis par le palu ; de l'autre, environ trois cents Nègres usés par l'humidité et la vermine et soûls une bonne partie de la journée ! Avec la végétation et les fauves, c'était cette humanité-là qui peuplait les lieux : une arche de Noé attendant une hypothétique résurrection, ou les derniers vestiges d'un monde déjà englouti par l'abîme ?

Voilà en tout cas à quoi se résumait Conakry quand, au mois de juin 1888, Olivier de Sanderval y mit les pieds pour la première fois.

Il était tellement maigre et loqueteux que les Blancs fuyaient à son approche et que les Noirs ricanaient en le montrant du doigt. En le voyant arriver dans son bureau, le télégraphiste, dégoûté, émit un mouvement de recul :

– Hé, hé, hé !... Que me voulez-vous, monsieur ?

– Donner de mes nouvelles en France ! C'est ce que font tous ceux qui viennent chez vous, je suppose, grelotta le pauvre hère.

– Alors montrez-moi votre argent !

– J'ai juste un peu d'ambre et de corail !

– Ce qu'il me faut, c'est du bel argent sonnant. Des louis, monsieur, si vous voyez ce que je veux dire !

– Et vous ne pouvez pas m'accorder un délai de paiement ?

– Eh non, monsieur !

– Pour quelle raison ?

– Vous m'avez l'air si bizarre !

– Y a-t-il un autre Blanc dans cette jungle ?

– Allez voir l'Allemand Colin. Prenez en sortant à droite, vous verrez le toit de sa factorerie au milieu des grands arbres.

– Un Allemand nommé Colin ?

– Il est d'origine normande. Son père appartenait à l'armée de Napoléon. Après la déroute de Russie, il a préféré se fixer à Hambourg pour oublier l'humiliation. Là, il a convolé avec une Teutonne, oui monsieur, et cela a donné ça, ce Colin. Mais pour moi, Colin ou pas Colin, un Boche reste un sale Boche !

Le pas lent, la respiration sifflante, il marcha, plié en deux, vers les grands arbres, retenant des deux mains son pantalon devenu trop large pour son corps décharné.

– D'où venez-vous, monsieur ? lui demanda le fameux Colin, en tâtant la crosse de son fusil.

– Du Fouta-Djalon !

– Je ne connais qu'un voyageur qui nous ait parlé de ces montagnes, un M. de Sanderval.

– Je suis Olivier de Sanderval !

L'homme se tourna vers un tiroir et sortit un vieux numéro du *Figaro* :

– Olivier de Sanderval est mort, monsieur ! Regardez vous-même !

Il reconnut une vieille photo prise dans un banquet alors qu'il était encore maire de Marennes. Il lui fallut dix bonnes minutes pour parcourir l'article qui, sur toute une page, décrivait sans manquer un détail sa mort héroïque devant une horde de cavaliers peuls.

— Et pourtant je suis bien vivant, je vous assure, fit-il en claquant des dents. Tenez, tâtez mon pouls si vous ne me croyez pas !

L'homme le regarda une bonne minute, ouvrit son coffre-fort et dit d'une voix secouée par les larmes :

— Dans ce cas, monsieur, venez et servez-vous !

Il se dépêcha de télégraphier avant que le sort ne donne raison à l'article. Puis, après quelques jours de repos, il fit le tour de Conakry. Avec la tranquillité imperturbable d'Adam prenant possession du monde, il se tailla deux grands domaines, l'un à la pointe ouest de l'île ; l'autre du côté du promontoire[1].

1. Aujourd'hui, le premier est le siège de la présidence de la république de Guinée et le second celui du musée de Conakry.

TROISIÈME PARTIE

Cela faisait maintenant huit ans qu'il se coltinait ce satané Fouta-Djalon, ses pentes abruptes et ses énigmatiques Peuls, huit ans sur le terrain, tout au moins ; sa vie entière, s'il tenait compte des journées passées dans les récits de Mollien, de René Caillé, de Mungo Park ou de Lambert – tout son sang, toute son eau, s'il ajoutait les nuits consacrées à s'inventer des forêts brumeuses grouillant de Nègres, de reptiles préhistoriques et de diables ; à imaginer fiévreusement, sous les couvertures, le bruit infernal des torrents et des buffles, le caractère ténébreux et le teint abâtardi des Peuls !

Petit, l'Afrique lui apparaissait comme un monumental opéra baroque : des personnages difformes, des scènes extravagantes, une orgie de bruits et de couleurs, une musique jamais entendue ; un spectacle démesuré, à désintégrer l'esprit, à brûler les sens ! Tout n'y serait que féerie, ivresse, exotique délectation – les tonnerres, les ouragans, les volcans et les précipices, pour les délices de la comédie, les fièvres, les furoncles, les morsures de serpents et les états comateux, juste pour les besoins de l'esthétique ! Il lui suffirait d'un simple, d'un magistral contre-ut pour surmonter les obstacles qui parsèment d'ordinaire le chemin des héros : les défis, les intrigues, les tourments de l'amour.

Il arriverait, un royaume surgirait aussitôt avec la même rapidité que dans les rêves, le même panache que dans *Jules César en Égypte* ou *Lorenzaccio*.

Ce serait un pays tout nouveau, tout vierge, avec des fleurs partout et des fruits étranges ; peuplé de bêtes et de tribus éparses, joviales et pacifiques. Un pays embryonnaire qui n'attendrait que sa petite étincelle pour s'irradier et jaillir des ténèbres. Il ne lui resterait plus alors qu'à le façonner selon son goût, avec l'aisance du potier devant la terre glaise. D'abord, à petites doses, le solfège et l'alphabet, puis Archimède, l'algèbre, Virgile et Ronsard, ensuite seulement Newton et les échafaudages !

Sa petite tête de gamin ne pouvait, bien sûr, deviner les fringales et les insolations, les blessures, les demi-morts, encore moins les deux terribles écueils à présent dressés devant lui : les Peuls et Bayol, Bayol et les Peuls, Charybde et Scylla, peut-être ! Le combat serait rude, cruel, embrouillé, il ne pouvait que le deviner ! Il le gagnerait tout de même, il le gagnerait coûte que coûte, il gagnerait contre le feu et la mer, contre les foudres et les vents, contre les hommes et les dieux ! Il allait montrer à l'époque ce que c'était qu'un Lyonnais, et un Olivier, qui plus est !

Déjà il n'était plus tout à fait démuni ! Il disposait à présent de deux abris, de deux sanctuaires, de deux inexpugnables bastions : Kahel et Conakry ! Le premier lui servirait à endormir les Peuls, à les imiter lentement, à absorber leur lait, leur ruse, leurs lubies de prince, leurs manières de hobereaux, avant de se substituer en douce à la tête de leur bijou de petit royaume. Le second, à contrer Bayol et les chacals du ministère de la Marine.

Il n'avait pas choisi ces deux endroits par hasard. Le plateau de Kahel s'imposait de lui-même : très haut et au centre du pays ! Conakry lui évitait de gêner ses amis portugais à Boulam ou de tomber sous les intrigues du ministère de la Marine à Boké. Protégé de la barre par l'archipel des îles de Loos, et des farouches tribus côtières par sa semi-insularité, ce serait un excellent débouché pour son chemin de fer. À Kahel, il avait Mangoné Niang pour fonder le palais et la gare, lever les factoreries et faire pousser les pépinières. À Conakry, il lui faudrait quelqu'un pour esquisser un port et faire le plan d'une ville. Ah, si seulement ce brave petit Souvignet vivait encore ! Ah, si seulement !

Après la douane et les médecins, le premier geste qu'il accomplit en arrivant en France fut de frapper le kahel, la monnaie officielle de son royaume ! Pile : un lion de Suze allant à gauche et surmonté d'un croissant. Face : le nom Sanderval somptueusement calligraphié en *adjami*[1], à l'intérieur d'un cartouche finement dentelé. Son empire, il y croyait plus que jamais, il en apercevait déjà les lueurs à travers la brume, il suffirait de bien naviguer, bref, d'éviter Charybde et Scylla ! Certes, Kahel, pour l'instant, rappelait bien plus Lilliput que l'Eldorado ou les Indes, mais il faut un début à tout. Rome, avec ses remparts d'Éphèse, ses vignobles du Narbonnais, ses greniers d'Hispanie et de Numidie, n'avait-elle pas débuté par le monticule du Palatin ?

Minutieusement compté et emballé, ce trésor de l'État fut aussitôt expédié à Bonnard, avec la consigne ferme de l'écouler dans ses factoreries et dans tous les marchés du Fouta et de distribuer des armes à ces beaux princes peuls, beaucoup d'armes, que chacun de ces enfants ait son joli petit joujou !

---

1. *Adjami :* écriture de langue peule mais de graphie arabe.

La dernière caisse partie, il pouvait se présenter au ministère et, toute rancune bue, lui remettre un rapport détaillé sur le Fouta-Djalon accompagné d'une carte, de nombreuses photos et d'une coupe minutieuse de la vallée du Konkouré. Il répéta longuement à des fonctionnaires somnolents que point n'était besoin d'envahir le Fouta-Djalon ; que ses princes étaient divisés, que les Peuls manifestaient de mieux en mieux leur lassitude devant leurs caprices et leurs excès, qu'il suffisait de les opposer davantage pour que tout l'édifice s'écroule.

– En ce sens, j'ai déjà accompli une bonne partie du travail. Laissez-moi faire et, bientôt, le Fouta-Djalon tombera dans notre escarcelle sans qu'on ait gaspillé une seule balle. En échange, je demande la propriété de quelques hectares où installer mes habitations et l'administration centrale de mon entreprise.

Il ne se contenterait jamais de quelques hectares ! Son ton le démasquait, ses yeux le trahissaient. Il s'efforçait de paraître plus serein, plus raisonnable, plus convaincant qu'il ne le fut devant le vice-amiral Cloué. Cela l'ennuya beaucoup de voir que, malgré cela, ses arrière-pensées n'échappaient à personne. Chuchotements, regards de travers, rires sous cape, ses interlocuteurs, qui n'étaient pas nés de la dernière pluie, semblaient lire dans son âme comme dans un livre ouvert. « Vous n'en démordrez jamais de votre lubie de royaume, nous le savons ! Vous vous attendez peut-être à ce que la France vous serve de marchepied pour accéder au trône, hi ! hi ! hi ! »

Il sortit néanmoins de cette pénible entrevue avec un petit sentiment de réconfort : l'importance du Fouta-Djalon ne faisait plus l'ombre d'un doute. On en discutait dorénavant sans arrêt dans les salons, les salles de rédaction et les ministères. Gallieni, Archinard, Faidherbe, Brazza, toutes les icônes de l'épopée coloniale ne parlaient plus que de ça.

Grâce à qui ?

Il retourna à Marseille, somme toute optimiste, pour se consacrer à Rose qui fut très déçue, cependant, de voir refuser le kahel dans les théâtres et dans les magasins. Au bout d'un an, ses enfants avaient suffisamment goûté et joué à ses côtés. Rose avait eu sa dose d'opéra et de dîners mondains, largement assouvi ses caprices dans les châteaux de France et les vieilles rues d'Italie.

Il passa ainsi, cela ne lui arrivait pas souvent, de longs et merveilleux moments en famille, réservant ses longues nuits d'insomnie à ses carnets de notes et au redoutable manuscrit de *L'Absolu*. Puis, un beau jour, alors qu'il se préparait à emmener son épouse au restaurant, son ami Jules Charles-Roux, avec sa manie des mauvaises nouvelles, fit irruption dans son salon, un numéro tout frais de *La Dépêche coloniale* à la main : la France venait de s'octroyer une nouvelle colonie, celle des Rivières du Sud, avec Conakry comme capitale et un certain Bayol comme gouverneur !

– Vous me connaissez, Jules ! rugit-il en envoyant valser le journal. Je vais de ce pas déloger Bayol de Conakry !

Un message du secrétariat d'État aux Colonies (on venait enfin d'en créer un, mais sur l'idée de qui ?) vint subitement bouleverser ses plans : on l'invitait à l'Exposition coloniale qui allait se tenir à Paris. Avait-on enfin repris ses esprits dans les ministères ? Allait-on, enfin, reconnaître ses traités, avaliser son droit sur le Fouta-Djalon et le protéger, lui, citoyen français, contre

239

la convoitise des Anglais ? Il ne devait pas rater l'occasion, dans tous les cas. L'Exposition coloniale, c'était le lieu idéal pour rencontrer du beau monde et exprimer ses idées, quitte à gueuler ou à casser les dents de quelques imbéciles !

Il prit le train en sifflotant, mais son cœur faillit s'arrêter quand il arriva sur les lieux. Noirot, celui qui avait accompagné Bayol à Timbo, se trouvait là, il figurait parmi les maîtres de l'exotique cérémonie ! L'ex-comique des Folies Bergère avait pris du galon depuis son aventure à Timbo : on l'avait bombardé administrateur colonial dans la vallée du fleuve Sénégal. Et, à ce titre, on lui avait demandé d'installer un stand qui se révéla vite le plus couru de l'exposition : un village toucouleur de trente personnes, composé en tout de dix cases, deux tentes et six hauts fourneaux, à l'entrée duquel il avait posté un bonimenteur : « Visitez le village nègre comme si vous y étiez ! Regardez leurs airs de diable et leurs habits informes. Regardez-les piler, cuisiner ou filer le coton ! Pour dix sous, faites le plus prodigieux des voyages : aller d'un seul bond de la machine à vapeur à l'âge de pierre ! »

Olivier de Sanderval se fraya un chemin à travers la foule pour approcher le metteur en scène de ce pittoresque spectacle :

– Vous auriez dû le garder, votre boulot, Noirot ! Je vous assure que comique troupier vous va comme un gant, alors qu'administrateur des colonies vous défigure horriblement.

Noirot cracha un juron et se détourna de mauvais cœur de ses paillotes et de ses Nègres :

– Le voilà donc, notre vicomte portugais ! Je ne vous aime pas non plus et vous le savez, mais c'est tout de même bien que vous soyez là : il y a quelqu'un qui vous cherche !

Il l'entraîna vers le centre de la foire, où d'honorables messieurs agitaient leurs cannes et leurs chapeaux hauts de forme en discutant à voix basse. Il s'arrêta devant le plus impressionnant et dit d'une voix d'officier d'ordonnance :

– Monsieur le président de la chancellerie, le voici, le dénommé Olivier de Sanderval ! Monsieur de Sanderval, permettez-moi de vous présenter le général Faidherbe !

Faidherbe, son képi, sa moustache, ses petites lunettes, sa raideur métallique, son nez tranchant et ses galons ! Faidherbe devant lui, plus militaire, plus austère que ce qu'en disait la légende – et le Napoléon des colonies voulait le voir ! « L'homme aux quatre yeux et à la moustache en ailes de chauve-souris », ainsi que l'appelaient les Peuls, se détourna aussitôt de ses interlocuteurs, tendit la main et sourit :

– Le voilà donc, notre nouveau René Caillé ! Chapeau, on ne parle plus que de vos exploits, mon cher ami !

C'était si agréable à entendre qu'Olivier de Sanderval en oublia la solennité des lieux et la grandeur du personnage. Il se relâcha avec l'innocence d'un bébé pressé par le besoin : d'un trait, il vida tout, et cette fois-ci il avait l'air si naturel, si vrai, si persuasif que le général se garda bien de l'interrompre. Quand il eut fini, Faidherbe lui serra de nouveau la main de la façon dont on le fait avec le premier de la classe :

– Eh bien, le Fouta, j'en fais mon affaire ! Pour ce qui est de vos traités, vous pouvez compter sur moi ! Et si jamais il se créait un Empire français d'Afrique, sa capitale serait Timbo !

En sortant de là, léger comme une bulle, il découvrit qu'un pittoresque spectacle remuait les foules de Paris.

Les journaux en faisaient leurs choux gras ; sur les trottoirs, les concierges s'en étranglaient d'émotion :

– Figurez-vous, ma chère, qu'en me réveillant ce matin j'ai trouvé Paris tout en noir. On a fait venir d'Afrique un roi nègre avec ses sorciers et ses éléphants. Et où a-t-on logé tout ce beau monde ? Chez un baron, un marquis, peut-être ! Il va pousser de la jungle dans les beaux salons de Paris !

Il se renseigna et apprit ce qui suit : Noirot, avec son indéniable talent de comique, avait invité à Paris le roi des Nalous, Dinah Salifou et son épouse, la reine Philis. Des princes d'autres tribus les accompagnaient. Ces étranges visiteurs logeaient confortablement près des Invalides, rue Fabert, chez le marquis de Maubois. Les concierges n'avaient pas menti. Et la République n'avait pas lésiné pour agrémenter leur séjour. Elle leur avait fait visiter les beaux monuments et les avait conviés au dîner de gala qu'elle venait d'offrir au shah de Perse.

Il décida de leur rendre une petite visite le soir après le dîner pour prendre un peu d'air africain, pour tester ce jeune roi nalou, surtout. Des dizaines de curieux, journalistes, caricaturistes, ethnologues, infatigables mondains, amoureux de cirque et d'opéra, se bousculaient dans les escaliers pour toucher du doigt ce spécimen du genre humain. Il se fraya un chemin, aidé de sa robuste carcasse et de son air indiscutable de duc de Bourgogne.

Dinah Salifou, qui le reconnut tout de suite, l'accueillit avec beaucoup d'empressement : « Tu ne me connais pas, mais moi, je te connais, Yémé, j'étais jeune garde quand tu es venu à la cour de mon oncle Lawrence ! » Il lui présenta la reine Philis et se dépêcha de le rassurer : Bayol à Conakry, cela ne changeait rien, ses traités avec les Nalous restaient valables, aucune péripétie ne viendrait contredire cette vérité-là. Ensuite, il usa de son tact inimitable de chef de tribu pour lui glisser dans l'oreille la nouvelle qui lui brûlait les lèvres :

– Au Fouta, il se passe des choses, Yémé : Alpha Yaya a tué Aguibou, il s'est enfui avec Taïbou !

La nouvelle tombait comme un couperet, brusque, stupéfiante, absolument imparable ! Il lui fallait un autre endroit pour l'ingurgiter, et tâcher d'en mesurer les sens et les terribles conséquences.

Il précipita la cérémonie des adieux, mais jeta tout de même un dernier coup d'œil à ce bouffon de Noirot, guidant les visiteurs :

– Môdy Cissé et Môdy Dian, princes de Labé ! Nabi Yalane Fodé, prince de la Mellancoré !... Mansour Kane, prince de Matam !... Sérigne Guèye, prince de Rufisque, M'Bar Sène, prince du Sine-Saloum !...

Crapule, certes, quel talent tout de même, ce Noirot ! Il aurait mis un caissier à l'entrée, tout le monde se serait cru au cabaret.

Il courut prendre une douche dans sa chambre de l'hôtel Terminus et s'isola derrière un verre de genièvre au café de la Paix. Il avait compris dès son arrivée chez les Peuls que cela finirait mal entre ces deux frères-là. Trop de choses déterminantes les liaient et les séparaient à la fois : deux mères, coépouses et rivales, un trône, le plus juteux du Fouta, et puis, plus indéfectible et plus tentante que tout, cette femme cynique et désirable qui, d'un seul regard, attirait tout vers elle : l'or, les chevaux, les esclaves et les princes. Il savait que cela finirait mal et que Taïbou serait au cœur du tragique dénouement, dans ce Fouta-Djalon où bien souvent le chemin du trône traverse une rivière de sang. Il s'imaginait simplement que cela se ferait à la peule, c'est-à-dire d'une manière douce, élégante, subtile, chevaleresque. Une embuscade à la sortie de la mosquée à l'heure de la prière du crépuscule, devant les vieillards et les enfants. Ce n'était pas très peul, tout ça : pas assez discret, pas assez astucieux, pas bien éduqué. Un vrai travail de cuistre ! Les bandits de Sicile devaient se comporter ainsi dans les grottes de l'Etna : tuer l'adversaire et emporter sa gamelle et sa femme ! Du petit boulot, du boulot de petit ! Il ne croyait pas ça d'Alpha Yaya ! C'était sur lui qu'après mûre réflexion il avait fini par miser. Aguibou et Pâthé lui paraissaient trop complexes, trop cérébraux, trop hautains, bref trop peuls, ils ne seraient jamais faciles à manier ; et Bôcar, certes plus simple d'esprit mais trop impulsif, trop patriote, trop méfiant à l'égard des Blancs ! Sa préférence allait à Alpha Yaya, rusé orgueilleux comme tout Peul qui se respecte, mais ouvert, mieux encore, à la fois bon politique et bon guerrier. Il suffisait pour le tenir d'agiter sous son nez le chiffon rouge du pouvoir et de l'or ! C'était un homme pratique, facile à comprendre : les intérêts d'abord, les états d'âme après, contrairement à cette brute émotive de Bôcar-Biro. Il savait que c'était un Peul, un vrai, qu'il ne serait jamais sûr de ses sentiments, mais qu'il pourrait compter sur lui tant que leur cause serait la même.

Commettre un crime et s'enfuir comme un vulgaire bandit de grand chemin ! Et où se cachait-il à présent ?

Et c'était au hasard d'une conversation qu'une telle nouvelle – sans doute plus importante que celle de la nomination de Bayol – lui parvenait ! Que faisait Bonnard ? Où se trouvait Mangoné Niang ? Et ses agents de Boulam et de Gorée et ses espions de tous les coins du Fouta ? Pourquoi les payait-il donc ? Sapristi !

Il régla sa note et sortit pour ne pas tuer quelqu'un.

Cette fois, il n'y avait pas une minute à perdre. Sitôt revenu à Marseille, il se mit à clouer ses caisses et à relire ses itinéraires. Au port, on lui annonça que le prochain bateau était pour la fin du mois... Et puis le ciel se mit à se perturber, le destin à brouiller ses ficelles : il ne prit ni ce bateau-là ni les suivants. À deux jours du grand départ, il reçut de Paris une lettre qui le fit exploser de joie. Le nouveau ministre des Colonies (on venait d'en nommer un, un vrai, et il s'appelait de Laporte), qui avait maintes fois entendu vanter ses exploits au Fouta-Djalon, lui exprimait son admiration et le priait de venir le rencontrer en tête à tête pour examiner ses doléances.

C'était un de ces politiciens de la IIIe République, ce de Laporte, éloquent et raffiné, bombardé à ce poste bien plus par les combinaisons politiciennes du moment que par sa connaissance du dossier. L'Afrique, il savait à peine par où ça se trouvait et les colonies, il les imaginait à peine plus compliquées que la Camargue avec des singes à la place des chevaux.

Un ministre amateur, la belle occasion ! ricana Olivier de Sanderval après s'être renseigné. Il mobilisa toutes ses ressources de Lyonnais (l'audace, le tact, le sens de l'argumentation, la séduction) avant de prendre le train. Son numéro plut, cette fois. L'audience dépassa largement la petite heure qui avait été prévue et le ministre le raccompagna jusque dans la cour, lui serra longuement la main avant de lui répéter la décision qu'il venait de prendre et qui allumait en lui une joie bienfaisante et infinie :

– J'envoie aujourd'hui même un avis favorable à toutes vos doléances au Dr Bayol.

Toutes vos doléances ! Il avait bien entendu, ce n'était pas une blague ! Voilà qui clouerait pour de bon le bec de ce charognard de Bayol ! Le ministère à Conakry, lui, Olivier de Sanderval, au Fouta-Djalon et la France, partout chez elle ! Où trouver meilleur arrangement ? Tant pis, en fin de compte, il offrirait à Rose une redite du déjeuner de La Verryère, c'était la meilleure manière de fêter ça !

Il trouva Rose au lit, il fallait toujours un grain de sable pour enrayer la machine du bonheur :

– Rien de bien grave ! le rassura le médecin, une petite bronchite contractée lors d'une de ses matinales promenades dans le parc. Cet automne a de curieux airs d'hiver, vicomte. Vous n'avez rien à craindre, vous, vous êtes toujours bien couvert.

Elle se releva assez vite, mais dans un état si soucieux qu'Olivier de Sanderval reporta son voyage de quelques semaines pour assister à sa convalescence.

C'est à ce moment-là qu'il reçut enfin des nouvelles de l'Afrique. Ce bon vieux Bonnard ne pouvait écrire plus tôt pour la raison majeure que voici. Les Béafadas, ces redoutables, qui terrorisaient les panthères et les tribus ennemies dans les forêts de Boulam, l'avaient retenu deux mois prisonnier – il avait, comme il arrivait souvent aux Blancs, involontairement profané leur dieu supérieur, une innocente statue de terre fichée à l'entrée du village. Les plus fanatiques avaient demandé sa décapitation, mais le roi, qui avait le nez plutôt marchand, avait réussi après des semaines de palabres à convertir cette sentence divine en kilogrammes de verroterie.

C'est seulement en sortant de cet enfer qu'il avait pu rencontrer les espions envoyés par Mangoné Niang. Oui, Alpha Yaya et Taïbou avaient bel et bien fait assassiner Aguibou : cent coups de couteau à la sortie de la mosquée, juste après la prière du crépuscule, le plus sacré, le plus fréquenté des cultes ! La manière et le volume de sang répandu avaient tellement révolté les notables que le coupable avait compris de lui-même. Après avoir commis son acte, il avait pris la fuite au lieu de prendre le trône, emportant avec lui et le cheval et l'or de son frère. « Personne ne sait, au moment où je vous écris où sont terrés les maudits amants. » Puis il donnait d'amples informations sur l'état des factoreries et sur les chantiers de Kahel.

« Rassurez-vous, vicomte, continuait-il, tout se passe comme prévu. À présent, ces Nègres comptent en kahels aussi souvent qu'en shillings dans les factoreries de la côte comme dans les marchés du Fouta. Mangoné est aussi efficace et redouté qu'un proconsul romain et nos réseaux travaillent si bien que certains roitelets de province n'osent plus décider sans demander notre avis.

C'est vrai que cet Alpha Yaya est une carte difficile à remplacer... À présent, tournons-nous vers la capitale. L'*almâmi* est devenu grabataire. Pâthé et Bôcar-Biro ne se parlent plus. Tout le Fouta sait que le sang coulera bientôt à Timbo comme il a coulé à Labé. La seule question est de savoir qui tuera qui et quand ?

Je veille, nuit et jour, je vous tiens au courant.

Votre dévoué, Bonnard. »

Rose rechuta peu après cela. Sa bronchite n'était pas complètement partie, elle devait garder le lit jusqu'à la fin de l'hiver. Mais il n'y avait pas à s'inquiéter, assura de nouveau le médecin, juste le temps que passe cette vilaine petite toux.

À Paris, les foires d'empoigne secouaient le Parlement et les crises de cabinet se succédaient au rythme des fins de semaine. Ce brave de Laporte fut bientôt évincé. Olivier de Sanderval apprit qu'avant de prendre cours à Conakry, le décret de De Laporte devrait d'abord être examiné par le Quai d'Orsay – et par d'autres ministères, d'autres bureaux, d'autres coucous à tampons et à lorgnette... Il n'était plus question de lui laisser le Fouta-Djalon, mais simplement de lui accorder des terres et une concession de chemin de fer, à condition qu'il s'associe à d'autres capitaux, à d'autres partenaires. Il tomba encore deux ou trois gouvernements et le décret de De Laporte fut transformé en une proposition de loi applicable à tous les cas analogues qui surviendraient dans les colonies.

– Ça ne se passera pas comme ça ! fulmina-t-il, en allant voir son ami Jules Charles-Roux. J'ai une idée, je vais m'adresser à Faidherbe et lui rappeler sa promesse.

– Comment, vous n'êtes pas au courant ? lui demanda celui-ci, plus Cassandre que jamais. Faidherbe est mort, je viens de le lire dans le journal.

– Pauvre de moi, pauvre Timbo ! fit-il en s'effondrant dans un fauteuil.

Début 1890, il apprit enfin que le gouvernement avait désigné différentes commissions spéciales pour préparer le projet de loi. Quelques mois plus tard, celui-ci, pour employer le jargon des parlementaires, fut saisi. En 1891, on le déposa enfin au Sénat. Il s'ensuivit des discussions si vives que les journaux et l'opinion publique s'en mêlèrent. L'Afrique cessa d'être un sujet marginal réservé à des officiers exaltés et à des aventuriers à la tête fêlée. Elle envahit les rues et les colonnes des journaux, alluma des passions dévastatrices dans les salons et dans les tripots. Un courant colonialiste émergea du subconscient collectif de la France, prit forme dans les esprits et submergea entièrement le débat politique et intellectuel. Dans les cafés et dans les colonnes des journaux, on ne parlait plus que du Congo, du Dahomey, du Fouta-Djalon, du Soudan ou de Madagascar. On organisait des marches, on signait des pétitions. On réclamait une armée coloniale, une monnaie coloniale, des armoiries coloniales, des lois, des mœurs, des tendances coloniales.

Il n'en espérait pas tant ! C'était comme si ses rêves sortaient de sa tête, pour imprégner toute la nation.

On associait son nom à celui de Dupuis, de Brazza, de Faidherbe ou de Gallieni. On le reconnaissait comme un des explorateurs de son temps, ce qui ne lui déplaisait pas. Seulement – il le disait souvent – l'ère des explorateurs était terminée. Maintenant, il fallait bâtir : des institutions, certes, mais surtout des routes, des édifices, des industries, des chemins de fer. Et ça, ce n'était pas l'affaire du gouvernement mais celle d'hommes comme lui, libres de toute soumission, imaginatifs et ambitieux. Et pour cela on n'avait pas besoin de compliquer la vie oisive des commis de bureau et des parlementaires. On n'avait pas besoin d'une loi, un décret aurait largement suffi.

Qui avait fait l'Amérique ? Les pionniers, bien sûr, et non pas les gratte-papier de Washington !

Puis la loi tant espérée finit par s'enliser et par disparaître dans les marais des débats et des procédures. On passa plus d'une année à se chipoter, à se menacer de motions de censure et de duels, puis on finit par s'en lasser et parler d'autre chose. Lui-même s'en détourna progressivement pour s'occuper de sa femme de plus en plus malade.

En 1891, *La Dépêche coloniale* lui apprit qu'à Conakry la colonie avait changé de nom ainsi que de gouverneur : les Rivières du Sud étaient devenues la Guinée française et un certain Ballay avait remplacé Bayol.

Au printemps de la même année, la santé de Rose se mit subitement à décliner, et sérieusement cette fois-ci. Bien que de constitution fragile, elle avait toujours été énergique et gaie, enfin, jusque-là. Ses courantes migraines, ses bronchites à répétition, ses fréquentes crises d'asthme n'avaient jamais vraiment inquiété. Ce fut bien différent cette fois. Sa toux qui ne s'arrêtait plus fut bientôt suivie de fièvres, puis d'étourdissements, puis de comas de plus en plus prolongés. L'été, elle commença à cracher du sang, l'automne, elle le passa au lit. Son état empira avec l'arrivée de l'hiver. On alertait le médecin plusieurs fois par jour. Mais, à l'allure à laquelle il avait pris l'habitude d'arriver – silencieuse et d'une lenteur exagérée –, Olivier de Sanderval comprit que c'était fini. Il en oublia les jeux d'échecs et le Fouta-Djalon, et même son inséparable *Absolu* qui, depuis ses douze ans, dévorait l'essentiel de ses nuits. Pour la première fois, il remercia le ciel de l'avoir fait insomniaque. Il veilla sa chère Rose, partagea sa torture, essuya ses sueurs, devina ses cauchemars et ses rêves, suivit ses râles et ses évanouissements.

Quand elle décéda, le 15 janvier 1892, il manqua tout abandonner : Rose, Bayol, Noirot, les vieux coucous des ministères, les Peuls, c'en était trop pour un seul homme ! Il passa ses cinquante-deux ans veuf, démoralisé, prématurément vieilli par les pistes de brousses et les maladies. Il s'enferma plusieurs mois sans réussir à enterrer sa tristesse et sa douleur. Le deuil, les remords, les regrets, les mille et un tracas de l'existence, à la fin de l'année tout cela avait terriblement accentué le poids de son âge.

Ainsi donc, Rose était morte et il avait l'impression que c'était hier qu'il l'avait connue. Partie pour de bon mais en laissant intacts en lui le son de sa voix et la grâce aérienne de son corps ! Il la revoyait, il l'entendait, plus vraie que nature, s'émerveiller lors de leurs innombrables excursions de l'odeur d'une fleur ou de la voûte d'une église, et laisser venir, avec toute l'innocence qui avait été la sienne, ses incroyables caprices : « Et si on emménageait au Vatican ?... Tu ne crois pas qu'elle serait plus jolie transposée ici, à Amsterdam, notre maison d'Avignon ?... Et si l'on achetait le canal de Bourgogne ?... »

Ses caprices, ses délicieux, ses inoubliables petits caprices, c'étaient eux qui fondaient sa personnalité.

Son innocente, sa fascinante désinvolture, c'était elle qui avait scellé leur amour. Ils s'étaient connus dans un bal à Avignon. Il sortait de l'École centrale, elle terminait les Beaux-Arts. Elle portait déjà des robes multicolores et des fleurs dans les cheveux. Elle avait la grâce d'Émilie, l'odeur d'Émilie, les yeux d'Émilie. Il lui avait pris la main et l'avait plongée dans les croquis des Peuls, les récits de Mollien et de René Caillé. Elle avait cousu les costumes de *Méphistophélès* pour qu'il soit un jour Faust et l'autre jour le diable, et elle la virginale Marguerite et son double, l'espiègle Gretchen. Tout cela, bien sûr, à l'insu du monde, dans ce jardin secret où seuls leurs amours et leurs rêves pouvaient accéder.

Il ne lui avait pas accordé tout le temps et toute l'attention qu'elle méritait, mais elle ne s'en était jamais plainte. Elle savait malgré tout combien il l'avait aimée, elle le lui avait souvent dit comme si elle voulait l'en remercier. Il s'était toujours trouvé quelque chose entre eux : le travail, le sport, les voyages, les cercles d'amis, les réunions savantes à la Société de géographie et, pour finir, ce Fouta-Djalon qui l'avait accaparé avec le charme et la jalousie sorcière d'une véritable rivale.

Ses enfants avaient grandi, il ne le remarquait que maintenant. Il ne s'était pas beaucoup occupé d'eux non plus. C'était le moment ou jamais de se rattraper, de leur donner l'affection paternelle qui leur était due et de compenser autant que possible celle, maternelle, qu'ils venaient de perdre. Il se rapprocha d'eux, suivit de plus près leurs études et leurs distractions. Il loua un professeur de musique pour développer le sens lyrique de sa fille et emmena son garçon dans ses périlleuses excursions en montagne ou en mer.

Discret et attentionné, Jules Charles-Roux l'aida à passer ce mauvais moment. Sans l'air d'y toucher, il le remit progressivement à ses notes et à ses nouveaux projets d'expédition.

En 1893, il publia chez Félix Alcan son second récit de voyage sous le titre *Soudan, Kahel, carnets de voyages*, et songea à reprendre le bateau. La vie redevenait normale, la passion du Fouta-Djalon bouillonnait de nouveau en lui.

Le roi de Kahel vivait loin de ses sujets, mais, depuis son château de Montredon, son pouvoir s'exerçait sur la moindre parcelle de Kahel et son influence, ma foi, dans toutes les arrière-cours du Fouta. Il gardait un contact régulier avec tous ceux qui comptaient à Timbo et dans les provinces. On lui demandait son avis sur tout.

Ses vapeurs et ses caravanes inondaient régulièrement les marchés de fanfreluches et de pacotille. Les Anglais n'étaient plus les maîtres : sa cretonne avait supplanté le *drill* de Manchester et le cours du kahel avait rapidement surpassé celui du shilling.

Mangoné Niang, ses agents de la côte, ses espions d'ici et de là suivaient ses consignes à l'œil : il fallait isoler Timbo, gagner la confiance de Labé et de Timbi-Touni, armer ceux-ci contre ceux-là, opposer les uns aux autres. Surtout ne pas envahir, laisser le pays se fissurer en accentuant la division. Quant à la France, les événements finiraient bien par la mettre devant le fait accompli. Elle serait, tôt ou tard, obligée d'admettre qu'un de ses fils, maître de ces hauteurs africaines, ne pouvait que rehausser son prestige. Bernadotte n'avait-il pas été roi de Suède et Baudouin celui d'Antioche et de Jérusalem ?

L'été suivant, arrivant de Paris où il faisait ses études, son fils Georges, secoué par les larmes, poussa la porte du grenier et le détourna de ses malles d'explorateur :

– Qu'est-ce qui vous fait pleurer, mon garçon ?

– Père, j'ai échoué à mes examens !

– Bah, on peut échouer à Polytechnique sans pour autant rater sa vie ! Voulez-vous venir avec moi ?

– Mais où ça, père ?

– Au Fouta-Djalon ! C'est une bien meilleure école.

– Oh, c'est merveilleux ! Me permettrez-vous d'en profiter pour visiter Tombouctou ?

– Soit ! Vous irez à Tombouctou pendant que je négocierai mon tracé de chemin de fer avec les rois de Dinguiraye. Ces crétins de rois peuls finiront bien par me laisser arriver à Dinguiraye !

– Oh, merci, papa ! fit le garçon, transformé par une joie débordante et soudaine.

– Eh bien, puisque vous êtes d'accord, tenez, lisez-moi donc cette carte et trouvez-moi le moyen le plus rapide de traverser les rapides du Konkouré avec une centaine d'hommes portant chacun une charge de vingt-cinq kilos environ.

Deux mois plus tard, il reçut une lettre de Boulam :

« Merci, cher vicomte, de nous apprendre que vous serez bientôt de nouveau sur les terres chaudes d'Afrique et avec votre fils, cette fois !

Venez, venez vite, mais, avant de prendre le bateau, réjouissez-vous de cette prodigieuse nouvelle : Bôcar-Biro a tué Pâthé. Ce n'est pas tout : le nouvel *almâmi* du Fouta ne s'est pas contenté d'amnistier son ami, Alpha Yaya, il l'a hissé sur le trône de Labé. Vous voyez que vous devez venir !

PS : une mauvaise surprise tout de même, je préfère vous dire avant que vous ne montiez sur le bateau ce que j'ai longtemps hésité à vous annoncer. C'est sur votre domaine de la pointe ouest de Conakry que Bayol a bâti le palais du gouverneur. Il faut être Bayol pour imaginer une telle perfidie ! Heureusement qu'il n'est plus là pour nous embêter !

Votre très dévoué, Bonnard. »

« Raison de plus ! gronda-t-il. Plus rien ne me retient ici, ma vie est là-bas dorénavant. »

Il mit sa fille en pension et déguisa Georges en colon.

En ce mois de février 1895, le germe de Conakry perdu dans la jungle faisait penser à l'éclat du pou dans la chevelure de l'ermite. La ville comptait maintenant une bonne centaine de maisons en dur, le gouvernorat, la garnison, le lazaret et le poste télégraphique mis à part.

Une avenue de trois kilomètres bordée de manguiers reliait le palais du gouverneur flambant neuf et l'extrémité est de l'île. On y voyait nombre de vélos et de triporteurs, et pas moins de trois navires mouillaient dans les eaux du port. De nombreuses villas à tuiles rouges scintillaient de blancheur et de fleurs sous les acacias. Les cases à Nègres commençaient à adopter la peinture et le ciment. Scoa, Paterson-Zochonis, les enseignes commerciales marquaient de leurs couleurs vives les devantures des magasins à étage au bois finement ciselé. Trois mille, quatre mille âmes, peut-être, se bousculaient sous les cocotiers de la ville, dont quelques centaines de Blancs.

Olivier de Sanderval avait laissé une jungle, il retrouvait une pittoresque bourgade. Ballay, le nouveau gouverneur, l'installa dans son palais et fit son possible pour lui faire oublier ses déconvenues avec Bayol :

— Et surtout, monsieur Olivier de Sanderval, ne m'en veuillez pas si mon palais se trouve sur votre parcelle, je n'y suis pour rien, mais alors absolument rien !...

– Mais non, je ne vais pas vous en vouloir pour quelques arpents de broussaille, gouverneur ! Avec Bayol, j'aurais certainement gueulé, juste parce que c'est Bayol…

– Vous aimez la chasse ?

– Je préfère la marche, mais bon…

– C'est dommage, c'est un excellent sujet de conversation, la chasse, cela évite les conflits inutiles.

Ballay lui offrit un grand banquet en présence de toute la colonie et veilla à ce que rien ne lui manquât : les vins fins comme la bière fraîche, le gigot d'antilope comme les haricots de France ; le chasse-mouches et la torche, le lit à baldaquin et la moustiquaire. Il lui prêta ses Nègres pour le guider en ville et son aviso pour ses promenades en mer. Leurs relations s'envenimèrent assez vite, cependant. Le gouverneur avait beau vouloir éviter ce qu'il appelait « les conflits inutiles », il devait tôt ou tard en venir aux sujets qui fâchent :

– Croyez bien que je regrette profondément vos malentendus avec mon prédécesseur. Je n'ai rien contre vous, vous savez ! Je suis disposé à travailler avec vous. Tout se passera bien si vous restez loyal à l'égard de ma personne et respectueux de la loi.

– Nous sommes ici pour la même cause, gouverneur, celle de la France. Vous avez raison, contrairement à Bayol, aucun différend ne nous oppose. Je tâcherai de vous être amical et de respecter la loi. Et j'espère bien sûr qu'en retour la loi respectera mes droits.

– Entendons-nous bien, Olivier de Sanderval ! Si vous parlez de vos traités, que les choses soient claires : pour nous, ils n'existent pas.

– Monsieur de Laporte, le secrétaire d'État, m'avait assuré…

– L'assurance ne suffit pas, Sanderval, il faut des papiers.

– Des papiers ? Ils sont en quoi, mes traités ?

– Je parle de nos papiers à nous, ceux des Nègres ne comptent plus : le Fouta-Djalon est français !

– Vous exagérez un peu, gouverneur ! Rien ne nous donne un droit de regard sur le Fouta-Djalon. À part mes traités, justement !

– S'il ne l'est pas encore, il ne va pas tarder à le devenir. J'ai invité l'*almâmi* à venir signer son allégeance, sinon j'ordonne à nos tirailleurs du Soudan de forcer ses portes. En ce moment même, Beckmann, mon collaborateur, est à Timbo.

– Il ne viendra pas !

Sur un ton volontiers docte, Olivier de Sanderval expliqua que l'*almâmi* ne quittait Timbo que pour trois raisons : la guerre, le pèlerinage à La Mecque et son couronnement à Fougoumba ! Il était destitué, sinon !

– Ces gens, nous ferions mieux de les connaître au lieu de les combattre !

– Merci pour la leçon, mais j'ai fait le Congo !

– L'ennui, c'est qu'il n'y a pas de Peuls au Congo, monsieur le gouverneur !

L'atmosphère se tendit, en dépit de leur mutuelle bonne volonté, le palais, qui sentait déjà l'encaustique, se mit à sentir le roussi. Un face-à-face courtois mais terrible qui se répétait plusieurs fois par jour, c'est-à-dire à chaque fois qu'ils passaient à table ou qu'ils buvaient une bière sur la terrasse ! Le même immuable scénario suivait leurs violentes disputes : Ballay, qui avait pour tic de tenir constamment une règle à la main, brisait celle-ci d'un coup sec dès que la colère commençait à l'étouffer.

Conakry arborait le drapeau français, vivait sous la loi française, ses Nègres commençaient à goûter au fromage et à dire merde, mais l'Allemand Colin se trouvait toujours là, abruti par l'humidité, rougi par le soleil et piqueté de morsures de moustiques au milieu de sa quincaillerie et de ses bougies. Olivier de Sanderval se dépêcha de lui rendre visite. Maillart venait de se suicider, lui apprit le Boche. Mordu par un serpent, il n'avait pas eu la force de grimper jusqu'en haut de l'escalier, alors il s'était tiré une balle dans la tête comme il se l'était promis.

– Avec quel fusil ? demanda Sanderval.

– Dominique ! Il pleuvait, ce jour-là.

Pour oublier les colères de Ballay, Olivier de Sanderval entraînait souvent son fils au bord de la mer, s'empiffrer d'air marin et s'ébahir de la monstruosité des plantes et de la taille immense des tortues.

Un jour, alors qu'ils marchaient sur le sable en parlant de Dinguiraye et de Tombouctou, un inconnu sorti des palmiers les interpella : un Blanc en bleu de chauffe, avec des ongles sales et une longue barbe d'apôtre. On leur avait déjà parlé de ce personnage. Descendu, un beau jour, d'un bateau venant de Saint-Louis, il racontait à qui voulait l'entendre une histoire à laquelle personne n'avait toujours rien compris. Il pêchait pour manger et dormait au milieu des arbres dans un hamac de fortune, aucun membre de la colonie n'ayant voulu héberger un des leurs qui n'était ni officier, ni négociant, ni prêtre, ni explorateur.

– Vous êtes là, vous aussi, pour chercher fortune, je suppose ? Alors, écoutez-moi, j'ai un tuyau pour vous…

– Ne vous fatiguez pas, mon vieux, nous avons déjà entendu parler de vous, l'interrompit Georges.

– Vous n'allez pas me faire ça, vous aussi ! Écoutez-moi au moins jusqu'au bout et vous verrez que je ne suis pas fou.

Et le pittoresque individu de leur expliquer qu'il était à la recherche d'un immense trésor que les Tenguélas avaient laissé dans les grottes de Guémé-Sangan, avant que ces rois peuls ne descendent conquérir la vallée du Sénégal au XVIe siècle.

– Ce trésor, tout le monde en connaît l'existence. Les Nègres pensent qu'il est envoûté et que celui qui le touchera perdra la tête. Des fariboles, évidemment… Alors, vous êtes avec moi ? Ce sera cinquante-cinquante : cinquante pour moi et cinquante pour vous deux ! Eh oui, c'est moi qui apporte le filon, après tout !…

Ils s'éloignèrent en rigolant sans faire attention aux protestations de sérieux et de bonne foi que l'individu exprimait bruyamment derrière eux.

À leur retour au palais, Ballay leur apprit qu'il venait de recevoir une lettre de Saint-Louis pour Bôcar-Biro : il fallait régler la question du Fouta avant la fin de l'année, plus question de tergiverser !

« Le Fouta-Djalon doit se soumettre au protectorat français : Bôcar-Biro doit signer ou alors on lui fera la guerre », disait en gros la lettre.

– Et vous pensez que cette mule de Bôcar-Biro va signer, gouverneur ?

– Si Beckmann ne le convainc pas, je lui enverrai un dernier émissaire, et après ce sera le canon. Il est arrogant, ce Bôcar-Biro et en plus, nous venons de le découvrir, il arme notre ennemi, Samory.

– Le canon !… Laissez-moi donc faire, gouverneur !

– Vous laisser faire ! Entendez-moi ça ! Quand comprendrez-vous que vous ne signifiez rien pour nous. Vous n'êtes qu'un citoyen en goguette. Quant à vos traités…

Il brisa sa règle de colère et sa voix se perdit dans un incroyable bruit de toux et de respiration sifflante.

Ils passèrent néanmoins ensemble trois bonnes semaines, tentant difficilement de retrouver le sourire en jouant aux échecs ou en buvant de la bière fraîche, après cinq ou six engueulades.

En d'autres circonstances, ils seraient devenus les meilleurs amis. Ballay admirait le courage d'Olivier de Sanderval, sa très vive intelligence et ses airs pathétiques de chevalier Bayard. Sanderval respectait cet officier de marine qui avait gagné ses médailles au Congo à côté de Brazza et qui, contrairement à Bayol, par sa droiture et son sens irréprochable du devoir, faisait honneur à la France et à l'uniforme qu'il portait.

Hélas, ils avaient beau faire, la situation faisait d'eux d'inévitables ennemis. L'un se battait pour une colonie des administrateurs, l'autre pour une colonie des pionniers et des capitaines d'industrie. L'un se rangeait derrière l'usage de la force, l'autre derrière celui de la ruse. Une chose les unissait cependant : le Fouta-Djalon devait tomber, et le plus vite possible ! Le pays des Peuls devait devenir français. Mais sous quelle forme ? Ballay était un officier de marine aux allures raides, très scrupuleux quant au respect de la hiérarchie ; Olivier de Sanderval, le solitaire, ne croyait qu'au génie et à la liberté de l'individu, pour ne pas parler de ses fantasmes. Il avait mis toute sa jeunesse et toute sa fortune dans un rêve absolument démesuré : sa conquête du Fouta-Djalon et l'implantation d'une colonie personnelle riche de son industrie, arborant son emblème et régie par ses lois, qui ne serait française que par lui et pour lui. Un royaume à lui tout seul et qui traverserait l'Afrique de part en part.

Trois mois à s'engueuler, à bouder et à se réconcilier, mais quand ils se quittèrent une forêt dense de soupçons et de malentendus les séparait toujours. Ils souhaitaient tous les deux, et au plus vite, la chute du Fouta, mais derrière cette idée simple et fort bien partagée, aucun des deux n'éprouverait de peine si l'autre, par la même occasion, sombrait corps et biens.

Sur la route de Timbo, il croisa une caravane à l'étape de Correya. Elle comprenait un messager de Bôcar-Biro ainsi que le fameux Beckmann qu'il ne connaissait pas encore. L'émissaire du gouverneur semblait épuisé et fort mécontent de l'*almâmi*. Olivier de Sanderval l'invita à la table qu'il fit dresser devant sa tente. Mais Beckmann resta tendu, malgré le confit de canard et le vin de Bordeaux. Il adopta un comportement étrange tout le long du repas : son regard évitait celui des Sanderval et il n'arrêtait pas de trépigner. Il mastiquait rageusement et répondait en bougonnant aux questions. Olivier de Sanderval réussit malgré tout à lui arracher quelques mots :

– Qu'a-t-il bien pu faire pour vous mettre dans cet état, ce Bôcar-Biro ?

– C'est un arrogant et un entêté ! Il m'a reçu comme un malpropre. Il a fait fusiller tous les gens du palais favorables à la France. Il est temps d'en finir avec lui.

– Oh, je réussirai bien à le ramener à la raison !

– Quoi, vous irez à Timbo malgré tout ce que je viens de vous dire ?

– Pourquoi devrais-je me méfier, je suis d'ici, après tout !

– Vous n'êtes pas sérieux !…

– Je suis peul comme eux, je n'ai aucune raison de les craindre.

Il avait dit cela le plus innocemment du monde, sans veiller à son ton et sans peser ses mots. Beckmann mit une bonne minute avant de réagir. Il écarquilla ses yeux rougis et se pencha vers Olivier de Sanderval comme s'il le voyait pour la première fois :

– Eh oui ! fit-il avec l'air de celui qui venait de comprendre… Mais oui, vous êtes un Peul, je ne m'en étais pas rendu compte ! Vous êtes même pire que tous les Peuls du monde réunis : encore plus sournois, plus cupide et plus incontrôlable que cette engeance d'aristocrates en haillons ! On ne sait pas qui vous êtes, on ne sait pas avec qui vous êtes. Travaillez-vous pour votre compte ou, comme le veut la rumeur, êtes-vous un espion de Timbo contre les intérêts de la France ?

Il se leva d'un bond et se mit à seller son cheval :

– Je m'en vais, Olivier de Sanderval, et vous n'avez qu'à me regarder pour deviner quel rapport je ferai au gouverneur.

Après quelques mètres, il se retourna :

– L'honnêteté m'oblige à vous prévenir, Olivier de Sanderval, que le jour où l'on m'en donnera l'ordre je vous fusillerai avec plaisir !

– Je le sais, monsieur Beckmann, je le sais.

Et il se mit aussitôt à écrire un message à Bôcar-Biro pour l'assurer de son… amitié et le prévenir de son arrivée imminente à Timbo, puis un autre à Ballay :

« Mon cher Gouverneur,

J'ai croisé à Correya votre missionnaire à Timbo. Je l'ai trouvé plutôt cavalier pour un diplomate. Mais passons, je m'en voudrais de porter un jugement sur les lumières de notre belle administration. Je vous écris pour vous parler de Bôcar-Biro et vous dire au passage que je me porte bien malgré la cruauté de la brousse et les ravages de mes habituelles coliques, bien que je doute que ma bonne santé puisse vous ravir.

J'apprends par les caravanes que c'est la cinquième fois que vous envoyez un messager à Bôcar-Biro. Je voudrais vous supplier de ne plus rien entreprendre qui puisse éveiller ses soupçons. Je n'ai pas besoin de dire au fin chasseur que vous êtes que pour surprendre la bête il faut l'endormir… Ce Fouta vous échappe et vous échappera toujours… Laissez-moi donc faire ! Le travail que j'ai entrepris depuis tant d'années commence à porter ses fruits. Les armes sont prêtes, mes amis sont prévenus… Apprenons donc à collaborer avant la grande échéance qui s'annonce. Nous sommes tous au service de la France, mais la pénétration de notre pays dans ces contrées ne doit pas se faire à l'encontre du génie des individus. Tout serait si simple si vous reconnaissiez mes droits. Les intérêts de la France seraient si bien défendus, vous à Conakry et moi, depuis le Fouta. »

À l'étape de Talé, alors qu'il prenait un bain de pieds pour soulager ses durillons et ses œils-de-perdrix, tout en relisant ses itinéraires, il fut alerté par les cris terrifiants des villageois :

– Au voleur, au voleur ! Nous avons arrêté un voleur !

Le Blanc en bleu de chauffe, le fameux chercheur de trésor ! On venait de le surprendre en train de voler un mouton et chacun accourait pour lui jeter sa pierre. Ses ongles étaient toujours sales et sa longue barbe souillée de poussière et de détritus végétaux. Il portait à la main un long bâton au bout duquel il avait attaché son couteau pour se défendre. Son boy qu'il ne pouvait plus payer l'avait quitté, en effet, avec sa marmite et son fusil en guise de compensation. Olivier de Sanderval brandit une arme pour le sauver de la lapidation.

– Merci, merci, mon cher compatriote ! Ces sauvages allaient me dévorer !

– Ne vous réjouissez pas si vite ! Si je vous ai sauvé de la mort, c'est pour vous jeter en prison.

– Quoi ?

– J'ai un saint mépris des gens malhonnêtes, surtout quand ce sont des compatriotes.

– Ma parole, mais vous m'enfoncez au lieu de me défendre ! Vous êtes un drôle de compatriote, vous !

– Si j'étais le gouverneur, je vous aurais fait fusiller sur-le-champ. Mais je vais demander au chef de village de vous traîner à Dubréka et de porter plainte contre vous auprès de l'administrateur Beckmann.

– C'est ce qu'on appelle un acte de traîtrise. En temps de guerre, on vous aurait fusillé !... Laissez-moi au moins un peu de vin !

Olivier de Sanderval hésita un moment, puis ouvrit une bouteille et en versa la moitié dans un gobelet.

– Mais laissez-moi toute la bouteille. Vous êtes vraiment pingre !

– Vous êtes trop lâche pour mériter toute la bouteille ! martela Sanderval en vidant celle-ci lentement sous les yeux horripilés du malotru.

Il se retint difficilement d'essuyer ses bottes sur le visage de ce misérable, le colon tel qu'il le méprisait : ignorant, mesquin, cupide, un rat d'égout venu dans les colonies juste pour flairer les épices et l'indigo !

De cette scène pitoyable, il tira une magistrale leçon : quand il serait roi, il interdirait l'Afrique aux vulgaires, aux incultes, aux mendiants, aux fainéants, aux bagnards et aux escrocs.

Voilà ce que devenaient les Blancs ! Qui donc, pour continuer l'œuvre de Platon et d'Archimède, d'Euclide et de Parménide ?

Ah, l'époque ! Ah !

Kahel sortit ses parures et ses acrobates, ses cavaliers et ses belles bergères pour saluer son monarque. On égorgea quantité de moutons et de poulets, offrit une fantasia et fit défiler l'armée au pas. Les flûtistes et les griots, les frappeurs de calebasses et de tam-tams se produisirent jusque tard dans la nuit. Georges en fut ravi. Il n'avait pas besoin de se forcer, les délices de l'Afrique des profondeurs éveillaient chez lui la même ivresse que chez son vénérable père.

À Diongassi, l'emplacement de la future gare était maintenant nettement visible, avec sa belle clôture de fer et ses tas de briques, de fûts, de brouettes et des pioches. À Fello-Dembi, une factorerie de plusieurs étages et une vaste case rectangulaire meublée à l'européenne et ornée de roses l'attendaient.

À la place de la broussaille, il retrouvait un magnifique damier de rizières et de pâturages, un royaume, un début de royaume, un royaume quand même, avec une monnaie et son armée de trois mille soldats bien entraînés.

Il remonta avec Georges les allées de manguiers et d'agrumes, inspecta les plantations de café et d'ananas, de caoutchouc et de sisal.

C'était déjà une belle petite colonie ! Qu'est-ce que ce serait quand viendraient bientôt les urbanistes de

Paris, les jardiniers de Versailles, les faïenciers de Limoges, les tapissiers d'Aubusson et les architectes d'Italie !

« Merci, père, merci ! s'abandonna Georges, soudain transporté de bonheur et de tentation lyrique. Kahel, le meilleur endroit au monde pour chasser, humer l'air des prés embaumé d'odeur de jasmin et de miel, siroter son apéro dans la fraîcheur du soir en se laissant éblouir par les lumières d'un ciel toujours abondamment étoilé ! »

Il laissa son fils pourchasser les lièvres et batifoler derrière les singes dix bons jours, malgré les messages de plus en plus pressants de Bôcar-Biro. La veille du départ pour Timbo, un espion d'Alpha Yaya le fit changer d'itinéraire : le roi de Labé le priait de se rendre chez lui tout de suite et nuitamment, il insistait, le mouton, nuitamment ! On le conduisit dans les faubourgs de la ville, dans une case isolée autour de laquelle chuchotaient des ombres en armes. Alpha Yaya n'était pas seul : à sa gauche se trouvait Tierno et à sa droite, ô, divine surprise, Ibrahima, son ennemi intime, le vieux grincheux de Fougoumba lui-même ! Tierno et Alpha Yaya, cela pouvait se prévoir, mais Ibrahima et nuitamment ! Que se passait-il, que pouvait bien lui vouloir ce vieil intrigant ? C'est vrai que l'on était au Fouta où rien n'était jamais sûr, surtout avec les frères de sang et les alliés. Il n'avait plus besoin d'interprètes pour deviner ce qui allait se tramer là.

Ce pays, il y évoluait dorénavant avec la même aisance que dans son château de Montredon. Il en connaissait chaque fleuve, chaque vallon, chaque monticule. À présent, il pouvait reconnaître chaque village à son odeur, chaque homme à sa toux. Ce monde peul, dorénavant, il y baignait tout entier : il comprenait chaque clin d'œil, chaque courbette, chaque raclement de gorge. Ses hommes passaient à présent pour des concitoyens et ses princes, ma foi, pour des cousins, des cousins familiers et rivaux comme il en existe partout où l'or, le pouvoir et la femme sont en jeu.

Il avait établi avec chacun d'entre eux des liens adaptés au tempérament et aux circonstances. Il nourrissait pour Tierno une amitié sincère, en dépit de l'atmosphère viciée par les combines et les jeux d'intérêts dans laquelle l'Histoire les avait entraînés. C'était un homme intelligent, cultivé, courtois et agréable, qui le fascinait pour son esprit subtil, sa capacité à s'opposer à vous sans vous le faire sentir. Ibrahima, c'était le Peul tel qu'il le redoutait : rougeaud, sec, noueux, orgueilleux, fanatique et irascible. Il prenait un malin plaisir à passer sa mauvaise humeur sur ses interlocuteurs les mieux disposés, en égrenant nerveusement son gros chapelet phosphorescent.

Alpha Yaya, l'énigmatique Alpha Yaya, lui était moins familier que Tierno, mais leurs rapports étaient de loin les plus faciles. Il avait été dès le premier jour fasciné par ce garçon ascétique et sombre, qui mangeait peu, parlait peu, se montrait peu en public, descendait rarement de cheval et se contentait pour tout repas d'une poignée de fonio ou de trois oranges. Un beau garçon mince, élancé, vigoureux, athlétique, intelligent, pragmatique et attaché aux ambitions utiles ! L'allié idéal, quoi, déterminé, difficile à vivre mais agréable en affaires ! Le genre d'ennemi à redouter, aussi ! Solitaire et distant, il détestait les effusions et les familiarités. Le roi-né, en somme : cynique et calculateur, ne s'encombrant ni de scrupules ni de bons sentiments. Il voyait la vie exactement comme Olivier de Sanderval voyait le jeu d'échecs : la faute ne pardonne pas ; quand un pion te gêne, tu le manges sans te poser de questions. Énergique et rusé, les nerfs toujours à vif, il savait que dans la lutte pour le pouvoir les coups pouvaient survenir à tout moment. Il s'était exercé depuis longtemps à les esquiver et, s'il le fallait, à les rendre au bon moment, au bon endroit. Il disposait d'un esprit assez profond et d'un corps suffisamment leste pour cela. Et ce soir-là il avait l'air plus sombre, plus distant et plus farouche que les autres jours :

– Ça sent mauvais entre Timbo et Labé, Yémé ! Bôcar-Biro s'apprête à supprimer les provinces, il veut régner seul !

– C'est donc pour cela que vous êtes là ! Tierno et toi, je comprends, mais Ibrahima ?

– Il a armé Bôcar-Biro contre son frère Pâthé et il a été mal payé en retour : Bôcar-Biro décide tout seul sans même le consulter. Pourtant, Timbo règne et Fougoumba vote les lois, c'est cela, nos traditions. Ce Bôcar-Biro est un rustre, il ne respecte pas les usages des Peuls !

– Bôcar-Biro, ton ami Bôcar-Biro ?

– Mon ami, quelqu'un qui veut détruire Labé ? Ah non, Yémé, ah non !

– Le Fouta est fédéral, homme blanc ! gronda la voix enrhumée d'Ibrahima. Celui qui veut supprimer cette règle de nos aïeux ne peut être l'ami de personne !

– D'après nos renseignements, il attend le prochain conseil de Fougoumba pour se proclamer unique roi du Fouta ! se lamenta Tierno.

– Nous lui avons adressé une délégation de marabouts, il les a chassés à coups de pied ! ronchonna Ibrahima.

– Que comptez-vous faire, maintenant ?

Alpha Yaya laissa planer un lourd moment de silence avant de répondre :

– C'est triste à dire, Yémé, mais dorénavant, ce sera lui ou moi !

– Donne-moi le temps de le sonder. La réconciliation est encore possible, nom de Dieu ! Ah, vous, les Peuls !

– À ta volonté, Yémé, à ta volonté, mais, si tu échoues, par Allah, les couteaux vont parler.

– Dans ce cas, laissez-moi retourner à Kahel, réveiller mon fils, je vais de ce pas à Timbo.

Il prit le temps de noter ceci avant de se mettre sur la route : « Si, comme toute théorie le suppose, la matière formée par l'accumulation de l'action de l'Absolu est constituée par des vibrations dont l'oscillation est de plus en plus vive, on devrait pouvoir, dans la série des corps, faire remonter un corps de son rang à un rang précédent en opposant des vibrations constitutives, des vibrations contraires. »

À Timbo, il perçut dès son arrivée les stigmates laissés par la lutte entre Pâthé et Bôcar-Biro. Les murs portaient tous des trous, les toitures et les *lougans* des traces d'incendie. La magnifique concession de Pâthé avait été entièrement rasée et sa famille contrainte à l'exil.

Bôcar-Biro l'accueillit avec de larges sourires et de longues formules de salutations. « C'est le signe que le secret de mon voyage à Labé n'a pas été ébruité, se dit-il, pendant qu'un profond soulagement lui envahissait le cœur. Il ne m'a pas encore mis dans le même sac que Ballay et me prend toujours pour le rempart qui le sauvera des agissements de Fougoumba et de Labé. »

Il le fit asseoir près de lui, balaya les alentours du regard et fit un grand geste de la main :

– Ça a changé, n'est-ce pas ?

Il avait entièrement reconstruit le palais démoli par la guerre, doublé les murailles, rehaussé les clôtures, renforcé la sécurité. Au temps de l'*almâmi* Sory, les sentinelles se limitaient à l'entrée de la mosquée et aux abords du palais. À présent, il y en avait dans les ruelles et à chacune des portes de la ville. Mais ce n'était pas seulement cela qui avait changé à Timbo. La cour avait perdu son faste d'antan. Les princes, les marabouts et les griots, tout ce qui faisait le prestige de Timbo avait disparu pour laisser la place à une assemblée sans relief composée essentiellement de jeunes, de captifs et de griots sans éclat.

– Eh oui, admit Olivier sur un ton persifleur en lui rendant son sourire, c'est à peine si je reconnais le Timbo que j'ai connu. Où sont partis tes marabouts et tes griots ?

– Ce sont tous des hypocrites cachant sous leurs sourires des poisons et des couteaux, et œuvrant pour les pires ennemis du Fouta. Je n'en ai que faire !

– Une cour sans marabouts peuls et sans griots mandingues n'en est pas une, tu le sais bien, Bôcar-Biro.

– Le prestige, le prestige ! Aucun prestige ne vaudra jamais le sabre !

Puis le regard du Blanc se détourna de l'*almâmi* pour inspecter les alentours et son visage devint songeur :

« Bôcar-Biro n'est pas l'*almâmi* du Fouta, c'est un simple guerrier qui est en face de moi. Le Fouta, le vrai, a déserté Timbo. Ce n'est pas une mauvaise chose pour nous. »

La voix vibrante de l'*almâmi* le fit tressauter.

– As-tu eu le temps de passer à Labé ?

– À Labé ? Mais pour quoi faire ?

– Soit, tu n'as pas vu Alpha Yaya, mais c'est sûr que tu as vu Ballay. T'a-t-il remis une lettre ?

Il lui tendit la lettre de Saint-Louis :

– Lis, c'est écrit en peul !

Bôcar-Biro lut, s'emporta aussitôt et déchira le papier :

– Charognes de Blancs ! Vous ne voulez pas le commerce, vous ne voulez pas l'amitié, vous voulez le Fouta ! (Il se pencha furieusement et tapa du doigt le sol :) Ça, c'est la terre de mes pères, Blanc ! Celui qui veut la prendre devra d'abord me couper le cou et s'il me rate, moi, je ne le raterai pas, qu'il s'appelle Ballay ou Yémé !

C'est à ce moment-là que se produisit la catastrophe et qu'une nouvelle fois l'ami Yémé risqua de perdre sa tête à Timbo. La garde introduisit un homme en sueur, qui venait visiblement de loin. L'individu se prosterna brièvement et se pencha vers l'oreille de l'*almâmi* pour susurrer quelque chose.

Le monarque se tourna vers le Blanc, et ce n'était plus la colère, mais la calme, la placide, la terrible sérénité de la haine qui emplissait son visage :

– Maintenant, Blanc, regarde-moi en face et réponds-moi sans cligner des yeux : oui ou non, as-tu vu Alpha Yaya ?

– Je n'ai pas vu Alpha Yaya ! Pourquoi te mentirais-je ?

– J'avais l'intention de te donner le chemin de Dinguiraye. Eh bien, tu n'iras plus à Dinguiraye… Qu'on reconduise cet homme ! Je verrai cette nuit ce que je dois faire de lui !

Un sentiment inconnu chez les Olivier se mit à le gagner et à nouer son ventre : la peur, une peur violente et incontrôlable qu'il n'essaya même pas de dissimuler à son fils. Ce n'était pas la première fois que Timbo l'emprisonnait, mais le contexte n'était plus le même. En 1880, il était nouveau au Fouta, il n'y avait commis aucun délit. Et au palais régnait un vrai *almâmi*, sage et respectueux des usages. Depuis, devenu peul et citoyen du Fouta, il se trouvait trop impliqué dans les affaires du pays, trop mouillé dans sa redoutable atmosphère de secrets et de conjurations, et en face de lui régnait une brute sans prestige, sans légitimité, qui ne puisait son pouvoir que de ses instincts guerriers et de ses pulsions incontrôlables. Et en plus il n'était pas seul, il était avec son fils.

« Tant pis, se dit-il au cœur de l'insomnie, en regardant celui-ci ronfler, je serai peut-être obligé de vous tuer, mon fils, et d'avaler ma capsule de cyanure. Vous me pardonnerez, Georges, mais mieux vaut ça que la torture ou l'humiliation ! »

Mais un jeune cavalier vint le lendemain l'extirper de ses angoisses pour le conduire au palais, où il fut surpris par la poignée de main chaleureuse de Saïdou et par le visage souriant de l'*almâmi* :

– J'ai beaucoup réfléchi, Yémé ! Tu es un Peul comme moi, je n'aurais pas dû te traiter ainsi. Excuse-moi d'avoir été brutal. Je voudrais, pour me repentir, te faire un cadeau. Or, j'ai beau réfléchir, je ne vois que Dinguiraye. C'est le seul qui puisse compenser ma malheureuse inconduite. Qu'en penses-tu ?

– Quoi ? Tu m'autorises à continuer ma route jusqu'à Dinguiraye ?

– C'est ça.

– Et quand ?

– À ta volonté, Yémé !

– Alors dès maintenant, avant que tu ne changes d'avis.

Olivier de Sanderval fit ses adieux et, au moment de se lever, l'*almâmi* lui tendit un paquet :

– Tiens, en passant à Sokotoro, tu remettras ceci à mon cousin Hâdy, c'est lui le roi du coin. Je lui ai donné pour instructions de te recevoir comme tu le mérites et de te montrer le chemin de Dinguiraye. Que la paix soit sur ton chemin, Yémé !

Escorté de ses cavaliers, Hâdy en personne vint à sa rencontre pour l'introduire dans Sokotoro. Il leur chauffa de l'eau pour le bain, fit installer de vrais lits de bois avec des draps brodés et des oreillers rembourrés de kapok et mobilisa toutes les femmes de son fief pour lui offrir un repas digne de son nom : dix-neuf calebasses remplies des mets les plus délicieux du Fouta !

Le père et le fils se rassasièrent, bercés par les flûtistes et les griots. Ils ne comprirent que plus tard, quand, au milieu de la nuit, les vomissements et les maux de ventre commencèrent à les tenailler. Ils crachèrent du sang et se tordirent de douleur jusqu'au matin. Les porteurs, à l'autre bout du village, ne pouvaient entendre leurs hoquets et leurs râles. Plus rien ne pouvait arrêter la mort lente qu'ils sentaient monter en eux. Le père, après un effort surhumain, réussit à s'appuyer sur le coude pour regarder son fils plongé dans le coma : « J'espère qu'il est déjà mort et que mon tour ne va pas tarder. Faites qu'il en soit ainsi, mon Dieu, je vous en supplie ! »

Ô miracle, ils étaient encore vivants le lendemain, au lever du soleil, quand leur hôte s'introduisit à pas feutrés dans leur case en chuchotant des mots incompréhensibles aux trois personnes qui le suivaient. Voyant son morbide manège, Olivier de Sanderval rassembla le peu de force et de lucidité qu'il lui restait encore et bredouilla :

– Merci pour le repas !

L'homme sursauta et, involontairement, signa ses aveux par son souffle court et ses propos décousus :

– Vous n'êtes donc pas… Euh, non… oui donc… Euh…

Ils partirent aussitôt malgré leur état lamentable. L'homme les suivit une bonne demi-matinée de marche, en épiant du coin de l'œil leur air somnolent et leur démarche titubante.

– Il veut nous voir crever, ce macaque. De grâce, Georges, mon fils, ne lui offrons pas ce plaisir ! Nous mourrons plus tard. Vivez, Georges, quoi qu'il vous en coûte ! Pensez à *L'Absolu !* Pensez au loup de Vigny ! Surtout, évitez de vous évanouir, cela ne ferait que le réjouir.

Voyant qu'ils ne mouraient toujours pas, Hâdy, découragé, rebroussa chemin :

– *Allahou akbar !* Dieu est du côté de Yémé ! Personne ne peut rien contre lui !

Georges s'effondra dès qu'il eut disparu derrière les bosquets.

Trois jours plus tard ils étaient encore vivants, à vrai dire plus étonnés de l'être que vivants ! Décolorés, oui, abrutis, certes, les os à fleur de peau, mais vivants ! Si l'on n'avait pas réussi à leur ôter la vie, leur voyage, en revanche, était bel et bien compromis : plus question de Dinguiraye ou de Tombouctou ! Ils devaient, dans leur état, et en toute urgence, rejoindre le poste français le plus proche. Il leur fallut une semaine entière pour atteindre le Tinkisso, les comas alternant avec les spasmes, les délires avec les suffocations. Georges, à la longue, finit par retrouver la forme, en revanche, l'état de son père empirait d'une minute à l'autre. On dut transporter le pauvre Sanderval, inerte, d'abord sur une pirogue tout le long du fleuve puis à dos d'homme jusqu'aux eaux du Niger.

À Siguiri, après avoir piqué et mis au lit son père, le Dr Durand, le médecin du poste français, appela Georges dans un coin et lui chuchota tristement :

– Votre père ne tiendra pas au-delà de la troisième étape. Je vous conseille de continuer la route quand même, cela le rapprochera toujours du chemin de fer et de notre base de Kayes. Sauf si vous souhaitez l'enterrer ici.

Georges remercia sans trembler de la voix. Il sentait comme un soupçon de contentement dans les propos du docteur, mais il admit qu'il avait somme toute raison et qu'il valait mieux se rapprocher de la civilisation avant que le pire ne survienne : naturellement, dans son esprit, la tombe de son père se trouvait à Marseille et nulle part ailleurs, à côté de celle de sa mère.

Une semaine après, le pouls du malade restait toujours alarmant mais sa température avait baissé et il grelottait moins. Persuadé néanmoins qu'il mourrait avant le prochain poste français, Georges doublait les étapes, sourd au sommeil et à la faim, aux moustiques, aux furoncles, aux lamentations des porteurs. Il avait canalisé toute son énergie, toute sa raison d'être sur cette idée simple et impossible : se rapprocher le plus vite possible de Kayes, atteindre le chemin de fer avant que n'arrive l'irréparable. Il chantait des chants militaires et se récitait des passages de *L'Absolu* pour se donner du courage. Mais il fallait un mental de bonze pour ne pas succomber à la vue des nombreuses tombes surmontées d'une croix et d'un drapeau français. La guerre faisait rage dans ce coin du monde. Pris en tenailles entre les troupes de Gallieni et les redoutables guerriers de Samory, le pays mandingue, avec ses villages incendiés et ses cohortes d'affamés, n'en finissait pas de saigner. Parfois il s'arrêtait au hasard devant une tombe, la recouvrait d'un lit de branchages et de fleurs et chantait *La Marseillaise* en jetant des coups d'œil désespérés sur son père évanoui dans sa chaise à porteurs. C'était ça, les colonies, toujours un ennemi quelque part : en face, les flèches empoisonnées des Nègres, de dos, les balles traîtresses des maladies... Pile ou face, la mort guettait toujours l'homme blanc !

Deux semaines après le sinistre pronostic du Dr Durand, son père vivait toujours malgré sa terrible maigreur et ses longues périodes de coma. Mais avec toutes ces tombes au bord du chemin, toutes ces maisons calcinées, tous ces villages en détresse, il était impossible d'échapper aux tentations du mauvais sort. Aussi Georges manqua-t-il de s'évanouir en voyant, un matin, un des porteurs courir vers lui, en vociférant :

– Viens vite, Georges ! Viens vite !

Il s'accrocha à une branche d'acacia et bégaya douloureusement :

– C'est… c'est terminé, n'est-ce pas ?

– Trois gouttes, Georges ! Il a bu trois gouttes de lait !

Stimulé par ce miracle, il leva aussitôt le camp en se disant : « À présent, mieux vaut jouer le tout pour le tout et se rapprocher de Kayes. S'il y arrive vivant, il pourra recevoir de vrais soins, sinon Dieu l'aura voulu ainsi et ce sera, dans tous les cas, plus facile de le rapatrier. » Le lendemain, notre malade quitta la chaise à porteurs et continua la route à cheval, accroché au dos de son fils. Le surlendemain, il trotta sur ses deux pieds, aidé d'un des hommes. Puis il se détourna progressivement des tisanes, du biscuit et du lait pour demander un vrai repas.

À Niagassola, ils posèrent leurs malles au poste français : un jeune lieutenant de vingt-cinq ans, un adjudant, un caporal, une centaine de tirailleurs ! Voyant que son père allait mieux, Georges suivit le lieutenant au marché afin d'acheter de nouveaux ânes et de nouvelles provisions. Mais des chuchotements inamicaux et des regards hostiles suivirent leur apparition. Un colosse à longue barbe, portant un boubou de chasseur mandingue et un sabre en bandoulière, se montra plus agressif que les autres. Il s'approcha du jeune lieutenant en faisant tournoyer son sabre et, d'un furieux jet, lui cracha au visage. Le lieutenant laissa passer quelques secondes puis, avec un calme qui étonna Georges, lui appliqua une magistrale gifle dont l'écho s'entendit jusque dans les buissons alentour. Les deux hommes se regardèrent haineusement, pendant un court instant aucune mouche ne vrombit. Le marché vibra sous une tension intense, insoutenable pour les Noirs aussi bien que pour les Blancs. Puis un gamin éclata de rire en montrant le grand colosse :

– Le Blanc a giflé Tiékoro Kélèn ! Le Blanc a giflé Tiékoro Kélèn !

La foule le regarda, hésita un peu et reprit en chœur :

– Le Blanc a giflé Tiékoro Kélèn ! le Blanc a giflé Tiékoro Kélèn !

L'homme leva son sabre et courut à la poursuite du gamin, bientôt suivi par la foule scandant dans une grande clameur :

– Le Blanc a giflé Tiékoro Kélèn ! Le Blanc a giflé Tiékoro Kélèn !

Le soir, au dîner, Georges raconta l'incident à son père. Ému par ce précoce acte de bravoure, Olivier de Sanderval se leva pour embrasser le lieutenant. Il ne réalisa pas que le visage du jeune homme avait pâli sous l'effet d'une peur trop longtemps contenue et qui débordait soudain avec la furie d'un raz-de-mer engloutissant les digues :

– Vous vous rendez compte, monsieur de Sanderval, vous vous rendez compte ! Il aurait pu me tuer, ce primate, et !...

Il tomba dans les pommes avant de terminer sa phrase.

La nuit, Olivier de Sanderval nota ceci dans ses carnets pendant qu'à côté les bienheureux jouissaient du bras protecteur de Morphée : « Point n'est besoin de conquérir la Gaule pour devenir Jules César, il suffit parfois d'une simple torgnole. »

À Kayes, stupéfait de le voir arriver sur ses deux pieds, le gouverneur Trintinian le reçut avec ces mots :
– Sacré Olivier de Sanderval ! Je vous attendais avec une bière, c'est une coupe de champagne que je vais devoir vous offrir.

Il regagna Kahel aussitôt que les effets du poison cessèrent de gonfler son sang et d'engourdir ses jambes. Impossible dorénavant d'échapper plus longtemps aux lyres du Fouta ! Il retrouva avec plaisir la mélodie des sources et des flûtes, s'empressa de humer l'odeur de fonio et de citronnelle, de goûter au beurre rance et au taro chaud. Ce pays, il ne le voyait plus avec les yeux, il le sentait battre en lui en même temps que son pouls.

Des brumes du songe aux durs cailloux de la réalité, quel chemin ! Lui, Olivier de Sanderaval, parlait peul, respirait peul, sentait peul, allait et venait en pays peul. Il habitait le Fouta, le Fouta l'habitait, plus exactement. Plus qu'une complicité, une fusion ; plus qu'un lien, une communion mystique ! Oui, quel chemin depuis le jeu de marelle et les culottes courtes, depuis les limbes, si ça se trouve ! Une simple intuition, au début, puis un rêve, puis un projet. Il en était maintenant à l'œuvre, à la finition de l'œuvre, les deux ou trois derniers gestes décisifs et bientôt…

Fini, l'époque préhistorique de l'abbé Garnier et son double, Guénolé ! La Zaratoutsanie avait cessé d'être une chimère. À présent il marchait sur ses cailloux, se désaltérait de son eau, se délectait de ses paysages et de ses fruits. Et cette terre sauvage, ce pays du bout du monde, il en était devenu un indigène, un pur autochtone, un chef de tribu ! Sa monnaie inondait ses marchés, ses soldats paradaient sur ses hauts plateaux. Lui le Peul, lui, le seigneur et maître de Kahel, représentait à présent un maillon incontournable du Fouta. Il lui suffisait de lever le doigt pour que le destin de toute la région bascule. Ce doigt, il allait bientôt le lever, le destin du Fouta allait bientôt basculer.

Les choses s'étaient décantées d'elles-mêmes depuis son premier voyage à Timbo ! Le dieu des Peuls avait pris un malin plaisir à travailler à ses côtés. Il avait trouvé Aguibou et Pâthé trop dangereux, eh bien, le sort les avait éliminés sans rien lui demander en retour. Alpha Yaya ou Bôcar-Biro ? Ce diabolique repas de Sokotoro avait fait sauter les doutes : il fallait éliminer Bôcar-Biro et vite ! L'animal de Timbo, l'*almâmi* au visage tacheté par la variole restait l'unique et dernier verrou. Il suffisait de le faire sauter et tout deviendrait vrai, tout : les récits, les dessins, les atlas et Guénolé, l'atoll du Pacifique et la Zaratoutsanie.

Après quelques jours sur ses terres, pour voir où en étaient les fondations et les échafaudages, les poulaillers et les plantations, les rizières et les écuries, il quitta Georges et Mangoné et se rendit nuitamment à Labé. Il retrouva ses trois acolytes dans la fameuse case isolée au milieu de laquelle brûlait un joli feu de bois.

– Bôcar-Biro a envoyé des tueurs à Ibrahima, tu entends ça, Yémé ? Il est venu se réfugier chez moi.

Oui, il entendait et qu'est-ce que c'était rassurant, surtout qu'Alpha Yaya avait l'air d'une bête en prononçant ces mots : ses terribles petits yeux reflétaient des lueurs de cruauté, sa lèvre inférieure tremblait, son visage tuméfié par la colère rougeoyait méchamment sous le crépitement du feu de bois.

Entre Timbo et Labé, entre les deux amis d'antan, quelque chose de terrible, quelque chose d'irréparable s'était donc produit en son absence et ce n'était évidemment pas pour lui déplaire.

– Des tueurs, mais pourquoi, bon Dieu ? fit-il le plus hypocritement qu'il pouvait.

– Et tu me demandes pourquoi ! Pourquoi selon toi a-t-il voulu ta mort à Sokotoro, hein ?

– Cet homme est un monstre ! ajouta Ibrahima, encore plus furibond. Il veut supprimer les provinces, ne laisser à la tête du Fouta que sa main de fer à lui. De la folie !

Tierno, qui avait le don de rester le même au milieu des eaux ou des flammes, expliqua avec clarté et pondération ce stupide, cet absurde, cet exaspérant pourquoi. Le vendredi dernier, chef religieux et gardien des lois, Ibrahima, dans sa mosquée de Fougoumba – la plus sacrée du Fouta ! – avait prononcé un sermon qui avait beaucoup déplu à Timbo. Quel crime le pauvre Ibrahima avait-il commis là ? Celui de clamer le bon sens et de rappeler aux Peuls quelques précieuses évidences. À savoir qu'un seul doigt ne peut ni filer le coton ni jeter la pierre ni ensemencer la graine, qu'une seule branche ne fait pas l'arbre. Après le tronc, les branches, après les branches, les rameaux, puis, les bourgeons, les feuilles… Là oui, il y aurait de la sève, des fruits et de l'ombre. Pourquoi les aïeux, ces éclairés, avaient-ils conçu ainsi le Fouta avec un *almâmi*, des rois, des princes, des nobles, des serfs, etc. ? Pour que le Fouta ait toujours de la sève, des fruits et de l'ombre, aujourd'hui, demain, éternellement. Hélas, mille fois hélas, la lumière des aïeux commençait à pâlir, ces mauvais temps comptaient plus de nuits que de jours, plus de canailles que de braves gens ! Lui,

Ibrahima, avait appris – et il s'en voulait de l'avoir appris ! – que quelqu'un s'apprêtait à couper les branches du Fouta, à réduire cette belle floraison en un seul morceau de bois. Qu'Allah, le tout-puissant, maudisse le propagateur d'une telle nouvelle et qu'il donne à l'*almâmi* la force de prémunir le pays d'une telle calamité !

Ces perfides allusions étaient tombées de tout leur long dans l'oreille de qui vous savez.

Une première fois, Bôcar-Biro avait envoyé, en vain, des émissaires au roi de Fougoumba pour lui demander de se rétracter, puis, une seconde fois, des tueurs. Voilà où l'on en était et voilà pourquoi cette réunion dans cette sordide masure infestée de moustiques et de souris, mais bien à l'abri des poignards et des regards de Timbo. À présent, loin des discussions oiseuses, il fallait tuer Bôcar-Biro ou mourir sous ses coups. Les trois acolytes conspirèrent des nuits et des nuits pour échafauder des plans. Mort ou vif, Bôcar-Biro devait quitter le trône dans le mois qui suivait. Qu'importait la manière : coup d'État ou embuscade, coup de poignard ou poison.

On se quitta sur cette idée-là et, comme l'aube s'était déjà levée, Sanderval fut logé dans une aile du palais. Mieux valait attendre la nuit pour voyager en toute discrétion.

Vers midi, un gamin se présenta à lui avec de la viande grillée ct des fruits :

– C'est de la part de la sainte.

– La sainte ?

Mais le gamin se fondit aussitôt derrière les murailles. Il le regarda disparaître et laissa paresseusement son esprit céder sous le flot des doutes et des pressentiments. Comment tout cela allait-il finir ? Sur qui compter, sur qui ne pas compter ? Cet Ibrahima de Fougoumba, qui le détestait encore plus qu'il ne détestait

Bôcar-Biro, jusqu'à quand resterait-t-il un allié ? Et Tierno, certes toujours sympathique et agréable mais jamais tout à fait rassurant, avec ses sourires énigmatiques et sa prudence excessive ? Alpha Yaya, le plus fin et le plus déterminé de tous, avait un esprit froid, impitoyable et calculateur : il préférerait toujours ses intérêts à ses amis et son pouvoir à ses engagements. Nul ne pouvait prévoir sa réaction si les choses arrivaient à mal tourner. « Décidément, se dit-il, fatigué de cogiter, je suis bien au pays des Peuls ! »

Au crépuscule, alors qu'il se préparait à reprendre la route de Kahel, trois coups discrets résonnèrent à sa porte. Une femme voilée, toute de blanc vêtue et tenant à la main un chapelet aux lueurs phosphorescentes, apparut dans l'embrasure de la porte.

– Taïbou ! s'écria-t-il après un long moment de perplexité.

– Ça alors, tu es arrivé à me reconnaître !

– Explique-moi, je t'en prie !

– J'ai prêté le serment du renoncement, Yémé. J'ai décidé de me vouer à Dieu. Je me suis détournée des hommes, des bijoux et des chevaux en espérant sans grande illusion qu'il me pardonnera, bien que je ne le ferais pas si j'étais à sa place.

Sa réponse le laissa bouche bée, il resta figé comme une statue de cire et la regarda sans arriver à émettre ne serait-ce qu'un son.

– Je te fais peur ?

– Euh, non… tu… tu m'intimides.

– Je suis juste venue te dire bonsoir. Adieu, Yémé !

Il lui tendit la main, elle la refusa. Elle s'avança vers la sortie et se tourna vers lui, une dernière fois :

– Il me tuera, Yémé !

– Qui donc ?

– Qui veux-tu que ce soit ?

– Pourquoi, bon Dieu ?

– Il a peur que je ne lui fasse ce que j'ai fait à son frère.

– Tais-toi, Taïbou !

– Il me tuera et ce sera mieux ainsi.

Elle se fondit dans la nuit, laissant l'écho de ses dernières paroles remplir l'espace avec la persistance du parfum de tamarin que les jeunes filles se mettaient au cou avant d'aller au cercle de danse.

Il retourna à ses magasins et à ses fermes, sans se douter qu'il allait bientôt assister à la scène qui allait définitivement bouleverser sa vie. Cela se passa un après-midi alors qu'il chevauchait en brousse, pour faire plaisir à Georges qui était, lui, féru d'équitation. Au détour d'un chemin, il fut témoin d'une vision, d'une vraie, quelque chose qui ressemblait aux scènes miraculeuses de la Bible : dans une vaste plaine, un millier de personnes assises à même le sol, le crâne ras et toutes dans une tunique blanche, égrenaient fiévreusement des chapelets. Les uns avaient les yeux fermés, les autres la tête tournée vers le ciel. Perdus dans leurs terrifiants psaumes, ils ne virent pas les Blancs arriver. Et même s'ils les virent, ils n'en tinrent aucun compte. Ils ne tenaient plus compte de rien, ces étranges pèlerins, ni de la plaine, ni de la rivière en contrebas, ni des singes, ni des fromagers, ni des oiseaux, ni des hommes. Plus rien ne comptait pour eux ici-bas. Ils attendaient la fin du monde. Leur gourou, que l'on reconnaissait au milieu de la foule avec son immense chapeau de berger et son bâton de patriarche, en avait eu la révélation quelques jours plus tôt. Et ils s'étaient rassemblés là parce qu'ils pensaient que c'était là, le meilleur endroit pour attendre la fin du monde.

Autant qu'il s'en souvenait, il n'avait jamais fait grand cas des choses de la religion. Il ne savait même pas, au juste, s'il était catholique ou athée. Seulement, le spectacle de cette foule en blanc, toute de sérénité et de recueillement devant l'achèvement du destin, avait de quoi faire frissonner une statue de marbre.

Il descendit de sa monture, se déchaussa humblement et resta deux jours parmi les orants, sans manger et sans boire. Son fils comprit que quelque chose de grave venait de se produire. Il n'avait pas envie de le déranger, il n'avait pas non plus envie de le laisser crever de faim ou peut-être devenir fou. Après un nombre incalculable de va-et-vient entre la plaine et Fello-Dembi, il réussit enfin, aidé de Mangoné Niang, à l'arracher de là et à le persuader de boire et de manger :

— Je ne vous ai jamais vu dans cet état, père. Qu'est-ce qui vous arrive ? De grâce, dites-le-moi !

— La révélation, Georges, la révélation ! Ces gens ne croient pas, eux, ils sont convaincus. L'existence de Dieu ne fait aucun doute chez eux. Passionnant, non ? Bien la première fois que des hommes prennent rendez-vous avec l'Absolu. Retenez ça, fils, l'Afrique vaut mieux que n'importe quel livre. Je comprends enfin pourquoi elle m'attire tant, cette canaille : nous deux sommes les seuls à nous persuader que non seulement l'Absolu existe, mais que c'est à portée de main.

— Oui, ils sont bien étonnants, père !

— Étonnants, non, bénis, récompensés, Georges ! Ces gens ont atteint la grâce ! Regardez-les bien, ils sont prêts : Dieu arrive !… Ils y sont déjà alors que moi, je cherche encore mon chemin. Vous vous rendez compte, mon fils, c'est tout un chapitre de mon livre qui s'illustre ici dans cette plaine.

Puis il sombra dans un silence mystique de plusieurs jours avant de reprendre une vie normale. Mais, de cet épisode jusqu'à sa mort, il aurait de longs moments d'abandon durant lesquels son fils brûlant d'inquiétude l'entendrait soliloquer mystérieusement sans jamais savoir s'il mettait en ordre ses pensées ou s'il délirait sous les fièvres.

« L'infini n'est pas le fini immense chaleur spécifique de l'Absolu, poids atomique de l'Absolu... Il faut maintenant qu'une vérité nouvelle nous montre la suite du chemin et mette en œuvre la virilité spirituelle que les vérités précédentes ont fait naître et ont fortifié en nous. »

Il venait juste de terminer cette phrase quand des coups furent frappés à sa porte par une furieuse nuit d'orage. Une ombre coiffée d'un parapluie, mais aux habits dégoulinant de pluie et de boue, chuchota ceci avant de disparaître dans le chaos des éclairs et des foudres :

– Ecoute bien ça, Yémé, l'*almâmi* a quitté Timbo ! Il se dirige vers Labé. Une embuscade est prévue à Bantignel.

Le lendemain, il ordonna à Mangoné Niang de trier ses meilleurs tireurs et les dissimula dans les bosquets de Bantignel où les attendaient déjà les hommes de Tierno et d'Alpha Yaya, tous armés jusqu'aux dents.

Selon les espions, l'*almâmi* n'avait que quelques centaines de gardes. Mais où allait-il ainsi : faire la guerre aux païens, comme il l'aurait laissé entendre, ou surprendre son ami, Alpha Yaya et son encombrant hôte de Fougoumba ?

Les archers et les fusiliers furent massés de sorte qu'ils ne puissent rien laisser de vivant : ni l'*almâmi* ni ses guerriers, ni les plantes ni les chevaux.

La fusillade ébranla les gouffres et les falaises jusqu'à la tombée de la nuit. Puis on attendit sagement le matin pour compter et identifier les morts. Un millier de dépouilles au moins mais aucune, vous entendez, aucune ne rappelait le visage ou le corps de l'*almâmi*.

On compta et recompta : oui, oui, un millier de dépouilles et aucun ne… Il devait se putréfier quelque part dans un fourré, dans une crevasse, à moins que ce ne fût sous les bambous et les lianes. Il aurait été dévoré par les chacals ou par les lycaons ; plus simplement, comme des dizaines d'autres, emporté par le torrent. De toute façon il était mort, personne ne pouvait sortir vivant d'un tel enfer.

Fatigués de supputer, les vainqueurs se dépêchèrent de se rendre à Fougoumba pour couronner un docile, un fantoche, un obscur et juvénile prince du nom de Môdy Abdoulaye.

Mais, quelques semaines plus tard, une caravane de Sarakolés apporta l'invraisemblable nouvelle qui fit trembler d'effroi le Fouta tout entier : Bôcar-Biro n'avait pas perdu la vie à Bantignel. Il vivait, le monstre, il vivait de la tête aux pieds ! Les Sarakolés l'avaient reconnu dans les marchés du Kébou et sur les villages de la côte ! Oui, vivant sans défaut majeur et sans égratignure !

Comment ça, vivant après un après-midi de tirs aux flèches et de fusillades ? À cause de ses fétiches, bien sûr ! Le bon Dieu et le Prophète n'auraient jamais suffi à le tirer d'un si mauvais pas. Le mythe de l'*almâmi* invincible, invulnérable à la magie et aux métaux, enfla comme une tornade pour souffler d'un bout à l'autre du Fouta.

Sanderval, dont les démons de l'Afrique n'avaient pas réussi à corrompre la raison, eut beaucoup de mal à persuader ses coalisés peuls du contraire. « Ça n'a rien de miraculeux, échapper à la mort, je l'ai fait quatre fois dans la même semaine à Sedan. Le mieux, c'est de vérifier d'abord et de lui envoyer ensuite des tueurs si c'est confirmé. »

La confirmation arriva vite, ce n'était pas une légende : l'*almâmi*, le vrai, celui dont le fessier avait

290

été conçu pour le trône, parlait et respirait comme n'importe quel vivant. Et ce n'était pas un sosie : les espions avaient reconnu ses taches de variole et sa voix inimitable de foudre.

On lui envoya aussitôt des poignardeurs et des donneurs de poison, des étrangleurs et des dresseurs d'abeilles. N'en déplaise à l'unique cartésien du pays de Peuls, ces assassins commirent au mieux quelques ravages chez ses gardes du corps et ses goûteurs, mais ne touchèrent point l'*almâmi*.

– Que dis-tu de ça, Blanc ? lui asséna le cruel Alpha Yaya.

– Qu'il reste vivant où il veut pourvu qu'il ne revienne plus jamais à Timbo, se résigna Ibrahima.

Il se passa quelques autres semaines après cela et une nouvelle plus invraisemblable encore sema la panique parmi les Peuls : Bôcar-Biro se dirigerait vers Timbo à la tête d'une puissante armée de Peuls, de Dialonkés, de Soussous et de Nalous.

Il ne pouvait s'agir, cette fois-ci, ni de complot ni d'embuscade. La guerre, la vraie, devenait inévitable. Elle se produisit non loin des sources du fleuve Sénégal sous un rocher qui, jusqu'à ce jour-là, ne portait pas de nom. Bôcar-Biro la remporta aisément et rentra triomphalement à Timbo. Mais il fit tellement de morts que les vautours, dit-on, éclipsèrent le ciel.

Les Peuls nommèrent l'endroit Pétel-Djiga, le Rocher-aux-vautours !

Pétel-Djiga fut le point crucial, le sinistre moment à partir duquel le Fouta commença à échapper aux Peuls, jusqu'à péricliter et tomber définitivement dans l'oubli. Il creusa entre ses princes une vaste mer de sang absolument infranchissable et sema dans l'esprit de ses sujets un terrible sentiment de chagrin et de confusion.

Les astres, les rivières, les chiens ; les nuits, les aubes, les comportements, plus rien ne fut normal après.

Alpha Yaya rentra aussitôt à Labé pour proclamer l'indépendance de sa province, puis il fit venir ses acolytes au palais pour échafauder le plan d'invasion de Timbo.

Le roi de Labé voulait assiéger la capitale et en finir une fois pour toutes. Olivier de Sanderval souhaitait quelque chose de moins risqué, de plus subtil, un attentat, un empoisonnement, une souricière, n'importe quoi qui puisse se faire sans éveiller la vigilance de la brute. Mais au visage assombri d'Alpha Yaya, à sa lèvre remuante de colère, il comprit qu'il ne fallait pas le brusquer :

– Voyons les choses en face, Alpha Yaya ! D'après mes renseignements, Timbo, après Pétel-Djiga, ressemble davantage à un camp retranché qu'à une ville. Et je ne parle pas de son armée secrète de Nafaya et des troupes de son ami Samory, prêtes à lui voler au secours en cas de danger.

Alpha Yaya écoutait à peine. Il voulait en découdre, se venger de Bantignel et de Pétel-Djiga. Il ne voyait plus que ça, ne comprenait plus que ça. Il ne parlait plus, il rugissait, sa voix en devenait méconnaissable.

– C'est lui ou moi, Yémé, et le premier des deux qui tirera, celui-là aura gagné !

Deux ou trois jours déjà que se poursuivait cette difficile conversation quand leur parvinrent des nouvelles de Timbo. Môdy Abdoulaye, le prince fantoche qui s'était enfui, venait de rejoindre la capitale. Dans un de ses gestes brusques et incompréhensibles, l'imprévisible *almâmi* avait offert sa grâce au jeune usurpateur ; mieux, il lui avait ouvert sa cour pour lui attribuer un avantageux poste de conseiller. Ce n'était pas tout : à la grande prière de vendredi, il venait de lancer un grand appel au pardon et à la réconciliation avant d'annoncer au Fouta – où décidément, plus rien ne serait normal – qu'il s'apprêtait à recevoir Ballay, avec bien sûr la parade, les louanges, l'or et la kola que Timbo avait toujours réservés aux érudits et aux grands chefs.

– Je n'aime pas ça, Yémé, mais je n'aime pas ça du tout ! pesta Alpha Yaya en se prenant la tête. C'est mieux, la vie, quand les anges restent des anges et les monstres, d'abominables monstres.

– Pour une fois nous sommes d'accord. C'est louche tout cela, surtout au Fouta !

– Je vois des ouragans et des deuils ! Allah maudisse cette époque ! explosa la voix geignarde d'un Ibrahima définitivement rongé par la colère et le désespoir.

– Tu crois au repentir d'un Bôcar-Biro, toi, Yémé ? demanda Tierno.

– La bête a besoin de répit, c'est tout. Elle est traquée. Le Fouta lui est devenu intenable et Saint-Louis se montre de plus en plus menaçant.

– Du répit ? Nous devons attaquer tout de suite. Chaque instant de perdu sera un instant de gagné pour lui.

– Ne t'énerve pas, réfléchis ! Acceptons sa main tendue, baisons-la pour l'instant, nous la mordrons le moment venu…

– Encore ! Bantignel ne te suffit pas ?

– Il n'y aura pas de nouveau Bantignel, j'y mettrai toute mon armée cette fois ! Allons, envoie-lui des bœufs, de l'or, des marabouts et des griots, en guise de pardon et de réconciliation. Tu es son frère, son ami, son humble sujet ! Tu renonces à la sécession, tu l'as fait dans un moment de folie ! Qu'il vienne à Labé et tu lui feras allégeance sur les terres de tes pères, devant tes propres sujets, ce sera plus crédible, plus emblématique, plus spectaculaire.

– Il faut attaquer !

– Pendant que Ballay est à Timbo ? Attendons de savoir ce qu'ils comptent manigancer. Ces deux crapules-là

293

dans le même sac, ah non, ce n'est pas rassurant du tout !

– Je te dis qu'il faut attaquer avant que Ballay ne lui donne des armes !

Vers le milieu de la nuit, Alpha Yaya finit par céder :

– À ta volonté, Yémé, à ta volonté ! J'accepte de lui envoyer des émissaires, mais attention, si je le rate cette fois encore, toi, je ne te raterai pas.

– Quoi, tu n'as plus confiance en moi ?

– Je n'ai plus confiance en personne, Yémé !

Le lendemain, Olivier de Sanderval décida de prendre des photos avant de rentrer à Kahel. Il mitrailla le palais, les écuries, les cases difformes, les ruelles bordées de fougères et de tamariniers. Il faisait beau, cette lumière blanche sur le kaolin des murs et sur les manguiers en fleur, quelles belles photos ce seraient ! L'air était embaumé d'un délicieux parfum de citronnelle et de fleurs d'oranger. Cela le rendit gai, il se mit à siffloter. Il trouva le marché vide, le cercle des jeux, vide, la place à palabres vide. Il cessa de siffloter. Quelque chose d'étrange, d'inquiétant flottait dans l'air. Les sentiers semblaient vides et tristes. Il ne croisait que quelques rares passants qui chuchotaient par groupes de deux ou trois puis disparaissaient derrière les palissades sans répondre à son bonjour. Devant la mosquée déserte, un mendiant s'approcha de lui :

– C'est sur le terrain vague de Bôwoun-Loko que le Blanc devrait se rendre.

Il n'y fit pas attention, mais le mendiant insista avant de disparaître en empochant sa pièce de cinq kahels.

Une forte odeur écorcha son nez aux abords de Bôwoun-Loko. Il leva les yeux au ciel : une nuée de vautours fendait le ciel dans une lugubre symphonie de battements d'ailes et de cris. Étendu au milieu de l'herbe, quelque chose attira son attention : c'était vers cette énigme-là que convergeaient les rapaces. Il distingua un pagne puis des jambes, des bras, des tresses de cheveu ornées de pièces de monnaie et de cauris. Il s'inclina vers le visage, scruta longuement les yeux déchiquetés et les narines infestées de chenilles et de mouches et faillit s'évanouir.

– Taïbou ! réussit-il à crier en jetant au loin son ombrelle et son appareil photographique.

Quand il reprit ses sens, il courut machinalement chez Alpha Yaya qu'il trouva en train de lire le Coran au milieu de ses marabouts. Celui-ci le foudroya du regard et cracha furieusement pour lui signifier qu'il n'était pas le bienvenu :

– Qu'est-ce qui t'amène ici, le Blanc ?

– Je... je suis venu te parler !

– Alors, assois-toi sur cette natte-là et fais attention aux mots qui vont sortir de ta bouche. Alors, de quoi veux-tu me parler ?

– De... de... de... Bôcar-Biro !

– Ah, ah, je savais bien que tu étais un ami, Yémé ! Figure-toi qu'en réfléchissant bien j'ai fini par me convaincre que tu as raison, absolument raison, je vais dès la fin des semences envoyer des émissaires à Timbo. Je suis prêt à demander pardon à Bôcar-Biro à condition que toi, tu doubles les munitions de mes soldats.

– Accordé !

– Qu'on offre un cheval à mon ami Yémé, et que mes griots le raccompagnent jusqu'à Kahel !

Quelques jours plus tard, le roi de Labé huma l'air et exprima une moue de dégoût :

– Vous ne trouvez pas, Peuls, que quelque chose de pourri sent dans notre ville ?

Alors, et alors seulement, Labé osa enterrer la défunte, et ce dans un endroit secret où personne ne viendrait s'incliner sur sa tombe, à part naturellement les génies et les taupes, les chacals et les hyènes.

La semaine suivante, ses sentinelles donnèrent l'alerte. Une colonne de soldats se dirigeait vers Fello-Dembi.

– Qu'attendez-vous pour tirer ?

– Ils ne sont pas bien nombreux et ce sont des gens comme toi, des Blancs, Yémé, ainsi que quelques tirailleurs !

– Quoi, Saint-Louis a envahi le Fouta ?

Il prit ses jumelles et observa la colonne monter vers lui et fut ahuri de reconnaître à sa tête le képi du gouverneur. Cela l'ahurit tellement qu'il attendit d'être en face de lui pour pouvoir bouger un cil. Ballay avait son éternelle règle à la main, mais son sourire était si large qu'il eut du mal en dépit de la moustache et de la voix de se convaincre que c'était lui.

– Étonnant ça, Ballay, on dirait que vous avez plaisir à me revoir !

– Et comment, Sanderval ! le Fouta-Djalon est français, Bôcar-Biro a signé ! Vous allez passer sous mon commandement, vicomte ! Cela ne vous fera pas plaisir, je m'en doute. Seulement, elle est comme ça, l'Histoire, elle ne peut pas contenter tout le monde.

Il dressa une grande table au milieu de la cour pour recevoir ses hôtes, bien qu'en vérité ce fût plutôt lui qui avait besoin d'une chaise et d'un bon verre de cognac. Il venait d'entendre, bien évidemment, la nouvelle la plus terrible de son existence. Le sort du Fouta venait donc de se sceller sans lui après toutes ces années, toutes ces dépenses, toutes ces coliques, toutes ces diarrhées, toutes ces pistes de brousse, toutes ces… Il avala trois verres coup sur coup, puis raidit le buste à la manière d'un condamné à mort s'apprêtant à recevoir les balles.

Mais Ballay, qui savait savourer une victoire, n'était pas pressé. Il ôta son képi, ses guêtres et ses bottes, s'essuya le front et se fit masser les pieds en plaisantant grassement. Aucune rancune dans la gorge ! La question du Fouta-Djalon réglée, et définitivement réglée, Olivier de Sanderval devenait un ami, un banal partenaire d'échecs, un agréable convive et c'était cela surtout qui était insupportable pour le roi de Kahel. Le gouverneur attendit l'anisette, le gigot d'antilope, les vins fins et le cognac – il fallait évidemment fêter ça ! – avant de fouiller dans sa sacoche :

– Tenez, lisez donc, Sanderval, c'est écrit en peul et en français !

Sanderval mit un point d'honneur à ne pas trembler en se saisissant du papier. Quand il finit de lire, ce ne fut pas un sanglot mais un ricanement qui sortit de sa bouche ; quelque chose d'involontaire et de carnassier dont l'écho se répercuta longtemps dans les vallées et les gorges des rivières :

– Ça se voit, mon pauvre Ballay, que vous ne comprendrez jamais rien aux Peuls ! Bôcar-Biro n'a pas signé, à la place, il a écrit « *bismillâhi* ».

Le cognac, l'air des montagnes, le bonheur de savoir que son Fouta ne lui avait pas filé entre les doigts… comment donc cette rencontre se termina-t-elle ? Une simple image gravée dans sa mémoire : celle de Ballay excitant son cheval sur les pentes herbeuses du Fouta et maudissant aussi haut qu'il le pouvait les Peuls, les rois de Kahel, les *almâmi* de Timbo, les vicomtes portugais, tous les emmerdeurs de la terre.

L'hivernage, cette année-là, fut gonflé de pluies et de vents, d'éclairs et de foudres. La preuve, fulminèrent les fanatiques et les superstitieux, qu'Allah, le pourvoyeur des malédictions et des grâces, avait enfin décidé de déverser son courroux sur ce Fouta d'hypocrites et de mécréants pour le punir une fois pour toutes de ses crimes et de ses péchés.

Trois mois de trombes et de grondements ininterrompus isolèrent les villages des provinces, les provinces de Timbo, et le Fouta du reste du monde. Les émissaires d'Alpha Yaya mirent près de trois semaines pour revenir, et le plus souvent en pirogue qu'à pied, les rivières et les étangs ayant englouti même les zones de hautes terres. Ils perdirent malgré leur extrême prudence un des leurs dans le Téné en crue, mais apportèrent à part cela d'excellentes nouvelles : Bôcar-Biro acceptait le pardon de son vassal. Il viendrait à Labé dès l'assèchement des chemins. Il était temps de sortir les Peuls de leur instinct de nomades et de leurs querelles de clans. Le moment était venu de faire du Fouta une maison de la paix où régneraient et pour toujours l'amour et l'amitié, la confiance et le partage.

Seulement, en attendant cela, les inondations ne faisaient pas qu'immobiliser les bergers en transhumance et les caravanes des Sarakolés, elles suspendaient aussi l'histoire du Fouta. Les ponts effondrés et les chemins embourbés remirent à plus tard les méfiances et les vieilles rancunes, les promesses mielleuses et les mauvaises intentions. À Labé comme à Timbo, c'étaient les mêmes Peuls prudents et calculateurs. Chacun voyant de ses deux yeux le long couteau que l'autre tenait derrière les sourires et les belles paroles.

Le fonio sauvé de la catastrophe germa et mûrit, le sorgho se déploya ; le taro acheva de pousser, le maïs d'alourdir ses épis. Le gai soleil d'octobre reprit ses droits et les Peuls l'habitude de carder et de tisser, de récolter et de vendre, de médire et de transhumer.

Puis, par un bel après-midi, un de ses espions trouva Sanderval dans le champ où il surveillait la récolte des arachides en compagnie de Georges et de Mangoné Niang.

– J'ai deux nouvelles pour toi, Yémé : une bonne et une mauvaise.

– Commence par la mauvaise !

– Les Béafadas !

– Quoi, les Béafadas ?

– Ils ont assassiné ton agent, Bonnard !

– Mon Dieu !

– Maintenant, écoute la bonne, elle va sûrement te remonter : Bôcar-Biro a mordu à l'hameçon. En ce moment même, il se dirige vers Labé.

Il écrivit une longue lettre de condoléances à la famille Bonnard, puis se rendit sur-le-champ à Labé.

Ce vieux renard d'Ibrahima s'y trouvait déjà, ses troupes massées à la porte est de la ville. Il avait raison, il ne fallait prendre aucun risque, cette fois-ci. À l'armée de Kahel, il fallait ajouter celles des acolytes, sans oublier aucun soldat, aucun porteur, aucun éclaireur, aucune balle, aucune flèche.

On tendit autour du plateau de Kahel la plus grande souricière de l'histoire du Fouta.

On annonça le bruyant cortège de l'*almâmi* à Bhouria, puis à Porédaka, à Sankaréla, à Fougoumba… Enfin à Mâci, à une journée de Kahel !

Ce dernier village, l'*almâmi* le foula du pied de la malchance, pour parler comme les Peuls. Très vite, en effet, le monde se dérégla, les événements se bousculèrent – à une vitesse et dans un désordre que personne n'avait prévus. Le lendemain, avant la prière du soir, le destin du Fouta avait définitivement basculé.

Ses espions, qui l'attendaient à l'entrée du village, informèrent aussitôt le monarque de ce qui se tramait à Kahel. Il y avait prévu une étape de deux jours, le temps de sonder les notables et d'étoffer ses troupes, il partirait dès le lendemain à l'aube. En bon guerrier sorya, il lui avait suffi d'un éclair dans la tête pour étudier la situation et envisager sa riposte. Ses hommes étaient dix fois moins nombreux que ceux d'en face. Qu'à cela ne tienne, il en était de même à Bantignel et à Pétel-Djiga : il leur avait quand même échappé dans le premier cas et les avait copieusement rossés dans le second ! Voici ce qu'il allait faire : scinder son armée en trois fractions inégales – la plus petite irait tout droit pour servir d'appât, les deux autres feraient le détour par l'est et par l'ouest pour prendre l'ennemi de revers. Ce plan bien fignolé et secrètement gardé dans un coin de sa tête, il gagna son logis comme si de rien n'était et dîna d'un copieux plat de gigot de biche garni de fonio et de mil. Après quoi il fit sa prière et s'endormit aussitôt.

Il ne savait pas qu'il n'en avait plus pour longtemps et que le royaume de ses aïeux se préparait à succomber.

Au milieu de la nuit, un messager de sa mère le réveilla pour lui annoncer la nouvelle la plus terrifiante jamais tombée dans l'oreille d'un *almâmi* : l'armée française venait d'occuper Timbo.

Trois colonnes de tirailleurs venaient de converger dans sa capitale : l'une de Dubréka, la seconde de Siguiri, la troisième de Kayes. Sa mère enfuie, tous ses notables capturés, le drapeau tricolore flottait le plus naturellement du monde au fronton de son palais. Il enfourcha aussitôt son cheval et fonça sur Timbo. Il ne savait pas que les Blancs, furieux de l'avoir loupé chez lui, s'étaient mis en route vers Mâci, et que, derrière lui, les coalisés de Kahel, très vite avertis, le suivaient discrètement.

Le Fouta assista alors à un bien curieux manège : le mouvement de trois armées ennemies et prêtes chacune des trois à pactiser avec le diable pour perdre les deux autres.

La rencontre se produisit dans la plaine de Porédaka : Bôcar-Biro et les Français du côté de la rivière ; Olivier de Sanderval et le gros de l'armée du Fouta dissimulés dans le bois surplombant la colline, et assistant à la bataille sans intervenir.

Ce fut du vite fait : les obus et les canons décidèrent en quelques minutes. Blessé, l'*almâmi* y laissa son fils aîné, son cheval ainsi que la plupart de ses hommes. Il réussit néanmoins à s'échapper et à se fondre dans la forêt-galerie.

L'écho du combat ne s'était pas tout à fait éteint, mais on entendit distinctement quelqu'un crier :

– Rattrapez cet homme ! Il veut rejoindre son armée de réserve à Nafaya et faire appel à son ami, Samory ! Rattrapez-le, je vous dis !

Il réussit pourtant à s'enfuir et ne fut découvert que le surlendemain, effondré dans la masure d'un forgeron. C'est Beckmann en personne qui eut l'honneur d'exhiber sa tête marquée par la variole devant le peuple de Timbo :

– La voilà, l'horrible figure qui faisait trembler le Fouta ! Et il en sera ainsi de tout un chacun qui voudra contester les ordres du gouverneur !

C'était donc si simple !

Cinq minutes de guerre et voilà le Fouta écroulé ! Sur le chemin de Kahel, Olivier de Sanderval regarda tristement autour de lui. Il avait l'impression que la même cruelle amertume qui alourdissait son cœur écrasait aussi les collines et les arbres. En même temps que ses espoirs, le pittoresque du pays avait l'air d'avoir fondu : moins magiques, les couleurs des vallées, moins poétiques, les rugissements des torrents ! Son Fouta venait de lui échapper, son Fouta ne serait plus jamais le même. Seul et en proie à un effroyable abîme, il avançait, tête baissée, pas du tout pressé d'arriver à Kahel.

« Avez-vous entendu, bonnes gens ? Ils ont décapité l'*almâmi*. Le soleil est toujours là au-dessus de nos têtes et pourtant le Fouta n'existe plus ! »

Maintenant, il se trouvait dans les environs de Fougoumba et il écoutait distraitement les chœurs des pleureuses et les mugissements des troupeaux. Il lui restait à traverser le Téné, à passer la plaine de Kébali et les éboulis de Diembouria…

À Porédaka, on s'était quittés sans se dire adieu : chacun de son côté comme après une partie de chasse qui avait mal tourné.

Il avait sagement attendu la fin de la bataille avant de sortir du bois. En le voyant arriver, un officier avait aussitôt donné l'ordre de faire feu. Le contre-ordre de Beckmann l'avait sauvé de justesse. Il ne lui restait plus, alors, qu'à quitter le champ de bataille, sous les quolibets de son ennemi intime : Beckmann avait gagné, plus insupportable encore, il lui avait sauvé la vie. Il s'était dirigé vers Sankaréla sans se préoccuper du chemin qu'avaient pris les autres.

Il cheminait tristement, la bride de son cheval à la main et derrière lui seulement trois boys pour porter ses habits, ses médicaments et ses vivres. Cela faisait deux ou trois jours maintenant et il n'était toujours pas arrivé à Kahel – à croire que le rythme de sa marche s'était brisé ou que les sommets de Kahel s'étaient mis à s'éloigner à cause de la catastrophe de Porédaka, sûrement.

« Mes amis, le Fouta s'est envolé ! Un tas de poussière emporté par le vent ! *La i lâ i lallâhou !* Ils ont tué l'*almâmi* et son trésor a disparu ! »

Postés à l'entrée des villages, les gens le regardaient se traînasser, sans lui adresser la parole. Ceux qu'il croisait au détour du chemin et sur les berges des rivières se détournaient et disparaissaient comme des ombres dans la touffeur des végétaux. Assurément, ils n'étaient pas contents de lui. Lui non plus n'était pas content de lui. D'ailleurs il n'était content de personne. Le Fouta devenait une drôle de maison où personne n'était content de personne. Bôcar-Biro était mort. C'est ce que tout le monde souhaitait et maintenant chacun avait l'air de regretter quelque chose, à commencer par lui, Olivier de Sanderval… On avait bien débouché sur une issue, mais une issue qui ouvrait sur l'abîme ! Hier, les choses étaient simples, aujourd'hui, plus rien n'était sûr : ni les pactes, ni les idées, ni les amis.

Un morbide sentiment de malaise et de doute l'oppressa tout le long du chemin.

« Et vous savez quoi, bonnes gens ? Le trésor de l'*almâmi* a disparu. Ils ont tué l'*almâmi* et son trésor a disparu ! »

Son chemin grouillait de fantômes, les mots qu'il entendait ne s'adressaient à personne.

Il s'attarda quelques jours à Kahel pour payer ses soldats et ses paysans, accélérer les chantiers et surveiller le début des récoltes. Il en profita surtout pour nettoyer sa tête et réarranger ses idées. L'angoisse de l'avenir lui devenait plus insupportable que l'insomnie. Tout s'éloignait, tout devenait hostile ou inconnu. Personne à qui se fier, aucune idée en tête ! Ses longues promenades dans les landes et la chasse à la perdrix n'y changeaient rien.

Georges et Mangoné Niang eurent bien du mal, cette fois, à le sortir de ses longs moments d'abandon meublés de soliloques véhéments et mystérieux.

« Ils ont décapité l'*almâmi* ! Qu'ont-ils fait de l'or de Bôcar-Biro ? »

Il n'était pourtant pas homme à se laisser abattre, enfin, en d'autres temps tout au moins ! C'était un buffle, au physique comme au tempérament, qui n'hésitait pas à ruer quand le danger s'annonçait : il serait né à Labé ou à Timbo, c'est à cet animal-là que les devins auraient associé son âme. Cette fois-ci, cependant, tout se ramollissait en lui. Certains moments la mort le tentait, l'idée lui venait de s'abandonner à l'ivresse du néant, de répondre à l'appel des flots grondant dans les précipices.

« Qui sait ce qu'ils ont fait de l'or de Bôcar-Biro ? Où se trouve donc le trésor de l'*almâmi* ? »

Un obscur prince du nom d'Oumarou Bademba fut hissé sur le trône. Chaudié, gouverneur général, vint spécialement de Saint-Louis pour entériner cela...

Les bruits des événements lui parvenaient avec la même pitoyable insignifiance que le pépiement des calaos ou le vrombissement des abeilles.

Seulement la réalité ne tolère pas qu'on l'ignore trop longtemps. Un lundi matin, trois jeunes cavaliers venus de Labé arrivèrent, à l'improviste, pour le tirer de son aboulie :

– Yémé, Alpha Yaya, Tierno et Ibrahima sont réunis à Labé ! Ils nous ont dit de venir te chercher.

Il s'ébroua et sortit de son état un peu comme on sort du lit après une longue journée de paresse.

Il se leva, appela son fils et suivit les trois jeunes messagers, sans se douter qu'il ne reverrait plus jamais Kahel.

À Labé, ils avaient tous des gueules d'ennemis. Quand il arriva, Tierno se détourna, Ibrahima fit semblant de psalmodier et le regard d'Alpha Yaya ne disait rien d'humain :

– Je viens d'apprendre qu'un certain Bonnassiès arrive pour prendre le commandement du poste de Labé. Le poste de Labé ! Je le recevrai avec mon fusil, Yémé ! Je n'ai pas sorti ma terre des griffes de Timbo pour l'offrir aux Blancs ! Mais pour qui vous prenez-vous, bon Dieu ?

Tierno aussi, et c'était bien rare, avait du mal à garder son calme :

– Je ferai la même chose à Timbi-Touni !

– C'est trop tard, bien trop tard, parents ! Je vous avais prévenus ! grinça la voix épouvantable de Ibrahima. *Allahou akbar*, la foudre que je craignais, c'est celle-là même qui est tombée ! Maudite, maudite, maudite époque !

– Vos tirailleurs traversent mes terres sans me demander mon avis ! reprit Tierno.

– Vous ? Pourquoi, pourquoi vous ! s'indigna Sanderval.

Ce fut la voix impitoyable d'Alpha Yaya qui lui répondit :

– Ce sont tes frères, Yémé ! Des Blancs comme toi !

La torture dura près d'une heure avant qu'il n'explose, à son tour :

– Adressez-vous donc à Ballay, bergers malhonnêtes et invivables ! C'est lui, le gouverneur ! C'est lui, le Blanc ! Moi, je suis un Peul, un Peul comme vous !

– Ah oui ? Quand il pleut, tu es blanc, quand il fait sec, tu es noir et quand il vente, tu n'es plus personne. Je connais ce genre d'animal, cela s'appelle le caméléon. J'aurais dû t'écraser avec mon pied le jour même où on s'est rencontrés, rugit Alpha Yaya.

Voyant que les choses s'envenimaient dangereusement, Tierno reprit le visage que le Blanc lui connaissait :

– Patience, parents, patience ! À quoi ça peut bien mener de nous engueuler ? Nous sommes suffisamment dans les ténèbres pour refermer davantage les portes. Ce qu'il nous faut, c'est une solution et elle est dans tes mains, Yémé. Rends-toi à Conakry, parle à Ballay !

– À Ballay ? Que veux-tu bien que je lui dise ?

– Dis-lui, dis aux gens de ta race de respecter leurs engagements : l'amitié, le commerce, rien d'autre que ça !

– Sinon, nous prendrons les fusils ! Dis-lui ceci, au gouverneur : qu'il s'occupe de ses affaires à Conakry et nous, des affaires du Fouta ! Qu'il envoie juste ses tissus et ses perles et il aura en échange les peaux de vache et la cire ! Tu réussiras à lui faire comprendre ça ?

– Je vais essayer, Alpha Yaya, seulement, pour eux, je suis peul !

– Et tu l'es vraiment ?

– Vous ne me croirez jamais et pourtant, à force de dévaler vos pentes, de m'empiffrer de fonio et de lait caillé, de tricher et de mentir, à force de m'imprégner de vos vilaines mœurs de nobliaux effarouchés !… Mais bon, ça ne regarde que moi ! Vous n'êtes pas obligés de me croire et pourtant, moi aussi, je suis un Peul ! Et le pire, c'est que je trouve cela plutôt délicieux !

Tierno détourna les yeux. Ibrahima cessa de renifler. Alpha Yaya soupira longuement, puis se racla la gorge comme pour débarrasser sa voix de sa crasse de colère et de ressentiment, puis il tendit sa main au Blanc :

– Tu te souviens de ce que je t'avais dit près de la rivière, Yémé ?

– Tu m'avais dit : « Ce matin est prodigieux, sois mon ami, étranger ! »

– Eh bien, Yémé, les événements n'ont qu'à se produire, ces mots-là tiendront toujours !

Ils se quittèrent là-dessus. On tua un mouton pour nos deux Blancs, on les hébergea dans une dépendance du palais. Le lendemain, on les escorta jusqu'à la rivière Kokoulo. Mais, au moment des adieux, Alpha Yaya reprit sa mine terrifiante de roi :

– Écoute, Yémé, si les Blancs s'emparent du Fouta, je leur ferai la guerre ! N'oublie jamais ça, Yémé !

Il piqua droit sur Conakry sans repasser par Kahel. Tierno avait raison, il devait parler à Ballay, et au plus vite. C'est cette idée-là qui aurait dû lui venir en tête dès après la bataille de Porédaka. Seulement, à ce moment-là, son esprit engourdi ne pouvait percevoir cette évidence. Cela faisait tant de choses que la mort de Bôcar-Biro laissait en suspens ! Le Fouta serait-il un protectorat ? une colonie ? Serait-il autonome, ou intégré à la Guinée française, voire au Sénégal ou au Soudan ? Et ses traités, dans tout ça ? Il fallait hâter le pas. Il fallait arriver à Conakry avant que Ballay ne soit appelé à Saint-Louis ou dans quelque lointaine province. Il fallait le persuader de ménager les princes peuls pour éviter la catastrophe, surtout que maintenant les maladresses de cet imbécile de Beckmann avaient mis en alerte la panthère Alpha Yaya.

« Si les Blancs s'accaparent du Fouta, je leur ferai la guerre ! »

Une menace d'Alpha Yaya, ça ne devait jamais se prendre à la légère !

La terreur régnait à Tianguel, sa première étape après les falaises de Guémé-Sangan. Plus personne n'osait sortir la nuit : « Une sorcière hante les lieux », lui dit de son air le plus sérieux le chef du village.

– Ah, vous les Peuls, avec vos histoires à dormir debout !

– Ce n'est pas un mensonge, Yémé ! Je l'ai vue de mes propres yeux, avec ses cheveux ébouriffés et ses yeux injectés de sang. Tu peux vérifier vers la fontaine-aux-roseaux, c'est par-là qu'on la voit rôder.

– J'ai mieux à faire, je dois m'assurer de mon itinéraire et reposer mes vieilles jambes en vue de la redoutable étape de demain. On dit que le Konkouré est en crue et nous devons le traverser.

Mais le lendemain, en passant près de la fontaine-aux-roseaux avec sa petite colonne, la scène à laquelle il assista le révolta tant et si bien qu'il en laissa tomber son ombrelle. Une horde de gamins surexcités lapidait une pauvre femme en haillons, couverte de plaies, les narines bouchées par la morve.

– Va-t'en d'ici, vieille sorcière !

Il arracha vite un fouet à la brousse et éparpilla les gamins, puis il se tourna vers la pauvre femme pour l'aider à se relever. À ce moment-là, une fulgurante décharge lui traversa l'épine dorsale et l'immobilisa dans une raideur de statue. Il aspira une grande bouffée d'air et enfin parvint à crier :

– Dalanda !

– Yémé !

Aucun doute, c'était bien elle ! La déchéance n'avait pas fini de l'altérer. Elle arborait toujours son joli teint cuivré, son regard éclatant et sa silhouette divine.

– Emmène-moi avec toi, Yémé ! Dion-Koïn est mort. Son demi-frère a hérité de tout ; le trône, les troupeaux, les femmes.

– Il t'a chassée ?

– Il dit que je suis trop vieille, il dit que je n'ai jamais eu d'enfant. Emmène-moi, Yémé !

Il regarda ses hardes, ses narines tachées de sang et la grosse bosse au milieu de son front.

– Emmène-moi, Yémé !

Il se tourna vers ses porteurs, déballa une ou deux caisses, sortit du corail et de l'ambre pour surcharger ses bras.

– Je t'en prie, Yémé, emmène-moi !

Il s'embrouilla davantage, retourna de nouveau vers les caisses et lui ramena du chocolat :

– C'est du Marquis, précisa-t-il, contaminé par les frissons et les tremblements de la pauvre femme. Tu aimes toujours le Marquis ?

Mais il réalisa la présence de Georges et cela démultiplia son désarroi.

– Qui est cette folle, papa ?

– C'est… c'est comme tu dis, une folle ! Une folle que j'ai connue jadis et qui est de plus en plus folle… En avant ! hurla-t-il en se plaçant à la tête de la colonne sans oser jeter un dernier coup d'œil sur Dalanda qui continuait de crier derrière lui :

– Emmène-moi, Yémé, emmène-moi !

Il marcha tout le long de la journée sans ouvrir la bouche, s'efforçant d'éviter le regard de son fils et de repousser la déferlante de pensées sombres qui assaillait son esprit et menaçait de l'engloutir. Ses barrières cédaient de tous côtés. Il avait beau s'accrocher aux souvenirs les plus gais de sa drôle d'existence, il ne pouvait empêcher sa volonté de flancher. La décrépitude de Dalanda ne disait pas simplement l'impossibilité d'un amour, elle annonçait aussi la fin du rêve – les limites de l'absolu, pour parler comme lui.

Le crépuscule les rattrapa avant qu'ils ne traversent le fleuve. Le Konkouré n'avait pas décru malgré le début de la saison sèche : impossible de le traverser, la nuit naissait déjà. Ils campèrent dans une clairière qu'un talus de latérite protégeait du margouillis de la berge.

Le contrecoup, comme lors du repas empoisonné de Sokotoro ? Il sombra dans un profond sommeil dès qu'il ôta ses bottes. Mais il se réveilla au milieu de la nuit, affolé par les cauchemars et suffoquant comme une bête asphyxiée. Il sortit de la tente, la main sur la poitrine et hurla comme s'il allait recracher ses poumons :

– De… l'air ! Georges… par pitié… de l'air !

Son fils réussit difficilement à le calmer et à le ramener dans son lit. Il lui épongea le front, lui massa la poitrine et se battit fébrilement avec la boîte de pharmacie pour lui trouver des pastilles et des lotions. Tout rentra dans l'ordre. C'était la journée des miracles, car il se remit aussitôt à ronfler. Le reste du voyage se passa sans anicroche, mis à part la routine des chutes, des ankyloses et des inévitables coliques. Il fila vers le palais du gouverneur dès qu'il arriva à Conakry. Il trouva Ballay dans son bureau en train de compulser nerveusement ses dossiers, son éternelle règle à la main. Les salutations furent rapides, sans chaleur, et les propos tout de suite crus :

– Ah, ce vieux Sanderval ! Votre compagnie ne me plaît pas particulièrement, mais je vous préfère ici, à côté de moi, que là-bas dans votre insaisissable Fouta !

– Mais c'est presque une marque d'estime, gouverneur !

– Bon, qu'est-ce qui vous amène ?

– Quelle question ! Dire que je m'attendais à ce que vous m'invitiez à venir discuter.

– De l'avenir du Fouta ? Il ne vous concerne plus, l'avenir du Fouta.

Tous ces événements s'étaient produits pour rien : les deux hommes restaient diamétralement opposés. La conversation reprit vite ses accents polémistes et sa tonalité enflammée. Olivier de Sanderval essayait de faire comprendre que le Fouta devait rester autonome et que, en s'alliant avec des hommes comme Alpha Yaya, la France pouvait durablement s'installer par ici. Le roi de Labé, elle devait l'aider à sortir de la tutelle de Timbo et non le monter contre elle. Ballay, au contraire, voulait dissoudre le pays peul dans sa colonie. Il comptait réduire le pouvoir de Timbo. Il n'y aurait plus un *almâmi* mais deux : un à Timbo et un autre à Dabola. Quant à la province de Labé, il comptait la faire éclater en cinq morceaux.

– Chacun de ces Peuls aura son royaume, comme ça tout le monde sera content.

Quant aux traités de Sanderval, il n'en serait plus jamais question. La France généreuse et éternelle lui concédait cinq mille hectares de terre dans la vallée de la Kolenté, en pays soussou.

– En échange, vous devez oublier le Fouta-Djalon. Je vous interdis d'y retourner !

– Le Fouta-Djalon, c'est chez moi !

– Le Fouta-Djalon n'existe plus, Olivier de Sanderval. Nous sommes en France, et ici, la France, c'est moi !

Il laissa le pauvre homme casser sa règle et suffoquer de colère avant de gagner la sortie.

Dans la cour, Georges, qui l'attendait au milieu des bagages, lui apprit en sanglotant qu'on venait de dévaster leur domaine de Kâdé. Ils rechargèrent leurs malles malgré tout et, suivis de leurs porteurs et de leurs boys, reprirent immédiatement les chemins escarpés du Fouta. Mais, à la hauteur de Gongon, ils se heurtèrent à une colonne de tirailleurs commandée par un jeune lieutenant français aussi imberbe qu'arrogant :

– J'ai ordre de ne pas vous laisser passer ! Et n'insistez pas, je serais obligé de tirer.

– C'est Beckmann ou c'est Ballay ?

– C'est la France, monsieur !

Il regarda son fils comme pour lui dire : « Nous sommes des Olivier ! Usons de nos armes ! Passons ! » Mais celui-ci remua tristement la tête pour le dissuader :

– Laissez, père ! Nous reviendrons une autre fois.

De retour à Conakry, il préféra s'installer chez lui. Il pouvait le faire à présent, dans son domaine du promontoire. Au milieu des palmiers et des manguiers, trônait désormais une assez jolie maison de tuiles[1] de quatre pièces avec un escalier de ciment conduisant à une plate-forme en terrasse entourée d'une murette. En guise de cuisine, un petit édifice surmonté d'une voûte rappelant à la fois la case peule et la maison cubique arabe ; une avenue d'un kilomètre bordée de flamboyants et de manguiers menait de chez lui au palais du gouverneur. Il fit araser le promontoire pour installer une terrasse recouverte de chaume où, tous les soirs, il invitait gracieusement les colons à venir boire un verre et jouer aux échecs et de l'harmonica.

Conakry était devenue une jolie petite bourgade bien distincte de la jungle, alignant ses maisons à un étage ornées de balustrades de fer forgé le long de ses avenues naissantes. Il y avait une poste et une salle des fêtes à Boulbinet, une prison à Coronthie, une garnison

1. Détruite et plusieurs fois reconstruite, elle abrite aujourd'hui le musée de Conakry. La case, elle, est intacte et le quartier s'appelle toujours Sandervalia (chez Sanderval, en langue soussou).

à Tombo. Le service des impôts et celui des travaux publics venaient de se mettre en place. On se préparait à inaugurer le cimetière et le bureau de l'état civil.

Entre les hameaux téméné et baga, la ville européenne étincelait fièrement, avec ses sentiers bien entretenus où les colons allaient et venaient à pied, en poussette ou en triporteur. Maintenant, les Européens devaient atteindre quatre ou cinq petites centaines, dont de nombreuses femmes et quelques enfants. Ce petit monde vaquait à la pêche et à la chasse, jouait aux boules, prenait l'apéro au caravansérail et s'invitait continuellement à dîner.

Conakry, ou le morne train-train des petits mondes clos ! On se croisait dix fois par jour. Chacun dénigrait chacun et couchait avec la femme de l'autre. On brûlait son ennui à la belote et sa malaria au Pernod. On était aux colonies, on ne s'aimait pas beaucoup, mais il fallait se serrer les coudes pour survivre aux hostilités du dehors : les Nègres et la jungle, la vermine et l'ennui. Les Sanderval se coulèrent dans cette vie provinciale transportée sous les tropiques ; toute de sournoiseries et de promiscuité, où tout se savait, se voyait, s'entendait. Leurs mœurs de châtelains solitaires et leurs habitudes de vieux broussards les préparaient mal à cette vie étroite, mais ils eurent grand plaisir à retrouver des compatriotes pour jouer aux échecs, siroter du vin, manger un vrai repas et parler d'opéra ou de philosophie.

Pour s'occuper, ils cultivèrent de la banane et de l'ananas sur les terres qu'on leur avait cédées, en attendant qu'on leur rende leur véritable dû : le Fouta-Djalon. Mais Ballay se montra inflexible, malgré leurs appuis à Paris et leurs innombrables visites dans son bureau.

Trois mois plus tard, Beckmann arriva à Conakry, venant de Timbo où Ballay l'avait bombardé résident. Il remit au gouverneur un volumineux rapport qui fit bouillir celui-ci de colère. Olivier de Sanderval fut convoqué sur-le-champ :

– Une caravane a été pillée à Boulléré ! vociféra le maître de la Guinée française. Des témoins dignes de foi accusent vos hommes. Selon ces mêmes témoins, vous feriez circuler clandestinement de l'argent et des armes pour votre ami Alpha Yaya. Qu'avez-vous à dire pour votre défense ?

– Rien, gouverneur ! Personne ne peut se défendre contre une cabale.

– Attention, Sanderval ! Vous voulez traiter le résident général de France à Timbo de menteur ?

– Votre Beckmann n'est pas seulement un menteur, c'est aussi un voleur.

Il s'avança vers Ballay pour lui souffler quelque chose dans l'oreille et rentra aussitôt chez lui. Une heure plus tard, un tirailleur le trouva coiffé et chaussé comme s'il savait qu'il allait venir :

– Le gouverneur me demande de vous conduire auprès de lui.

Ballay l'attendait déjà sur la terrasse avec un jeu d'échecs et de la bonne bière fraîche :

– Asseyez-vous, Sanderval ! Ici, nous pouvons parler sans éveiller les soupçons.

– Il est encore là ?

– Il fait la sieste.

Il poussa quelques pions en jetant sur le pauvre Sanderval des coups d'œil méfiants, avant de poursuivre :

– Bon. Pouvez-vous me répéter ce que vous m'avez dit tout à l'heure ? Et faites en sorte de ne pas vous tromper !

– Je vous répète que c'est votre collaborateur, Beckmann, qui a volé l'or de Bôcar-Biro. Et que c'est certainement pour l'écouler vers la France qu'il est arrivé inopinément de Timbo.

– Attention, Olivier de Sanderval, si vos accusations sont fausses, vous finirez vos jours au bagne.

– Puisque comme moi vous aimez les échecs, gouverneur, je vous propose un petit jeu : faites fouiller les valises de cet homme. Si vous y trouvez l'or de Bôcar-Biro, toutes les accusations portées contre moi tombent d'elles-mêmes, sinon, je me mettrai moi-même les chaînes pour que vous me conduisiez au bagne.

– J'ai deux bonnes raisons de ne pas vous croire : d'abord, parce que c'est invraisemblable, ensuite, parce que c'est vous !

– Je ne fais que proposer un jeu, gouverneur, un jeu simple qui ne coûte rien et qui aura l'avantage de régler tous nos malentendus.

– Très bien, Sanderval, très bien ! Cela me permettra de confondre, non pas ce pauvre Beckmann, mais vous ! Parce que si vos accusations sont fausses, et je sais qu'elles le sont, Sanderval, je trouverai enfin le moyen de me débarrasser de vous. Et pour toujours !

Excité à l'idée de vivre bientôt sans personne pour l'emmerder dans sa jolie petite colonie, Ballay fit, la nuit même, discrètement fouiller les bagages de son collaborateur. Sur les dix malles de celui-ci, huit brillaient de boules d'or. Ce n'était pas ce qu'il voulait, le pauvre gouverneur, mais la preuve était trop énorme, il n'avait pas le choix : il arrêta son fidèle Beckmann sur-le-champ et le rapatria, pieds et poings liés, par le premier bateau.

Les relations entre les deux hommes s'améliorèrent sensiblement. Ils se remirent à dîner ensemble et à

316

organiser des parties de chasse. Sur la terrasse jonchée d'ailes d'insectes morts, ils buvaient une bière fraîche et parlaient de l'avenir des colonies comme deux vieux briscards qui avaient gardé des cochons ou fait la guerre ensemble. Parfois, l'atmosphère devenait si conviviale que Sanderval s'abandonnait : il déclamait des poèmes de Sully Prudhomme ou lisait de longs paragraphes de *L'Absolu*. Ils rigolaient, parlaient de Paris et des nouvelles inventions, on les aurait pris pour des amis. Puis, comme un cheveu dans la soupe, Fouta-Djalon, le mot maudit, jaillissait involontairement de la bouche de l'un d'entre eux, et c'étaient de nouveau les chicanes et les coups de gueule suivies de plusieurs semaines de bouderies.

Le départ de Beckmann n'avait rien arrangé, dans le fond, mais depuis ils se supportaient plutôt bien : c'est ainsi, les hommes se sentent des points communs dès qu'ils ont le même ennemi à abattre ! Et cela dura une année au moins avant que ne se creuse entre eux un fossé si large et si profond que plus jamais il ne se refermera, cela à la suite d'un incident qu'aucun des deux ne pouvait prévoir.

En 1898, Samory défait, Ballay en profita pour supprimer le statut de protectorat du Fouta-Djalon et l'intégrer dans sa colonie, en même temps que les terres du chef mandingue. Il arracha un morceau de jungle au Liberia pour compléter l'étrange demi-cercle qui figurera une fois pour toutes la Guinée actuelle. Il réorganisa l'emplacement des mosquées et des marchés ainsi que les routes des caravanes, convaincu à juste titre qu'il n'y aurait pas d'histoire coloniale s'il n'y avait pas d'abord une géographie coloniale. Il supprima les provinces et institua à la place des cantons dont tous les chefs, dorénavant égaux, dépendaient directement de lui. Le roi de Labé occupait maintenant la même place que les palefreniers qu'il lui arrivait de désigner pour le représenter dans les districts les plus inaccessibles.

Content de son travail, il pondit un décret pour faire comprendre cela à ses subordonnés :

« Le Gouverneur de Guinée française, le très haut, le très élevé Dr Noël Ballay porte à la connaissance de ses colonisés l'avis qui suit : tous les rois et princes sont invités à se présenter à Conakry...

Signé : le très haut et très élevé gouverneur qui personnifie la France en cette partie du monde. »

Les bonimenteurs coururent les marchés et les rues, répercutèrent la parole du très haut, du très élevé, au son des tabalas et des fifres. Le nouveau César des Peuls, des Nalous, des Soussous et des Mandingues se prépara à recevoir l'allégeance de ses sujets. Alpha Yaya, dont la renommée s'étendait jusque chez les Arabes pour son goût du faste, arriva avec une suite de trois cents cavaliers et de cinquante griots mandingues qui chantaient son hymne au son des balafons et des coras. Le splendide cortège attira les regards de l'entrée de la ville jusqu'au jardin du palais. Ballay, noir de colère, courut s'enfermer dans son bureau et ordonna aux gardes de faire venir Sanderval :

– C'est un coup monté, n'est-ce pas ?

– Allons, gouverneur, je ne savais même pas qu'Alpha Yaya répondrait à votre convocation.

– Je sais ce qui me reste à faire, Olivier de Sanderval : vous neutraliser, vous et vos perfides amis peuls. Il suffira de leur enlever leurs captifs, de bouleverser leurs circuits commerciaux et de bâtir nos cités chez les tribus qui leur sont hostiles pour que cette bande d'aristocrates peuls s'évanouisse exactement comme la fumée quand on ouvre grand les portes. Quelle arrogante engeance ! Surtout cet Alpha Yaya ! Mais il se prend pour qui, ce Nègre ?

– Pour le roi de Labé. Mais vous, qui êtes-vous ?

– Sortez ! Sortez d'ici avant que je ne vous morde !

Et il se mit à briser, une à une, toutes les règles à sa portée.

De ce jour, une haine infranchissable les sépara et aucun des deux ne fit le moindre effort pour la dissiper. On arrêta de chasser ensemble, de jouer aux échecs, même de se dire bonjour. L'un se présentait au caravansérail ? L'autre s'esquivait aussitôt. Ils pestaient entre les dents et se tournaient le dos les fois où, par malchance, ils se croisaient dans la rue.

Puis un beau soir, sur la terrasse du promontoire, les dames se mirent à chuchoter en regardant du côté du portail. Les hommes se levèrent un à un, en enlevant leurs casques.

« Mesdames et messieurs, devinez qui est là ?... Le gouverneur en personne... Ballay chez Sanderval, et pour quel motif ? Mon Dieu ! Et maintenant que va-t-il se passer ? »

Le gouverneur passa lentement le portail, se tapotant la paume de la main avec son inséparable règle et répondit aux révérences en hochant gravement la tête. Une haie d'honneur se dessina spontanément, à mesure qu'il avançait : des postures graves, des regards inquiets ! Le gouverneur se trouvait maintenant à dix mètres de l'ennemi, à huit, à cinq, à trois. Il s'arrêta en faisant crisser ses bottes ferrées et déclina d'un geste sec le verre de champagne que lui tendit un boy :

– J'ai une très bonne nouvelle pour vous, Olivier de Sanderval ! Je vous ai trouvé cinq mille hectares de vignes à Meknès ! Je vous assure que le Maroc vous irait très bien.

– J'aime bien l'Afrique, gouverneur, mais sans les turbans et les dunes. Pour moi, l'Afrique c'est ça : ces nuages en forme de mégalithes, ces forêts impénétrables, ces marais fumants, ces créatures primitives, que dis-je, ces dieux endormis qui n'attendent qu'un signe pour générer la nouvelle Rome.

– Je ne suis pas venu pour écouter un concert de délires, Sanderval, mais pour régler une affaire tout ce qu'il y a de pratique et qui n'a que trop attendu…

– Vous voulez dire que vous venez me rendre mes traités ? Je savais bien que vous reviendriez à de meilleurs sentiments.

– Je ne suis pas venu vous rendre vos traités, je suis venu vous demander de vous en aller.

– M'en aller ? J'étais ici avant vous. C'est grâce à moi que vous êtes là, Ballay.

– Un de nous deux est de trop ici.

– C'est vous, l'homme de trop, Ballay : la terre appartient au premier occupant, lisez donc la Bible !

– Vous êtes un mythomane doublé d'un emmerdeur, Sanderval ! Tant que vous serez là, je ne réussirai pas ma colonie. Que vous le vouliez ou non, il faudra que vous partiez !

Il brisa sa règle et gagna la sortie, laissant derrière lui un silence tendu, absolument insupportable. Il se retourna une dernière fois avant de monter dans son tri-porteur et dit, d'une voix assourdie par la colère :

– Surtout, ne remettez plus jamais les pieds au palais, Ai-mé O-li-vier !

Les invités hésitèrent, regardèrent tour à tour Sanderval et le gouverneur, puis gagnèrent la sortie par petits groupes en bougonnant et en jetant des coups d'œil réprobateurs derrière eux. Il ne resta que Pénelet, l'agent de la TSF, un vieux célibataire toujours un peu éméché mais bon bougre, libre d'esprit et fidèle aux amis.

De toute la colonie de Guinée française, les Sanderval n'avaient plus qu'une seule personne à qui parler.

Commença alors une longue période de solitude et de peine. Georges qui, pourtant, avait prouvé plus d'une fois qu'il était un Olivier, un vrai, craqua dès les premiers mois :

– Vous pensez qu'on va tenir, père ?

– Laissons un peu de temps à ces pauvres gens ! Ils reviendront sûrement. Ils attendent de voir comment va évoluer Ballay. Faut pas trop leur en vouloir. Ils ne sont que ce que sont les hommes : lâches devant le danger et serviles devant les rois !

Mais les saisons passèrent et à part Pénelet, les moustiques et les Nègres, plus personne ne rentrait chez eux. On ne les invitait plus ni aux parties de pêches ni aux banquets. Les parades militaires et les bals du 14 Juillet se déroulaient sans eux et les rumeurs les plus révoltantes se mirent à courir les rues :

« Vicomte ! Mais, ma chère, il l'a volé, son titre de noblesse !… Fils d'industriels lyonnais ! Vous croyez ça, vous ? Il vient d'une famille de tonneliers d'Auvergne, c'est cela, la vérité !… Et vous savez quoi ? C'est un bandit recherché par toutes les polices d'Europe… Enfin, on comprend pourquoi il n'a pas envie de partir d'ici ! »

On les chassa du terrain de boules, la porte de l'épicier leur fut fermée. Au caravansérail, seuls les Nègres daignaient encore leur adresser la parole. Ils durent passer par Pénelet pour obtenir des sardines et de l'huile, de l'alcool et des bougies.

Au lieu de s'atténuer au fil des mois, l'harmattan des malheurs souffla de plus fort sur leur pauvre demeure, jusqu'à leur arracher le seul lien qui les rattachait encore au monde.

Un après-midi, juste après sa sieste quotidienne, alors qu'il dégustait une bière fraîche sous sa véranda, en chassant de son éventail la chaleur et les mouches, une panthère venue de nulle part bondit sur le pauvre Pérenet et lui trancha la gorge.

– C'est triste, père, nous n'avons plus personne !

– Tu vas voir, mon petit Georges, ils vont revenir ! Impossible de garder sa haine après un tel drame !

« La mort apporte le chagrin et le deuil, elle sert aussi de vidange et de catharsis, pensa-t-il. Les hommes en profitent pour crever les abcès, évacuer pour un moment les colères et les mesquineries, oublier les offenses, éponger les rancœurs et les dettes, afin de s'ouvrir à un nouveau cycle de délices et de peine. »

Pas dans ce cas-là !

La mort du pauvre Pérenet n'arrangea rien, oh que non ! En creusant sa tombe, les fossoyeurs creusèrent en même temps un fossé impossible à combler entre les Sanderval et le reste de la ville. L'hostilité générale s'amplifia, les voisins redoublèrent de férocité.

Sur le chemin de l'église, les Sanderval se rangèrent sur la gauche du cercueil et les autres complètement à droite. Quand ceux-ci ouvraient la bouche pour entonner les chœurs, ceux-là se taisaient.

Ce fut, au contraire, le funeste pic du haut duquel le destin déjà fort agité des Sanderval se mit inexorablement à dégringoler. Chaque jour qui venait ou ajoutait à leur désarroi, ou leur ôtait quelque chose.

Le lendemain de l'enterrement, Georges fut mordu par un serpent. Un incendie ravagea leur plantation de la Kolenté… Six mois après, un vieillard maigrichon, au ventre ballonné, passa leur portail en se tenant douloureusement les hanches. Il traversa la cour et, sans hésiter, entra et tira une chaise pour s'asseoir :

– Bonjour, Yémé !

– Que me veut le vieillard ? Si c'est pour une pièce, qu'il aille à la cuisine, les boys lui en donneront une, si c'est pour le boulot, c'est trop tard, ils ont brûlé ma plantation ! Et vu ton état !…

– Je savais bien que, toi non plus, tu n'allais pas me reconnaître.

– Alors dis-moi vite qui tu es et ce que tu me veux et ensuite, laisse-nous tranquille ! Il y a déjà trop de malheurs dans cette maison.

– Je suis ton bon vieux Mangoné Niang et voilà ce que la vie a fait de moi.

– Mangoné ! Mon pauvre Mangoné, ne me dis pas que ça, c'est toi !

– Je suis malade depuis plus de deux ans, Yémé. Les uns disent que c'est l'estomac, les autres que c'est le diable.

– Oh, mon bon Mangoné (une douloureuse toux l'empêcha de terminer sa phrase)… Et notre cher Fouta ?

– Il ne va pas mieux que moi, Yémé ! Alpha Yaya[1] a tenu sa promesse, il est entré en rébellion.

Le Blanc grommela quelque chose, et sombra dans l'hébétude. Georges poussa deux toussotements pour l'éveiller. Mangoné fouilla dans son baluchon.

– Tiens, ce sont les dernières mangues de ton verger, celles que j'ai réussi à arracher aux singes ! Mange-les, Yémé, elles te rappelleront Kahel !

– Il fallait venir me voir, mon pauvre Mangoné ! Mais ce n'est pas trop tard, je vais pouvoir te soigner !

– Non, Yémé, je m'en vais à Rufisque, mourir.

– Alors tu te feras soigner là-bas. Je vais te payer, je te dois au moins deux ans de salaire.

1. Le roi de Labé sera arrêté quelques années plus tard et déporté au Dahomey puis en Mauritanie où il mourra en 1912.

– Ce n'est pas la peine, Yémé, donne-moi juste le prix du bateau !

« Quel est le rang de l'homme dans l'univers ? » Il relut plusieurs fois la phrase et passa le reste de la nuit à soliloquer.

Mangoné Niang s'en alla mourir à Rufisque et la maison des Sanderval se mit à ressembler à une tombe. Après les Blancs, les Noirs ! Un à un, ses cuisiniers désertèrent chez ses voisins, et ses jardiniers au palais du gouverneur. Le vieux Nalou qui, seul, avait refusé de les abandonner n'arrivait à faire bouillir la marmite et à défricher l'entrée de la maison qu'au prix d'un effort surhumain, à cause de sa mauvaise vue et des rhumatismes qui lui déformaient les jambes.

Ce n'était plus une vie, mais un long cycle de calvaires et d'humiliations.

Les lettres anonymes et les menaces de mort se mirent à tomber avec la même violence et la même régularité que les pluies.

La nuit, on leur lançait des projectiles, on proférait des injures et des cris de haine à travers les persiennes. On déposait des déchets de singe sous leur véranda, des chats morts dans leur jardin. Pérenet n'était plus là pour faire leurs courses chez l'épicier. Ils se nourrirent comme au bon vieux temps de tout ce que, racines ou tubercules, gibier ou baies sauvages, la nature voulait bien leur donner.

N'en pouvant plus, Olivier de Sanderval dut user de son fusil pour arracher à l'épicier quelques caisses de provisions. Cela leur permit de tenir encore deux hivernages, puis ce fut de nouveau le dur régime de la brousse : des baies, des tubercules et, de temps à autre, l'insipide viande de phacochère ou de porc-épic.

L'âge, les dures épreuves si longtemps endurées…
l'état de santé d'Olivier de Sanderval déclina dangereusement.

L'étrange mal dont il fut victime en 1896, sur les bords du Konkouré, brûla de tout son feu sa malheureuse poitrine : d'abord une fois par mois, puis une fois par semaine, puis une fois par jour avant de revenir au même rythme que les heures. Cela commençait par une sensation d'étouffement, comme s'il avait avalé quelque chose de travers. Il ouvrait grand la bouche et portait la main à sa poitrine en se tordant de douleur : « De l'air ! de l'air ! La… la… la fe… nê… tre ! Ouvre ! Ou !… » Mais la fenêtre n'était jamais suffisamment ouverte, ni la véranda suffisamment large ni la plage suffisamment aérée… Parfois il gisait au sol une bonne demi-heure, noyé de sueur et suffocant comme une bête rendant son dernier soupir.

Cela dura encore une saison ou deux puis, à bout de forces, Georges fit un effort surhumain pour laisser sortir les mots qui se bousculaient depuis si longtemps dans sa gorge et que sa bouche n'osait prononcer :

– Je crois qu'il est temps de partir, père.

– Tu crois ? lui demanda Olivier de Sanderval avec ce regard fougueux mais vide des guerriers qui n'en peuvent plus.

– Oui. Le combat devient inégal, vu votre état.

– Vous reviendrez, vous !

– Promis, père, je reviendrai !

– Vous continuerez le combat même si cela dure cent ans.

– Même si cela dure cent ans, père !

– Jurez-le-moi, Georges !

– Je vous le jure, père !

Le 29 novembre 1900, exactement vingt et un ans jour pour jour après avoir pris son premier bateau pour l'Afrique, Olivier de Sanderval entendit quelqu'un l'interpeller pendant qu'il passait le portail du port :

– Je parie que le Blanc qui marche devant moi s'appelle Yémé !

Il se retourna et reconnut le cousin de Bôcar-Biro, celui-là même qui avait failli l'empoisonner à Sokotoro.

– Tiens, c'est toi, Hâdy ? Qu'est-ce que tu fais ici ?

– J'attends un bateau pour Tunis. J'ai décidé d'aller faire le grand pèlerinage à La Mecque. Le monde croule sous les péchés depuis que vous êtes là. Et toi, je parie que tu t'en vas en vacances ?

– Euh… Oui, oui… Oui mais… pas pour longtemps !

– À ton retour, ne reste pas à Conakry, reviens au Fouta, c'est là-bas chez toi. Tu es un Peul, ne l'oublie jamais !

– Tu n'es plus roi de Sokotoro, à ce qu'il semble !

– Je suis roi là-dedans, Yémé ! répondit l'homme en se frappant bruyamment la poitrine.

Sur ce, il déploya son ombrelle et lui tourna le dos, de cette démarche paresseuse et hiératique qui n'appartient qu'aux Peuls.

Pendant que le père et le fils s'avançaient vers la passerelle du bateau, un groupe de colons surgit de derrière le grand baobab :

– Adieu, vicomte !… Et couvrez-vous !… À cause de la glaciation !

Olivier de Sanderval essuya stoïquement leurs ricanements et gagna le pont en se touchant la poitrine, soutenu par son fils.

Bientôt, devant lui, le paysage commença à s'estomper. Conakry lui fit penser à une ardoise surchargée d'images qu'une main tatillonne de gamin effaçait trait par trait. Les cimes des arbres et les toitures des maisons scintillèrent brièvement et s'éteignirent comme des lucioles.

Ce fut d'abord, au fond, le rideau de bambous et de palétuviers ceinturant l'arrière de l'île, puis la majestueuse toiture du palais du gouverneur, puis les grues du port et les branchages des manguiers...

Les îles de Loos : Kassa, Fotoba, Tamara... l'île Blanche, l'île Corail, l'île Poulet, l'île Fousset...

Feuille par feuille, palmier après palmier, l'Afrique, doucement, referma ses mystères.

ÉPILOGUE

Entre le 16 janvier 1901 et le 3 mars 1910, Olivier de Sanderval se présenta cent quarante-sept fois au ministère des Colonies. Malgré la vieillesse et la maladie, il arriva un soir à Paris pour une cent quarante-huitième tentative. Le lendemain, il décida de faire le chemin à pied afin de profiter d'un magnifique soleil printanier.

Il se trouvait maintenant à la hauteur des Invalides et ne se doutait pas qu'allait se produire, quelques minutes plus tard, l'incident de rien du tout qui allait briser définitivement ses rêves de royaume et de Fouta-Djalon.

Devant le portail du ministère, il reçut un violent coup sur la tête. Il se retourna : ce n'était rien, rien qu'un ballon échappé des mains d'un gamin. Celui-ci laissa la vieille dame qui l'accompagnait et se précipita vers lui pour récupérer son jouet.

– Fais donc attention, mon petit guerrier, tu as bien failli m'assommer, lui fit Olivier de Sanderval… Tu sais que tu es mignon, toi, hum, tu sais !… Tu veux une friandise, tiens, voici du chocolat, du Marquis !

À ce moment-là, la voix désagréable de la vieille dame se mit à tonner :

– Viens ici, Jean-René ! Laisse donc ce monsieur tranquille !

Le garçon ramassa son ballon et retourna vers la femme :

– C'est qui, mémé ?

– Allez, viens, je te dis ! Allez, ne traînons pas ici… C'est… C'est le monsieur de la glaciation ! continua-t-elle, en baissant la voix.

Il les regarda s'éloigner, submergé de tristesse. Ses jambes se ramollirent, tout s'embrouilla dans sa tête. Il s'accrocha à la grille et laissa son regard abattu errer sur le hall et la cour. Mais très vite l'image brouillée du va-et-vient incessant des officiers et des fonctionnaires laissa la place à celles, vieillies et confuses, de son existence tourmentée. Un profond sentiment de dégoût lui monta à la gorge. Il cracha par-dessus la grille et quitta les lieux à la vitesse à laquelle les dévots s'enfuient d'un lieu de perdition. Il regagna l'hôtel et demanda aussitôt sa note. Puis il appela un taxi et s'embarqua dans le premier train.

Il ne remit plus jamais les pieds à Paris.

Vieilli et ruiné, il se réfugia progressivement dans l'écriture de *L'Absolu*. Mais, l'absolu, il ne se contentait plus de disserter là-dessus, il voulait maintenant œuvrer à son accomplissement. L'esprit de l'homme s'usait, se disait-il, le monde se sentait bloqué, il avait besoin d'une nouvelle religion. Il créa à cet effet une confrérie toute nouvelle : *Les Apôtres de l'Absolu* qu'il anima, habillé d'une cape rouge, avec la componction du grand prêtre et la pénétration du savant. Dans cette étrange congrégation vint se réfugier tout ce que Marseille comptait de mystiques et d'illuminés : les amateurs de spiritisme, les déçus de l'athéisme et du christianisme, les adeptes du zen et du chamanisme, les rationalistes invétérés et les amoureux de la philosophie hindoue. Il ne s'agissait plus de croire en s'encombrant de rites insensés et de superstitions. Il s'agissait doré-navant de prouver. Les sciences avaient suffisamment progressé en ce début de XXᵉ siècle pour pouvoir démon-trer par A + B l'existence de Dieu. L'Absolu, plus besoin de l'imaginer, il fallait maintenant le réaliser !

Tout ce petit monde s'agitait dans le laboratoire du mas de Clary. On mélangeait des corps gras, on faisait bouillir des acides, on mesurait les variations de la den-sité de l'étain en fonction d'un nombre incalculable de paramètres. Après les travaux pratiques, le grand prêtre à la cape rouge réunissait son petit monde à la biblio-thèque où, en guise de devise, il avait affiché ceci en évidence :

« L'univers n'est pas dans l'Absolu comme un corps dans le vide, il fait partie de l'Absolu. Le Relatif n'est pas dans le vide, il est dans l'Absolu ; il existe, il vit, il se meurt à partir de l'Absolu et par lui ; son mouve-ment qui est l'être commence et finit dans l'Absolu. L'Absolu se continue, transformé dans le Relatif, dans l'Être il le constitue. Aucun point ne saurait être vide d'Absolu ni être autre chose que de l'Absolu, ainsi éta-blie serait inférieure à celle qui s'impose à notre esprit, à l'Absolu que nous sommes déjà capables de concevoir plus haut à l'Absolu un... »

Les Apôtres de l'Absolu affluèrent par dizaines les premiers mois. Mais, très vite, les effectifs se mirent à fondre. Les uns renonçaient, lassés par la difficulté des concepts et par les allures du maître, les autres furent fauchés par la guerre. En 1918, il n'en restait plus que deux : M. Louvet, un négociant en épices féru de philo-sophies orientales qui souhaitait soumettre à la lumière de la raison la complexe métaphysique de la sagesse chinoise et bouddhiste, et Mme Naxara, la veuve d'un capitaine de marine qui ne savait quoi faire de ses longues journées de solitude. Puis M. Louvet aussi finit par se lasser.

Ce n'était pas suffisant pour le décourager :

– Vous conviendrez avec moi, madame Naxara, que tout le monde ne peut pas accéder à l'Absolu !

– Bien sûr, monsieur de Sanderval, bien sûr !

– Bon, de quoi parlions-nous hier ?... Oui, de la dialectique entre le Relatif et l'Absolu... Voyez-vous, l'Absolu n'a pas de quantité, il n'a ni volume ni poids... Néanmoins, si nous admettons que le Relatif vient de l'Absolu et y retourne, nous pourrons supposer que ces qualités mesurées subsistent dans l'Absolu, nous disons qu'elles y sont en puissance. Vous avez compris, madame Naxara ?

– J'ai tout à fait compris, monsieur de Sanderval, répondait docilement la pauvre femme, reniflant péniblement et trempée de sueur.

Accoudé à la fenêtre de sa bibliothèque, il guettait tous les jours l'arrivée de son unique élève. Ce matin-là, il guetta jusqu'aux environs de midi et personne ne passa le portail à part les livreurs de journaux et de lait.

Ses douleurs à la poitrine et ses suffocations s'aggravèrent terriblement les mois suivants. Il n'y avait plus assez d'air dans l'univers tout entier pour assouvir ses besoins de respirer. « De l'air ! De l'air, par pitié ! Ouv… les fen !… » On ouvrait grand les fenêtres mais c'était encore pire que si on les avait laissées fermées. « C'est à cause du château, ses murs sont trop épais… C'est à cause du salon, il est trop étroit… » Il fit agrandir le salon jusqu'aux premiers platanes, jusqu'au vieux puits, jusqu'à la clôture du parc. Rien à faire, l'air du bon Dieu avait déserté ces endroits-là aussi.

Le dernier jour qu'il mit le nez dehors, il se pencha sur la fenêtre, regarda les oiseaux s'ébattre dans les platanes et, entre deux douloureux sifflements, maugréa ceci :

« Le progrès est là, il fera inéluctablement son chemin, plus rien ne pourra l'arrêter. Dommage que tout cela puisse continuer sans moi ! »

Le 24 mars 1919, entre un entrefilet annonçant le suicide d'un désespéré et un autre relatant la motion de l'abbé Lutoslavski devant la Diète, demandant au gouvernement polonais une action systématique contre le bolchévisme, *Le Petit Marseillais* publia l'annonce ci-dessous :

« Nous apprenons avec un grand regret la mort en son château de Montredon de M. Aimé Olivier, comte de Sanderval. Il était le gendre de M. Jean-Baptiste Pastré et, quoique son grand âge l'eût fait retirer du monde depuis quelques années, il n'en demeurait pas moins une personnalité notoire de la haute société marseillaise. C'était un savant, un ingénieur ECP des plus distingués. Ses explorations l'avaient placé au premier plan parmi les pionniers de l'influence française et on lui doit la conquête pacifique du Fouta-Djalon, l'initiative des traités avec les chefs indigènes et l'embryon de la première armée noire… »

COMPOSITION : NORD COMPO MULTIMÉDIA
7 RUE DE FIVES - 59650 VILLENEUVE-D'ASCQ

Cet ouvrage a été imprimé en France par
CPI Bussière
à Saint-Amand-Montrond (Cher)
en août 2010.
N° d'édition : 100185-2. - N° d'impression : 101255.
Dépôt légal : août 2009.

Collection Points